Escolhas de um verão

Dahlia Adler

Escolhas de um verão

Tradução
Laura Pohl

Copyright © 2023 by Dahlia Adler
Copyright da tradução © 2023 by Editora Globo S.A.

Direitos de tradução negociados por Taryn Fagerness Agency e Sandra Bruna Agencia Literaria, SL.

Todos os direitos reservados. Nenhuma parte desta edição pode ser utilizada ou reproduzida — em qualquer meio ou forma, seja mecânico ou eletrônico, fotocópia, gravação etc. — nem apropriada ou estocada em sistema de banco de dados sem a expressa autorização da editora.

Editora responsável **Paula Drummond**
Editora de produção **Agatha Machado**
Assistentes editoriais **Giselle Brito e Mariana Gonçalves**
Preparação **Bárbara Morais**
Diagramação **Guilherme Peres**
Projeto gráfico original **Laboratório Secreto**
Ilustração da capa **Petra Braun**
Design de capa original **Kerri Resnick**
Adaptação de capa **Carolinne de Oliveira**

Texto fixado conforme as regras do Acordo Ortográfico da Língua Portuguesa (Decreto Legislativo nº 54, de 1995)

CIP-BRASIL. CATALOGAÇÃO NA PUBLICAÇÃO
SINDICATO NACIONAL DOS EDITORES DE LIVROS, RJ

A185e   Adler, Dahlia
           Escolhas de um verão / Dahlia Adler ; tradução Laura Pohl. - 1. ed. - Rio de Janeiro : Alt, 2023.
           352 p.

           Tradução de: Going bicostal
           ISBN 978-65-85348-29-4

           1. Ficção americano. I. Pohl, Laura. II. Título.

23-86674   CDD: 813
                    CDU: 82-3(73)

Gabriela Faray Ferreira Lopes - Bibliotecária - CRB-7/6643

1ª edição, 2023

Direitos de edição em língua portuguesa para o Brasil
adquiridos por Editora Globo S.A.
R. Marquês de Pombal, 25
20.230-240 – Rio de Janeiro – RJ – Brasil
www.globolivros.com.br

Para meus pais,
a maior prova de que o sucesso está
em forjar seu próprio caminho

Capítulo um,
em que Natalya precisa tomar uma decisão

De quanto tempo precisamos para decidir qual de nossos pais amamos mais?

Porque meus pais parecem achar que 24 horas são mais que o suficiente, e, apesar de eu não ser o que as pessoas chamam de "gênio" da matemática, esse me parece um período curto demais.

— Vamos repassar a situação — diz Camila Morales, com o foco e a dedicação de uma menina que já tem tanto o futuro profissional quanto a vida amorosa resolvidos. — Vantagens de ficar aqui no verão. Número um, óbvio: eu vou estar aqui.

— Não sei se dá pra contar com sua presença em Manhattan quando você vai passar o mês visitando sua abuela em Porto Rico, mas tudo bem.

Pego um punhado de uvas do cacho que trouxemos para nosso piquenique no Central Park — porque não há nada melhor do que observar outras pessoas quando se precisa tomar grandes decisões — e coloco uma entre os dentes, mastigando devagar. A uns três metros de distância, três meninas que parecem um pouco mais novas que nós estão sentadas em um cobertor, cada uma grudada no próprio celular, e, à esquerda delas, um casal está brincando com um gato que é tão enorme e fofo que parece o travesseiro mais confortável do mundo.

— Número dois, óbvio — prossigo —: não preciso largar meu pai nem fazer as malas.

— Tá, mas esse número dois, óbvio não vale porque você não vai ver sua mãe, mas te dou uns pontinhos pela questão da mala. Você é horrível em fazer malas.

Eu nem posso ficar ofendida. Sou mesmo horrível fazendo malas. Se me convidarem para uma festa na piscina, pode apostar que vou esquecer meu biquíni. Para ser sincera, meu gene da distração foi claramente herdado do meu pai, então não posso levar toda a culpa. Se não fosse por seus vários assistentes durante os anos, além do fato de que ele é um dos professores de matemática mais brilhantes que a faculdade de Columbia já viu, meu pai provavelmente teria perdido o emprego há anos.

— Tudo bem — cedo.

Um trisal passa por nós, o homem do meio carregando um daqueles cangurus com um bebê, enquanto os outros dois, cada um de um lado, seguram a mão do bebê com um mindinho. É muito fofo, e me lembra de um número três fácil, apesar de eu não admiti-lo em voz alta para Camila.

Infelizmente, minha melhor amiga me conhece melhor que eu mesma.

— Número três, óbvio: a ruiva.

— A ruiva não é um motivo para ficar — rebato, sem convicção, apesar de ser, sim, porque nós duas sabemos que a ruiva aluga um tríplex gigante na minha cabeça. Ela é incrivelmente fofa, ridiculamente gata e legal demais para ser verdade, e não é fácil todas essas qualidades caberem em uma só pessoa. — Além do mais, e se ela não passar as férias aqui?

— Mas e se passar? — rebate Camila. — E se ela passar o verão inteiro perambulando pelo Upper West Side, se perguntando o motivo de ter parado de esbarrar na garota fofa de olhos azuis e cabelo castanho em todos os lugares? E se essa garota fofa de olhos azuis e cabelo castanho fosse o único motivo para ela querer ficar em Manhattan, e aí ela decide ir embora e se mudar para Nebraska?

— Acho que não existem meninas punks em Nebraska.

Camila revira os olhos.

— Pois é, tenho certeza de que não existem meninas punks no estado inteiro de Nebraska. Esqueci completamente que baniram piercing de nariz por lá, e ouvi falar que escutar Bad Religion pode levar as pessoas a serem exiladas no Kansas.

Mordo outra uva.

— Agora qual das duas está sendo ridícula?

— Ainda é você, Tal — diz ela, puxando o elástico do cabelo e imediatamente prendendo os grossos cachos pretos em um nó mais alto e apertado. — É sempre você.

— Diz a garota que acha que encontros aleatórios em livrarias e lojas de cupcakes são a única coisa que mantém a ruiva em Nova York.

— Você me entendeu. — Ela estica as pernas e flexiona os dedos dos pés, o esmalte fúcsia cintilando no sol. — O universo claramente quer que vocês fiquem juntas. Você é muito a fim dela faz quase um ano, e sequer descobriu o *nome* dessa garota. Nesse verão, você finalmente vai se apresentar e perguntar se ela quer sair com você. Estou convencida disso.

Escolhas de um verão 9

— Ou... Uma vantagem de ir para Los Angeles com a minha mãe: nenhuma pressão para me fazer de idiota na frente da ruiva, que pode ou não gostar de garotas também, e talvez nem esteja interessada em mim.

— Você não disse que ela tem um broche de arco-íris na mochila?

— Sim, mas pode ser uma coisa de aliada. Talvez ela tenha pais *queer*.

— Talvez ela tenha uma melhor amiga bissexual que não tem coragem de convidar ninguém pra sair, não importa o gênero, apesar do fato de que ela seria a melhor namorada do mundo para qualquer um que tenha a sorte de conquistá-la — diz Camila, direta.

Eita. Sem querer esmaguei um monte de uvas na mão. Coloco todas elas na boca de uma vez para não reconhecer a provocação, por mais fofa que seja. Imediatamente me arrependo quando me engasgo com uma das uvas. Camila me dá um tapão nas costas.

— Você fala demais pra alguém que já está praticamente casada — digo. — Você não precisa lidar com encontros desde que teve idade o suficiente pra namorar.

E nem é exagero. As mães de Camila e Emilio são enfermeiras no hospital presbiteriano de Nova York, e ficaram amigas assim que descobriram que seus pais eram da mesma cidade nas Filipinas. Os filhos também se tornaram amigos logo que se conheceram, e a amizade se transformou em um romance assim que os hormônios começaram a aparecer. Desde então, viraram "Camelio".

— Menos julgamento, por favor — peço.

— Era um elogio *junto* com julgamento, só pra você saber.

Ela escolhe mais algumas uvas, e então pega o celular quando recebe uma mensagem. A julgar pelo sorriso meloso, deve ser Emilio. Isso sempre me fascinou, porque sempre achei que, depois de tanto tempo, uma pessoa não deveria continuar a causar esse efeito na outra.

Mas eu não tive muitos bons exemplos. Sabe aquele casal que se separa e todo mundo fica "Ah, não, como isso aconteceu? Vocês pareciam tão felizes!"?

Meus pais não são esse casal.

Eles são o casal que faz todo mundo dizer: "Nossa, por que essas pessoas namoram?". E os dois também estariam se perguntando a mesma coisa.

Em defesa deles, ou ao menos é o que os dois contam, encontrar outra pessoa judia em uma festa de Natal na faculdade em Durham, na Carolina do Norte, parece o tipo de cenário para o qual a palavra "bashert" foi criada. Entre ambos educadamente recusando coquetéis de camarão e canapés de siri toda vez que passavam e fingindo cantar as músicas que só tinham escutado na TV, Ezra Morris Fox e Melissa Rina Faber trocaram o número de telefone. Em seguida, foram a encontros em grupo demais para perceber que na verdade não gostavam tanto assim um do outro quando estavam sozinhos. E só se deram conta disso na lua de mel, quando *também* perceberam que tinham ficado grávidos, e *voilà*, aqui estou. Três anos tentando salvar um casamento com terapia de casal, quatro anos focando cada um em seu trabalho e me evitando o máximo possível e, por fim, um divórcio inevitável e cansativo que só foi amigável na hora de definir os termos da guarda compartilhada.

Até três anos atrás.

Escolhas de um verão

Até Melissa receber uma oferta de emprego de uma empresa de marketing, a Cooper Frank, em Los Angeles, para ser vice-presidente. Ela não poderia recusar, mas eu sim. E minha recusa em me mudar para L.A. significava que eu estava sob a guarda de um professor distraído e que eu falava com a minha mãe aproximadamente uma vez por semana. Então poderia realmente ser legal passar as férias inteiras com ela.

Ou poderia ser esquisito e horrível, solitário para o meu pai e uma bagunça generalizada. Quem é que sabe?

— Talvez L.A. tenha sua própria versão da ruiva — sugere Camila, as unhas afiadas cintilando no sol enquanto ela abre a garrafinha da água de coco. — Los Angeles definitivamente tem meninas punk.

— Como você sabe o que L.A. tem ou não tem? — questiono, observando um corgi fazendo uma série de truques para receber um biscoitinho em formato de osso, e desejo que ele venha até aqui para eu poder fazer carinho. — Você sempre reclama que nunca passou do oeste de Chicago.

— Pra começar, L.A. é enorme. Tenho certeza de que lá têm de absolutamente tudo. E, em segundo lugar, o irmão da minha mãe mora em Eagle Rock, então uma hora a gente *vai* visitar ele. Só precisamos de fato ir.

— Não acho que isso faz de você uma conhecedora da cidade, Cam.

— Não, mas você poderia ser. — Ela toma um gole da bebida, um bom lembrete para eu me hidratar, mas minha garrafa já está vazia. Em vez disso, pego mais algumas uvas.

— Poderia ir naquela livraria especializada em romance. Desenhar a praia um milhão de vezes. E meu tio deve ter recomendações de restaurantes filipinos, já que ele não para de falar disso.

O corgi vira de barriga para cima, exausto, e aceita outro biscoitinho.

— Você deveria ir no meu lugar. Melissa provavelmente nem vai notar. Duvido que ela se lembre da minha cara.

Tá, tudo bem, estou sendo dramática por causa da mudança, mas estou em meu direito. Eu entendo o divórcio, eu fui a favor dele, mesmo tendo apenas sete anos. Mas deixar sua filha para trás e se mudar para cinco mil quilômetros de distância por causa de um *trabalho*? Um trabalho que ela já tinha, apesar de ser um cargo menor em uma empresa que ela odiava, com um chefe horrível, mas era em Nova York. Por que ela nunca tentou procurar outro emprego aqui? É isso que eu não entendo.

Não sei se quero ter filhos quando ficar adulta, mas tenho certeza de que vou querer viver do mesmo *lado do país* que eles se fizer isso.

Camila revira os olhos. Ela já se acostumou com o meu drama.

— Ou talvez passar um tempo com a sua mãe possa ajudar a consertar as coisas entre vocês, e aí você pode parar de inventar desculpas para não atender as ligações dela e compartilhar um pouco da sua vida. Você sabe que sua mãe ficaria feliz em te ajudar com as inscrições na faculdade e com o fato de que você não sabe o que quer pro seu futuro.

Às vezes, eu odeio o quanto Cam me conhece. É fácil para ela agir como se conversar com minha mãe fosse resolver todos os meus problemas. Assim como seu relacionamento, Camila já sabe há anos o que quer fazer da vida — seguir os passos da mãe, trabalhando como enfermeira auxiliar de obstetrícia.

— Então basicamente voltamos pro começo. Vantagens óbvias, desvantagens óbvias, e não temos uma resposta.

Escolhas de um verão   **13**

— Fungo, irritada. — O que você faria? — pergunto, mesmo que já saiba a resposta.

— Ah, eu definitivamente iria pra Los Angeles. Mas eu gosto de experimentar coisas novas, você não é dessas.

— Então você acha que vou ficar aqui?

Será que devo ficar ofendida? Não sei.

— Acho que você vai ficar aqui — confirma ela. — Você gosta da sua zona de conforto. Não tem nada de errado nisso.

— Não tem — concordo, mas as palavras não parecem tão convincentes quanto eu gostaria. Não quero que tudo seja exatamente igual nesse verão, quero? Porém, quão desconfortável preciso ficar se quiser mudar as coisas? — Sei lá... Talvez eu precise de uma mudança de cenário pra tomar uma decisão definitiva.

— Talvez você precise conversar com outra pessoa. — Camila fica de joelhos e começa a guardas as próprias coisas. — Já são quase cinco, e prometi que ia fazer o jantar pras crianças hoje.

As crianças são Emanuel, o irmão de doze anos de Camila, e Esperanza, a irmã de nove, que ficam rabugentos de fome depois das seis. Guardamos tudo rapidamente e nos despedimos com um beijo no rosto, e volto para casa com a cabeça ainda a mil, considerando possibilidades.

Não gosto que pensem em mim como alguém que não se arrisca, mas o que isso significa? Não é como se Camila estivesse errada. Nem de longe. Eu não me arrisco desde... bem, uma hora vou conseguir pensar em um exemplo. Mas eu quero fazer isso? Passar um verão constrangedor e potencialmente horrível com a minha mãe é o tipo de risco que quero correr? Toda escolha é um risco, definitivamente.

— Tally? Tudo bem aí?

Pisco quando percebo os dedos de Adira Reiss estalando na minha frente. Nem notei quando ela saiu do elevador, mas parece que só fiquei parada na porta do meu apartamento, com a chave na mão, com medo de entrar e dar de cara com meu pai me perguntando sobre minha decisão.

— Tudo bem — digo, com um sorriso tímido, encontrando os olhos castanhos preocupados atrás dos óculos de lente redonda. — Só estava divagando.

— Ainda está tentando decidir se vai pra Los Angeles?

— Uhum.

— E evitando seu pai porque ainda não sabe o que quer fazer?

Meu Deus, por que todos os meus amigos me conhecem tão bem? Tudo bem que Adira é minha vizinha há um bilhão de anos e vê muito mais do que as outras pessoas, mas ainda assim...

— Você não sabe tanto assim sobre a minha vida.

Ela me dá um sorriso, abrindo a porta.

— Quer jantar os restos do Sabá?

— Sim, por favor.

Deixo meu apartamento para lá e sigo Adira, minha boca já salivando ao pensar no kugel de batata que ela prepara. Quando eu e meu pai fazemos as refeições do Sabá juntos, é sempre com um delivery do Empório Kosher ou, se ele quer caprichar, um dos muitos restaurantes kosher (ou estilo kosher) da área. Porém, as Reiss nos convidam para comermos juntos pelo menos uma vez por mês (normalmente duas), e tanto Adira quanto a mãe sabem cozinhar muito bem. A dra. Reiss diz que vai me ensinar a fazer burekas e frango recheado qualquer dia desses, mas ela é uma das pediatras mais requisitadas do Upper West Side,

Escolhas de um verão **15**

e, para ser sincera, eu nem sei quando ela faz a própria comida, muito menos quando vai ter tempo de me ensinar.

Talvez essa seja outra coisa para fazer no verão, caso eu decida ficar.

Aprender a fazer uma refeição de Sabá sozinha, desde a chalá até a sobremesa, para que eu e meu pai façamos o jantar sem precisar contar com a ajuda das Reiss.

Não é um risco. É uma mudança. Uma boa mudança.

Eu me sento na mesinha redonda na cozinha enquanto Adira monta os pratos que vão direto ao micro-ondas. Eu já tentei ajudar um milhão de vezes, mas ela sempre diz para eu não me dar ao trabalho, porque ela tem um processo bem definido. E ela tem mesmo, sempre colocando as quantidades corretas de frango ao alho, arroz fofinho, kugel de batata com muita cebola e seja lá qual for o vegetal assado, cozido ou ao vapor que foi servido naquela semana. (Dessa vez, vagem ao molho shoyu e pedacinhos de alho, meu favorito.)

— Você quer sopa? — pergunta ela, dando uma última olhada na geladeira para ver se esqueceu de alguma coisa.

Adira não precisa especificar do que é. É a sopa de frango com bolas de matzá e bastante cenoura e nabo que fazem toda sexta à noite. Era o favorito do pai de Adira, e ainda é uma tradição quase cinco anos depois de ele falecer. Enquanto elas celebram 52 Shabbos por ano, não consigo me obrigar a tomar sopa no verão.

— Não, obrigada. Só o prato está ótimo.

Depois que nossa comida é requentada no micro-ondas, começamos a comer. Adira me conta sobre a colônia de férias que ela vai organizar no verão com suas melhores amigas, Chevi e Becca, no quintal de Chevi. (Diferente de Camila e eu, que frequentamos a escola pública a algumas quadras da West End,

Adira é aluna de uma escola particular judaica perto do Lincoln Center, e vários dos alunos são de Nova Jersey ou dos subúrbios, então há muitos quintais disponíveis.) É óbvio que ela está me dando espaço para eu não precisar falar sobre o Dilema do Verão, mas é impossível não pensar nisso. Por fim, Adira pergunta no que estou pensando, e faço para ela a mesma pergunta que fiz a Camila, apesar de não estar tão certa da resposta:

— O que você faria?

— Eu não sei — diz ela, e aprecio que alguém na minha vida não ache que essa é uma pergunta simples. — Estar perto da praia no verão parece bem melhor do que ficar por aqui, e Los Angeles tem muitas opções de comida kosher. Além do mais, não precisa ficar pegando trens sem ar-condicionado nem passando por cima de grades de vazão de ar quente... O verão em Nova York é meio nojento.

— Tá, mas também é bem legal — argumento. — Shows gratuitos aleatórios? Ficar observando as pessoas enquanto tomamos sorvete no Central Park? Passear na High Line? Assistir a filmes no Bryant Park? Os jogos do Yankees? Encenações de Shakespeare ao ar livre? Eu sei que você nunca foi na parada do Orgulho, mas confia em mim quando digo que é uma das melhores partes do verão.

Adira ri, mostrando os dentes perfeitos, produto de dois tipos de aparelhos diferentes.

— Tenho quase certeza de que Los Angeles tem a própria parada do Orgulho, e eu ia ficar feliz se você ficasse! Eu só acho legal que você tenha opções. Mas enfim, estamos falando só dos lugares. Ir a Los Angeles significa deixar seu pai aqui, e eu sei que vocês são bem próximos.

Próximos parece uma palavra engraçada para descrever o que nós somos, como se eu fosse correr até ele e contar todos

Escolhas de um verão   **17**

meus segredos. Nosso relacionamento não é assim, porque meu pai não é esse tipo de pessoa. Quando contei a ele que sou bissexual, tudo que ele me disse foi "As regras de namoro continuam as mesmas, não traga ninguém que não saiba o básico de uma equação de álgebra para casa".

Porém, nós *somos* uma equipe, e eu odeio ter que deixá-lo aqui sozinho. Meu pai não é incapaz de cuidar de si mesmo nem nada do tipo, mas ele é avoado de uma forma que apenas pessoas viciadas em trabalho são, então não é incomum que só perceba na hora de dormir que não comeu nada além de uma xícara de café o dia todo.

Mas é claro que se meu pai sequer imaginasse que estou colocando cuidar dele como um item na minha lista de motivos para ficar, ele me jogaria no primeiro avião para Los Angeles.

Meu celular apita ao receber uma mensagem, e vejo que é do próprio professor. **Quer comida do Café 84 para jantar?**

Ops. Devorei 90% do que está no meu prato, e estou olhando a babka no balcão da cozinha, mas se tem alguma chance de eu largar meu pai pelo resto do verão, definitivamente não posso deixar ele jantar sozinho.

Mesmo se for o jantar no qual precisarei fazer uma escolha.

— Desculpa dar uma de cachorro magro, mas aparentemente meu pai quer jantar comigo. — Começo a pegar o prato para lavar na pia, mas Adira me impede.

— Deixa que eu cuido disso — diz ela. — Só me conta o que você decidir. Estou morrendo de curiosidade.

— Eu também — respondo, dando de ombros. — Eu também.

Capítulo dois,

em que Natalya realmente precisa tomar a decisão para ontem

Na longa lista de lugares dos quais sentirei falta se for para Los Angeles, o Café 84 definitivamente está perto do topo. A comida é bem comum — quiche, macarrão, peixe, o de sempre —, mas a magia de verdade está no enorme cardápio de sobremesas e nos doze tipos de limonada diferentes que servem no verão. Além disso, as mesas para jantar na calçada são lindas, rodeadas de árvores pequenas com pisca-pisca.

— Você já decidiu? — pergunta o Professor Ezra Fox, também conhecido como meu pai. Ele segura o cardápio com uma das mãos e batuca na mesa com a outra.

Sinto um calafrio. Não achei que ele ia *começar* a refeição fazendo a pergunta de um milhão de dólares.

— Eu, hum... ainda não sei.

— É mesmo? — Ele ergue as sobrancelhas grossas e grisalhas. — Da última vez que viemos aqui, você ficou falando um tempão do ravióli de abóbora.

Ah. Ele quer saber se já decidi o que pedir do *cardápio*. Ainda é uma escolha importante, mas não tanto quanto escolher um progenitor e uma cidade.

— Acho que não consigo comer massa agora — digo, já que o tanto de comida que comi na casa das Reiss ainda pesa no meu estômago. — Vou pedir algo com ovo. Uma omelete Denver, sem presunto. — Não somos estritamente kosher, como Adira e a mãe, mas nós não comemos nada de origem suína. — Estou com vontade de uma aventura.

Parece que meu pai vai rir da ideia de uma omelete com legumes ser considerada uma "aventura", mas, de forma educada, ele completa:

— Presumo que vai pedir uma limonada ousada também.

Esse é uma boa questão. Geralmente prefiro as que tem o sabor de frutas — framboesa, morango ou romã. Só que também há uma seção de ervas pelas quais nunca passo, como manjericão ou lavanda, e a julgar pela minha conversa com Camila, é hora de eu começar a mudar meus hábitos.

— Sim — digo, firme. — Na verdade, vou pegar... — Meus olhos vasculham a lista. — A limonana.

Não sei o que é isso, mas com certeza parece uma aventura.

— Ah, a limonana. — A voz do meu pai adquire um tom saudoso que sugere que ele vai começar uma história longa sobre seu passado. Existem três eras nesse passado: os bons e velhos tempos da graduação no MIT, o mestrado que fez na Technion, em Haifa, e o doutorado em Duke, que ele não ama tanto pois, bem, minha mãe aconteceu. — Tinha um lugar na orla de Netanya que fazia umas muito incríveis, e aí costumávamos pular de parapente e beber limonanas depois. — Durante o mestrado, então. — Acho que vou te acompanhar nessa. E na omelete. Parece bom.

É claro que minha "aventura" envolve pimentão e um sabor novo de limonada, enquanto meu pai aleatoriamente conta uma história sobre como saiu voando por aí. Até professores de matemática parecem mais legais perto de mim.

Fazemos o pedido, e peço para que a omelete seja acompanhada de molho de pimenta. Pronto, aí está algo ousado. Ou seria, se meu pai não acrescentasse:

— Ah, isso parece ótimo. Tal, você está acertando todas hoje.

É essa mesmo a minha vida? Não me *sinto* assim tão chata. Será que ir para Los Angeles mudaria isso? Ou ficar e aproveitar Nova York é a melhor escolha?

Como pode eu *ainda* não saber?

Pergunto a meu pai como anda o livro — ele está trabalhando na segunda edição do seu livro didático *best-seller* sobre topologia algébrica — e ele imediatamente se empolga falando sobre exercícios novos que está adicionando e todos os materiais adicionais que estão sendo discutidos com o editor.

— Diagramas animados, Natalya! — diz ele, a alegria evidente na voz. — Imagine só *Introdução a topologia algébrica*, segunda edição, com diagramas animados!

Bom, agora sei com o que meu pai está sonhando quando faz barulhos bobos enquanto dorme. Acho que é melhor do que ficar na dúvida.

Como sempre, as descrições começam a ficar específicas demais para alguém que não tem pelo menos um bacharelado em matemática, e deixo meu olhar passear pelos outros clientes. Um casal jovem com uma filha pequena, deliciada pelo açúcar de um cupcake meio comido, o rosto cheio de glacê rosa do mesmo tom dos lacinhos que prendem os coques de cabelo crespo. Do outro lado, uma mulher branca mais velha com um chapéu enorme de penas está sentada em uma cadeira de rodas perto da mesa, uma ajudante com uniforme azul de enfermeira ajudando-a com um prato de salmão e brócolis. Então, minha visão fica obstruída por um garçom carregando uma bandeja de bebidas verdes e cheias de espuma.

— O que você acha que é *aquilo*? — pergunto a meu pai, imediatamente me sentindo mal quando percebo que ele ainda estava falando. — Desculpa.

Ele sorri.

— Eu sei que o meu trabalho não é tão fascinante pra você quanto pra mim. Mas como assim? — pergunta ele, e percebo que o garçom veio até nossa mesa. — Você não queria uma…

— Limonana! — O garçom ruivo coloca alegremente um copo enorme na frente do meu pai e outro na minha frente. — Aproveitem! Daqui a pouco trago as omeletes.

Meu pai espera até o garçom e estar longe, então diz:

— Você não sabia o que era uma limonana, né?

— Não.

Verde não é minha cor favorita para bebidas, mas fui eu que pedi, então hora de experimentar! Tomo um gole demorado e barulhento e é… hortelã. Misturada com limão. E por mais que claramente seja delicioso para o meu pai, que está muito animado, eu poderia jurar que só estou bebendo grama. Empurro o copo para longe tão rápido que quase o derrubo.

— Mais pra mim! Mas primeiro… — E eu sei o que meu pai vai falar que precisa ir no banheiro antes mesmo de completar a frase.

Dahlia Adler

A regra número um dos nossos jantares de pai e filha é que celulares são proibidos na mesa, mas, sem uma bebida, preciso de algo para fazer com as mãos. Pego meu celular do bolso e começo a passar por fotos e vídeos com o volume baixo, até que ele começa a tocar e "Melissa" aparece na tela, a palavra "mãe" embaixo como se esse fosse o seu emprego.

Droga.

Não estou pronta para isso. Da última vez que conversamos no telefone, ela me ligou para contar que tinha conseguido um estágio remunerado na firma dela para mim se eu quisesse e que eu poderia passar o verão na casa dela em Beverlywood e ter um emprego, mas precisava decidir o mais rápido possível. O estágio só estava disponível porque o filho de algum dos sócios tinha saído de última hora para seguir seu sonho de fazer comédia stand-up, e, se eu não aceitasse o estágio, então o filho de algum outro funcionário aceitaria. A coisa toda parecia suspeita, mas Cooper Frank *seria* um nome incrível para ter no meu currículo, que no geral estava bem vazio.

E não é como se eu estivesse deixando algum outro emprego de verdade para trás. Eu me candidatei a diversos lugares — livrarias como a Barnes & Noble e a Michaels, e lugares menores como a OcCult Fiction e a Silver Wrapper Bakery —, mas, por mais estranho que pareça, minha falta total de experiência em vendas não era desejável. Então tudo que tenho para fazer no verão aqui é trabalhar durante dez horas por semana arrumando livros na estante da biblioteca da faculdade. E sim, só consegui o emprego por causa do meu pai, então não importa minha escolha, o nepotismo sem vergonha sempre vence.

Quer dizer, *eu* fico um pouco envergonhada disso, mas pode apostar que Ezra e Melissa não.

A coisa é que eu já decidi o que quero fazer. Eu tenho quase 80% de certeza. Só que se eu for atender essa ligação, preciso estar com 100% de certeza. E quando meu pai voltar para ter a Conversa, eu também vou precisar estar com 100% de certeza de qualquer forma.

Enfim.

Hora do 100%.

Meu dedo hesita sobre o botão de "atender ligação", e então faço minha escolha.

Capítulo três,
em que Natalya faz uma escolha

Ignorar.

Depois eu ligo para ela. Juro. Em algum momento, vou precisar avisar que não vou, mas meu pai merece ouvir minha decisão primeiro. Além do mais, para falar a verdade, não sei se quero ser legal com ela ou falar que é um pouco tarde para ela tentar agora. Sério, um estágio de última hora? Que ótimo eu ser só um adendo nessa questão e em todo o resto, mãe.

Volto a olhar o celular, curtindo uma foto do frango que Camila fez para o jantar, uma entre bilhões de fotos que Emilio tirou do Golden Retriever dourado da família dele e uma *selfie* das minhas amigas Lydia e Leona, com a hashtag #selfêmeas. Então, uma sombra cobre a mesa e eu coloco o celular de volta no bolso. Meu pai se senta e pergunta:

— O que foi que eu perdi?

Não adianta esconder.

— Mamãe ligou.

— Ah, é? —Ele ergue as sobrancelhas, e sei que está tentando parecer descontraído. — O que ela disse?

— Não atendi, então nunca saberemos. — Encontro o olhar dele por cima das nossas bebidas verde-claro. — Vou ficar aqui, pai. Vou ficar com você nesse verão.

Ezra Fox não é de sorrir muito, como qualquer um do departamento de matemática da faculdade de Columbia pode dizer, mas o sorriso que ele abre agora é dos bons.

— Tem certeza?

— Tenho. Eu nem sei mais quem a mamãe é. Não preciso passar o verão inteiro tentando recuperar o tempo perdido. Além disso, meus amigos estão todos aqui, tenho o emprego na biblioteca, você está aqui. É uma escolha óbvia.

Assim que falo isso, sei que tomei a decisão certa. Porque é *mesmo* óbvio. Essa é a escolha mais confortável, e eu adoro escolhas confortáveis. Por que eu jogaria tudo que tenho fora em troca de um verão cheio de desconhecidos?

— Que bom, Tal. Mas se você vai ficar, precisamos de algumas regras.

— Já sou bem familiarizada com a regra do "me mande mensagem imediatamente com a placa do táxi quando você entrar", pai.

— Não era disso que eu estava falando. — Ele tira os óculos, limpando-os na camisa, e então os posiciona de novo no rosto. — Você vai pra faculdade ano que vem, e confesso que estou um pouco preocupado com você. Estou muito feliz que vai ficar aqui, claro, mas parte de mim quase queria que você escolhesse o caminho menos conhecido pelo menos uma vez. E não acho que estaria sendo um bom pai se constantemente deixasse você só fazer as escolhas mais fáceis.

Caramba. Que ótimo jeito de enfiar todos os meus medos em uma conversa só, Professor Fox.

— Táááá — digo, alongando a sílaba. — O que você quer dizer com isso?

— Que você vai experimentar coisas novas nesse verão. Se vai ficar aqui, precisa arranjar outro trabalho de meio período, e precisa fazer isso sozinha. Nada a ver com a universidade.

Sinceramente, meu orgulho também está exigindo isso. Aceno com a cabeça.

— Beleza.

— E até você encontrar um emprego, vai trabalhar como minha assistente no livro. Nesse de agora *e* no próximo.

Argh. Matemática.

— Tá. Tudo bem.

— E quero ver você se arriscar mais na sua vida pessoal. — Ele tira os óculos de novo, mas dessa vez os deixa pendurado nos dedos, como se precisasse que eu ficasse desfocada durante essa parte da conversa.

O que faz total sentido, porque quando ele abre a boca, diz:

— Não vou me envolver na sua vida romântica, mas, pelo amor de Deus, por favor descubra logo o nome da Ruiva, porque preciso que você e Camila parem de falar sobre ela como se fosse um personagem de *O complexo de Portnoy*.

— Eu não sei o que isso significa — digo. — Pela milésima vez, não estou interessada em filmes feitos no século passado.

Meu pai não é muito de rezar, mas juro que ele fecha os olhos e faz uma prece nesse instante, e eu aproveito o momento em que ele não está me observando para experimentar

Escolhas de um verão   **27**

outro gole da bebida. Meu pai abre os olhos bem a tempo de me ver fazendo a careta mais repulsiva da face da Terra.

— Não gostou?

— Não mesmo — confesso, fraca. — Mas vamos voltar a falar de coisas importantes. A gente pode combinar de nunca mais discutir nenhum crush que posso ou não ter?

— Com certeza. Assim que eu disser mais uma coisa.

Eu me preparo para ouvir algo que vai ser terrivelmente vergonhoso — se ele sabe sobre a ruiva, o que mais pode saber? — mas tudo que meu pai diz é:

— Nat, eu e sua mãe podemos não ter sido bashert...

— O eufemismo da década — murmuro. Talvez meus pais tenham almas-gêmeas em algum lugar do mundo, mas certamente não eram isso um do outro.

— Mas ao menos nós tentamos. E nós conseguimos você no processo, então nem tudo foi ruim.

— Isso *não* deve ter valido a pena.

Ele dá um sorriso seco, e não tenho certeza se gosto do que fica subentendido.

— Só quero me certificar de que não destruímos sua capacidade de acreditar no amor. Sei que o divórcio pode causar um impacto de longa duração nas crianças...

— Estou bem, pai, juro. Não tem nada a ver com você e minha mãe e algum tipo de trauma irreversível. Eu só não sei conversar com pessoas bonitas. Ou pessoas feias. Devo ter herdado alguma inaptidão social — digo, de forma significativa.

— Há, há. Mas, falando no seu DNA, tenho mais uma condição sobre esse verão, Natalya.

Meu nome inteiro. Nunca é bom sinal. Especialmente acompanhado da expressão que ele faz logo em seguida.

As pessoas presumem que sou russa por causa do meu nome, e apesar de definitivamente ter alguma ascendência asquenaze que me torna quem sou, a verdadeira história é a cara dos meus pais: minha mãe queria que eu me chamasse Natalie, por causa de uma tia que faleceu pouco antes de eu nascer. Meu pai queria que eu tivesse o nome de alguma figura feminina poderosas bíblica, mas não nomes comuns como Sarah ou Raquel. E assim, na única decisão conjunta que já tomaram na vida com cada um cedendo um pouco, combinaram Natalie com Atalya e inventaram Natalya, um nome que nenhum dos dois usa a não ser que precisem que eu preste atenção no assunto.

Para aqueles que não tem conhecimento religioso, Atalya — ou Athaliah ou Atália — foi uma mulher que matou toda a sua família para se tornar rainha e depois foi assassinada por seu único descendente vivo, que havia sido escondido por uma criada, quando ele atingiu maioridade e podia se tornar rei. Enfim. Pensar nesse assunto me traz sentimentos um pouco confusos.

(E eu também vi na internet que Natalya significava "nascida no Natal", o que é hilário para uma menina judia que nasceu em fevereiro. Mas isso já é outra história.)

— Manda ver — digo.

— Quero que você fale mais com a sua mãe. Pelo menos algumas vezes por semana.

Abro a boca para discutir — eu e ele mal nos falamos algumas vezes por semana —, mas o olhar do meu pai me proíbe de tentar responder. (As menções a esse olhar são *frequentes* no site de avaliação de professores universitários, e tenho quase certeza de que é por causa disso que a nota dele é 4.7 em vez de cinco estrelas.)

Escolhas de um verão   **29**

— Não me importo se só ficar mandando uma daquelas figurinhas...

— Emojis ou memes?

Ele aperta o nariz.

— Por favor, pare — diz, soltando a respiração. Meu pai olha a limonana como se quisesse ter pedido uma cerveja em vez do suco. — Você não tomou a decisão de ficar aqui imediatamente. Isso significa que ao menos considerou passar o verão com sua mãe. O que significa ver e falar com ela todos os dias. Não existe um bom motivo para você não fazer isso só porque não está ficando na casa dela.

— Isso é um castigo? — pergunto, estreitando os olhos. — Porque não escolhi você sem pensar duas vezes?

— Claro que não. — A voz dele soa sincera, mas... — Sua mãe e eu nunca quisemos que vocês duas se afastassem quando ela aceitou trabalhar na Cooper Frank. Foi uma consequência infeliz, e não vamos discutir de quem é a culpa, mas *vamos* consertar isso. E ao menos uma dessas comunicações semanais entre vocês vai ser uma ligação de telefone ou vídeo. O resto você decide.

— Ela mandou você fazer isso?

— Ela não sabe que te pedi isso, e você não vai falar nada. — O rosto dele se suaviza. — Sua mãe perdeu algo grande quando se mudou, Tal. Ela sabe disso, eu sei disso, e você também sabe. Ela está tentando recuperar agora, e o mínimo que podemos fazer é abrir espaço para isso. Especialmente se já é um espaço que você estava preparada para abrir.

Argh, é tão raro meu pai ser sentimental que é impossível lhe negar algo quando isso acontece. E ele está certo. Parte de mim estava se preparando para deixar que minha mãe fosse parte da minha vida nesse verão, ao menos um pouquinho. Então eu consigo fazer isso.

Além do mais, ele não falou que essas "comunicações" não poderiam ser mensagens de dois segundos.

— Tá bom.

Nós apertamos as mãos em acordo pouco antes da nossa comida chegar.

Quando voltamos para casa, é hora de acabar logo com isso: fazer a ligação para contar minha decisão. O telefone chama três vezes, e estou tão acostumada com a mensagem da caixa postal de "Você ligou para Melissa Farber" que não percebo que minha mãe atendeu até ela dizer meu nome pelo que, claramente, não é a primeira vez.

— Nat?

— Ah, oi, desculpa. — Pigarreio, desejando poder pular essa parte, mas sabendo que não posso. — Então, eu sinto muito, já tomei minha decisão. Vou ficar por aqui.

— Eu já estava imaginando — diz ela, e consigo ouvir o sorriso triste na sua voz do outro lado da linha. Meu estômago revira. — Bom, eu precisava tentar. Vai até ter um garoto novo trabalhando aqui, ele é mais ou menos da sua idade. A empresa decidiu que não gostava de como seriam vistos se o único estagiário fosse contratado por nepotismo, então escolheram alguém que se inscreveu no programa. Ele é bonitinho, ou pelo menos acho que uma garota de dezessete anos o acharia bonitinho.

Minha mãe é uma mulher estranha, mas meu pai está certo — parte de mim gostaria de estar perto daquela estranheza nesse verão. Eu queria entendê-la melhor, e não

Escolhas de um verão 31

só para compreender como ela pode simplesmente nos deixar para trás, mas sim porque realmente me sinto mais confusa a respeito da minha mãe do que gostaria.

Como agora. Não acho que a menção ao nepotismo devesse soar como uma alfinetada, mas soa. É para eu sentir inveja desse outro garoto por ter conseguido o estágio por mérito e já ter causado uma boa impressão com a sua aparência? Porque, sério, eu meio que invejo ele, sim. E enfim, "eu precisava tentar"? Como se eu fosse uma campanha que ela queria pegar no trabalho apesar de ser pouco qualificada para isso? É só isso que eu ganho? É com essa mulher que eu preciso me comunicar diversas vezes por semana?

Normalmente, essa é a duração das nossas ligações, então eu murmuro algo sobre ir até Los Angeles para as Grandes Festas (apesar de nós duas sabermos que não vou fazer isso, porque as aulas já vão ter começado e eu não tenho tanto tempo para voar até lá e voltar) e me preparo para me despedir quando ela me surpreende:

— Estava pensando que seria bom se conversássemos mais nesse verão — diz, e ainda parece que ela está cheia de dedos, mas percebo que notou e está tentando mudar o tom. — Talvez fosse divertido se comprássemos o mesmo livro e fizéssemos um pequeno clube a cada duas semanas? É tempo demais? Você ainda lê muito?

— Leio, sim — garanto. — Muito porque leio *thrillers* que me deixam acordada até tarde.

— Aaah, faz um tempo que não leio um bom livro de mistério — diz ela. — Parece divertido. Também pensei que poderíamos fazer um acordo em que você pode comprar um material novo de arte toda semana, desde que me mande uma foto do que você fez.

Minha mãe está falando meu idioma de forma tão fluente que estou começando a desconfiar de que ela e meu pai fizeram esse plano juntos. Porém, é muito, muito difícil imaginar os dois tendo uma conversa afável sobre qualquer tópico, principalmente esse.

Então entro na onda. São duas opções de comunicação fácil, e já sinto um pouco da pressão no peito se dissipar por não precisar pensar nas formas de falar com ela com a frequência que meu pai quer. Talvez essas deixas sejam o melhor jeito de cumprir o combinado.

Será que esse é um jeito normal de falar com a própria mãe? Talvez não. Mas a gente nunca foi normal.

— Combinado — digo. — E, pelo que eu saiba, você não começou nenhum hobby artístico, então talvez deva fazer o mesmo. Toda semana você me conta algo que fez no trabalho do qual tenha ficado orgulhosa. — Penso na última visita da minha mãe, em como saímos para jantar em lugares diferentes todas as noites. Tudo bem que ela come basicamente salada, mas ao menos ela era ousada na forma como decidia comê-las. — E a melhor coisa que você comeu na semana.

— Combinado — diz ela, e apesar de ser um som nada familiar para mim, sei que está sorrindo. — Vá na livraria amanhã, pegue alguma coisa e me diga o livro que escolher, tá?

Eu já tenho uma lista de uns dez livros que estou morrendo de vontade de comprar sem nem ter que procurar. Ninguém nunca precisa me falar duas vezes para ir na livraria.

— Tá. — Estou sorrindo também. Então, penso em outra coisa. — Mãe?

— Sim?

Escolhas de um verão   33

— Sobre a coisa do trabalho, pode ser uma coisa que você gostou muito ou pode ser só uma coisa horrível. As duas coisas.

Eu quero conhecer minha mãe, e se aprendi alguma coisa com redes sociais, é que a gente nunca sabe quem uma pessoa é vendo apenas seus melhores momentos.

— Gostei disso — ela fala, a voz um pouco mais baixa do que antes. — Estou ansiosa por isso, Nat.

— Eu também — digo, sincera.

Capítulo três, de novo,
em que Natalya faz outra escolha

— Oi, mãe.

Estou do lado de fora do restaurante, mas mantenho a voz baixa, em parte porque não quero incomodar os outros clientes, mas também porque não quero que meu pai ouça essa conversa de jeito nenhum caso ele volte.

— Estou jantando com o papai. Ele está no banheiro — acrescento rapidamente, antes que ela pergunte "e ele deixa você usar o *celular* na *mesa*?". — Posso te ligar daqui a pouco?

— Claro, Nat. — Mas ela não desliga, e eu também não. Eu sei o que minha mãe está esperando, e eu preciso contar para *alguém*, então é melhor fazer isso logo.

— Eu vou — digo, às pressas. — Pra Los Angeles. Eu só... ainda não contei pra ele. Vou fazer isso agora, só tô um pouco nervosa.

— Ah! — Ela ri, um som genuinamente feliz, e eu nem tinha percebido que meus ombros estavam encolhidos até escutar aquela risada e afrouxar os músculos. — Que excelente! Muito bom! Vou organizar as coisas por aqui, e acho que vejo você semana que vem! E tenho ótimas notícias. Vai ter outro estagiário da sua idade no trabalho, então talvez você consiga fazer amizade. Ele é bonitinho, ou pelo menos acho que uma garota de dezessete anos o acharia bonitinho. Você ainda gosta de meninos, né?

— *Sim*, mãe, argh, por favor não invente de arrumar um encontro pra mim nas férias. Tá, papai está voltando. Preciso desligar. Falo com você depois.

Coloco o celular no bolso sem esperar a resposta dela, mas é tarde demais — meu pai já me viu.

— Camila? — pergunta ele.

Fico tentada a mentir, mas não há motivo para adiar mais essa conversa. Hora de arrancar o band-aid.

— Mamãe — falo.

—Ah. — Ele se senta. — E você falou o que escolheu?

— Falei. Eu... eu vou tentar ir pra Los Angeles nessas férias. Não é porque não quero ficar com você — acrescento, apressada, porque apesar de meu pai não ser do tipo sentimental, eu sou. — Eu só acho que vai ser bom uma mudança de clima. Ver outro lugar que não Upper Manhattan.

— Você sabe que tem minha permissão para descer até o centro da cidade desde que fique acima da Houston. — Meu pai parece um pouco triste, mas não bravo. Não parece nada bravo. Queria poder dar um abraço de urso nele, mas a mesa está entre nós, e ele não gosta tanto de abraços.

— Está tudo bem por você? — pergunto, com cuidado. — Se me disser que não, eu fico por aqui. Juro.

— Eu sei que você ficaria, Tal, mas acho que é a escolha certa. Você deveria sair mais. Ver mais coisas. Provar que alguém na família Fox consegue se bronzear.

36 *Dahlia Adler*

Um bronzeado. Meu Deus, eu nem pensei na possibilidade de ficar com um bronzeado de gostosa de Los Angeles. Tá, ótimo, estou me sentindo muito bem com essa escolha. Estico a mão na mesa para apertar a dele, que, como sempre, está manchada de tinta de caneta.

— Obrigada.

A garçonete chega com o nosso pedido, e rapidamente interrompemos o momento de sentimentalismo e começamos a comer nossos pratos, o aroma de ovo frito e pimenta delicioso demais para ser ignorado. Antes da garçonete ir embora, meu pai pede para ela trazer uma limonada com morango e, nesse instante, meu coração vacila.

Será que estou cometendo um erro? Minha mãe nunca prestaria atenção em mim o suficiente para saber que eu odiei minha bebida, muito menos saber exatamente qual o sabor certo para substituí-la. Será que eu quero mesmo passar o verão inteiro com uma mulher que se tornou uma estranha?

— Vai ser bom você passar um tempo com a sua mãe — meu pai diz entre garfadas, como se lesse minha mente. Ele coloca mais molho de pimenta nos ovos, me lembrando de que esqueci de colocar nos meus, mas decido que ir para Los Angeles é um risco grande o bastante para que eu não precise queimar minhas papilas gustativas.

— Sua mãe e eu nunca quisemos que vocês duas se afastassem quando ela aceitou trabalhar na Cooper Frank. Foi uma coisa infeliz, e não vamos discutir de quem é a culpa, mas acho que é uma boa coisa que você esteja dando a ela uma chance de consertar isso. — Ele pega outra garfada, mastigando pensativamente. — Sua mãe perdeu algo grande quando se mudou, Tal. Ela sabe disso, eu sei disso e você também sabe. Espero que você abra espaço para deixar ela recuperar um pouco do que perdeu.

Eu não sei o que responder, ou a *que* eu deveria me abrir. Só sei que não consigo tirar as palavras das minhas amigas da minha cabeça. Camila e Adira não têm muita coisa em comum exceto serem minhas amigas, mas se ir Los Angeles é o caminho que as duas escolheriam, acredito que isso signifique alguma coisa. Além do mais, como o verão aqui poderia ser empolgante? Camila vai fazer trabalho voluntário no hospital por três semanas antes de desaparecer por um mês inteiro, eu tenho zero contatinhos e vão me substituir naquele trabalho na biblioteca em um instante — e isso me lembra de que preciso avisar que vou sair desse trabalho. Ops.

— Acho que sim — é tudo o que digo. Não que eu já não esteja questionando minha escolha. Claro que não. Seria ridículo.

Certo?

Certo.

Isso é bom. É uma mudança. É me dar uma chance para mudar as coisas, me reconectar e ter novas experiências. Confesso que é difícil pensar em três meses inteiros sem nenhuma possibilidade de esbarrar sem querer na...

— *É uma pena* — diz meu pai, interrompendo meu pensamento. — Eu estava ansioso para ver se alguma hora você teria coragem.

— Coragem pra quê?

Ele me dá um sorriso torto. Juro, estou vendo tantas facetas novas do meu pai essa noite.

— Para se apresentar para a Ruiva.

Ah, não. O que está acontecendo? Que vontade de morrer.

— Como é que você...

— Um pai sempre sabe — é tudo o que diz.

E apesar de ele estar errado — muitos, muitos pais jamais saberiam, e minha mãe certamente também não —, eu fico de boca fechada. Também me pergunto se eu finalmente criaria coragem nesse verão, especialmente com Camila longe da cidade e minha necessidade de entretenimento ainda mais escassa.

Acho que nunca saberemos.

— Tá, eu sei que eu disse que era isso que eu faria, mas não acredito que você tá *fazendo*. — Cam está sentada na cama, me observando enquanto faço uma mala bagunçada e bebendo um smoothie da forma mais barulhenta possível. — Achei que você ia ficar, e agora na verdade estou até meio irritada com isso.

— Vou te lembrar *mais uma vez* de que você não vai estar aqui durante metade das férias! E quando estiver, vai ficar ocupada demais com o trabalho voluntário e Emílio.

Examino uma camiseta com estampa de abacaxi e outra com estampa de limão e considero levar as duas. Camila balança a cabeça e aponta para a de limão, os olhos me observando até eu colocar a camiseta de abacaxi na gaveta com certa relutância.

— Com licença, *nós* sairíamos com Emilio — corrige ela —, e Lydia, Leona, Isaac, Elijah e Nate. Por favor, até parece que você fica de vela o tempo todo.

— Tá bom — murmuro, apesar de ser mesmo essa a sensação quando os dois estão sendo ridiculamente fofos. — Mas enfim, isso é bom, né? Eu deveria fazer isso?

— Sim, você deveria. — Ela deixa o copo de lado e vai até meu closet, rapidamente escolhendo três vestidos que diz

Escolhas de um verão   **39**

que preciso levar. — Vai ser bom passar um tempo com a sua mãe e conhecer umas pessoas novas, desde que você não goste de nenhuma delas mais do que de mim.

— Como isso seria possível? — Os vestidos são colocados na pilha de camisetas, regatas, shorts, jeans e leggings que já enche a mala quase até o topo. — Eu nem sei fazer novos amigos. Minha mãe disse que vai ter outro estagiário lá da minha idade. Um cara bonitinho, segundo ela. Mas sei lá se é uma fonte confiável.

— Bom, ela achava seu pai bonito, então você pode medir o gosto dela por aí.

— Camila Maria Christina Morales, como você é nojenta.

— Só tô dizendo! Mas é melhor você me mandar uma mensagem imediatamente me contando sua avaliação. Se ele for bonitinho, quero todos os detalhes e pelo menos uma foto na encolha.

— Provavelmente não vai ser bonitinho. Eu não tenho essa sorte. Ele só deve ser judeu. Minha mãe acha que todos os meninos judeus do planeta são bonitinhos. É uma necessidade biológica. — Suspiro. — O que estou esquecendo de levar? Sinto que tô esquecendo algo grande.

— Hum. — O olhar intenso de Camila vasculha a pilha de roupas abarrotadas. — Os jeans que deixam sua bunda bonita?

— Já peguei. Óbvio.

— Biquíni?

— O roxo da parte de cima comprida e o com estampa de flores.

— Sutiã? Calcinha?

— Clar… Ah. Meu Deus. Não. Caramba. Acho que nem tenho espaço.

É *claro* que eu esqueceria uma das coisas mais importantes, e isso nos faz perceber que na verdade esqueci de pegar todos os itens de higiene, o carregador do notebook, a escova de dentes e os óculos para quando eu não estiver com vontade de usar lentes de contato. Juntas, nós jogamos todo o conteúdo da mala em cima da cama e fazemos uma triagem mais rígida do que vai ou não, e então redobramos tudo e colocamos na mala.

— Minha mãe provavelmente tem umas coisas que vou poder usar, né? Eu não estou levando xampu nem nada.

— Ela é um ser humano que mora em uma casa. Tenho certeza de que vai deixar você usar o xampu dela se estava planejando deixar você ficar lá durante o verão.

— Você não conhece minha mãe — murmuro, o que é meio verdade.

As duas já se encontraram diversas vezes quando minha mãe ainda morava em Nova York. Mas não tanto quanto se ela tivesse ficado em Manhattan em vez de se mudar para o Brooklyn para "ter o próprio espaço", o que gerava um ótimo percurso de transporte público nos dias em que eu ficava com ela.

— Eu não ficaria chocada se descobrisse que ela dorme no escritório cinco dias por semana.

— Bom, então você pode ficar com todo o xampu dela e terá *muita* privacidade pra aproveitar com o seu namoradinho estagiário — diz Camila com um sorrisinho, e eu reviro os olhos. — Agora vai pegar as calcinhas.

As calcinhas! Certo. Sabia que eu estava esquecendo alguma coisa.

Escolhas de um verão

Capítulo quatro,

em que Nat começa com o pé esquerdo (e sem café)

Golpe típico de dona Melissa #1: comprar uma passagem que me faz chegar quase meia-noite no horário de Los Angeles para que ela não precise pegar trânsito para me buscar no aeroporto. Não importa que são quase três da manhã para mim e que estou *exausta*. Eu nunca consegui dormir em aviões, então passei o voo inteiro comendo pacotinhos de sucrilhos e chocolate enquanto assistia a séries de dramas médicos. Agora estou dividida entre querer desmaiar em uma e fazer uma craniotomia decente em alguém.

Golpe típico de dona Melissa #2: Ela está vinte minutos atrasada e o carro dela fede a café, algo que parece bom pela manhã, mas que simplesmente me deixa atordoada nesse horário.

— Achei que você estaria cansada — diz ela, gesticulando para um copo que aparentemente é meu.

Há um espaço em que paira um "não se preocupe, botei dois quilos de açúcar" que certamente meu pai diria. Meu cérebro parece cheio de algodão, e é preenchido por um único pensamento: *cacete, por que eu ia querer tomar café quando posso só ir dormir?*

Então é isso que eu falo. Tirando o palavrão.

— Ah. Claro. — Ela espreme os lábios, e agora eu me lembro de que minha mãe não dorme. Não sei como não lembrei disso quando decidi que iria dividir um lar com ela durante o verão. Era constante o cheiro de café sendo passado em casa na hora de dormir.

Como fui me esquecer disso?

— Podemos colocar na geladeira quando chegarmos em… — tropeço na palavra *casa* ao me lembrar de que eu não moro lá — chegarmos na sua casa. Posso fazer café gelado de manhã.

Ela assente. Seu sorriso é rígido, o cabelo loiro na altura dos ombros é rígido, e ainda nem nos abraçamos, mas sei que também será rígido. Pensar nisso me dá vontade de chorar. Meu pai pode não ser muito de abraços, mas ao menos eu sei disso. E ele tem outros tipos de abraço, como bater nos meus pés com uma cópia enrolada do jornal quando coloco os pés no sofá. Quero deixar o clima melhor, então falo:

— Obrigada por pensar nisso.

Aquilo parece aliviar um pouco o clima, mas ainda não nos abraçamos, e eu só jogo a mala no porta-malas e me enfio dentro do carro.

— Como foi a viagem? — pergunta minha mãe, por que o que mais se diz para alguém que acabou de sair de um avião? Essa é literalmente a única pergunta no mundo que se faz para alguém que acabou de sair de um avião.

— Foi boa. Fiquei na janela. Tinha muitos lanchinhos.

— Que bom.

Escolhas de um verão

Silêncio, exceto pelo som do ar-condicionado e o ruído do café sendo bebido quando paramos em um sinal vermelho. Sinto a necessidade de romper isso, então digo:

— Mandei mensagem pro papai avisando que cheguei. Achei que ele não ia responder porque já é bem tarde, mas recebi um emoji de joinha em resposta. Então ele sabe que cheguei bem.

— Que bom. Isso é bom.

É *bom* mesmo, mãe. Obrigada por concordar.

Fico sem assunto. Ela está focada na direção, então eu descanso a cabeça na janela e fecho os olhos. Quando os abro de novo, estamos chegando na garagem de sua casa branca. Eu já estive aqui antes, mas só poucas vezes. Nas primeiras férias de inverno depois que ela se mudou, insisti em ficar em casa com meu pai para passarmos o Natal sendo o estereótipo máximo de judeus e nos enchendo de comida chinesa enquanto assistíamos a *Star Wars*. Mas no dia seguinte eu embarquei em um avião e passei o resto da semana experimentando a estranheza de ser alguém da costa leste em Los Angeles durante o que eles gostam de chamar de "inverno". Fiquei tão rabugenta de perder a comemoração de Ano-Novo com meus amigos que meus pais me deixaram voltar mais cedo, e também acho que minha mãe estava cansada de mim.

É desnecessário dizer que eu não tenho boas memórias desse lugar, mas pelo menos é alguma coisa. Quando entro, sei que devo passar pela cozinha e então por um banheiro para chegar no "meu" quarto, que de fato tem algumas fotos minhas, mas, de resto, é claramente o escritório da minha mãe com uma cama de visitas.

— Tem toalhas limpas no banheiro e eu esvaziei o armário, então pode ficar à vontade.

 Dahlia Adler

Ergo o olhar e a vejo no batente, uma das mãos segurando uma caneca. Preciso de um instante para decifrar a expressão em seu rosto, mas então vejo que ela está olhando para a escrivaninha e imagino que, em uma noite normal, ela estaria trabalhando aqui nesse mesmo horário.

— Posso dormir no sofá da sala — ofereço, meu estômago se revirando de culpa por estar tomando o espaço da minha mãe, apesar de essas férias terem sido ideia dela. — Se quiser trabalhar no seu escritório.

— O sofá não abre — murmura ela, e não consigo evitar me perguntar se é esse o único motivo para não aceitar minha oferta. — Não, pode ficar. — Ela abana a mão. — Vai dormir. Eu também deveria ir. — Como se isso fosse possível com toda a cafeína que corre nas veias dela. Ou talvez ela já seja imune. E então, claro, ela completa: — Ou deveria tentar trabalhar no projeto da Featherston. Mas posso fazer isso do notebook no meu quarto. Você precisa de mais alguma coisa?

Dei uma olhadinha na pia enquanto passava pelo banheiro e confirmei que de fato tem pasta de dente.

— Não, tá tudo certo.

— Ótimo.

Ela me dá um sorriso fraco e me deseja boa noite, e logo eu fico sozinha, escutando o som abafado da porta se fechando. É tarde demais para mandar mensagem para as minhas amigas, mas depois do cochilo que tirei no carro, estou agitada demais para dormir. Em vez disso, tomo um banho enquanto carrego o celular, depois passo por diversos vídeos idiotas enquanto escovo os dentes e guardo algumas roupas, então pego o livro de mistério YA que comprei no aeroporto, mas não li no avião.

Escolhas de um verão

Que erro. Um erro gigantesco. No fim das contas, o livro é bom demais, e eu só paro de ler depois de acabar tudo. Estou tão exausta que poderia morrer, mas é aquele tipo de exaustão que você nem consegue dormir.

Até agora, Los Angeles não teve um bom começo.

Talvez eu devesse pegar aquele café.

Não sei que horas acabo dormindo, mas, quando acordo, vejo que tenho bilhões de mensagens, e a maioria é de Camila.

> Como tá aí??
>
> Chegou bem?
>
> Pq não tá me respondendo kct????
>
> Ah esqueci do fuso horário, mals
>
> Já acordou??

Bocejo bem grande e depois aviso que estou bem, que tudo está bem e que eu ligo depois. Aproveito para tomar banho e me vestir, temendo mais uma interação constrangedora com a minha mãe. Porém, não precisava ter me preocupado, já que logo fica claro que ela não está em casa, o que confirmo ao ver que o carro não está na garagem.

Tudo bem que é bem tarde — o *jet lag* é real —, então ela deve ter saído para trabalhar algumas horas atrás, mas ela nem deixou um bilhete. Não tem nenhum cereal no armário ou waffles no congelador, e não faço ideia de como ligar a cafeteira. A oferta de ontem não pode ser encontrada em lugar nenhum, então acho que preciso sair.

Sozinha.

Em uma cidade que não conheço.

Legal, legal. Definitivamente fiz a escolha certa.

Se eu precisasse adivinhar, Camila deve estar no parque ou na biblioteca com os irmãos, Adira deve estar entregando lanchinhos para as crianças da colônia de férias, Lydia está lendo o quinto manuscrito do dia no seu estágio na editora e Isaac está com Leona enquanto ela arruma roupas na Anthropologie.

Eu seria capaz de tudo para ter qualquer um deles aqui comigo.

Odeio ficar sozinha. Nem imagino de onde puxei essa característica, já que meus pais amam se trancar no escritório para trabalhar com muita paz e tranquilidade, mas nem assistir a TV eu gosto de fazer sozinha. Adira é minha companhia para assistir a Real Housewives, e se eu estiver vendo alguma coisa na Netflix, tem grandes chances de estar conversando com Cam, Isaac e Leona no nosso grupo "Sopa de Letrinhas" ao mesmo tempo.

Porém, escolhi vir para uma cidade nova — uma onde eu não teria nenhum amigo e não conheceria ninguém até meu estágio começar, em dois dias. Então é hora de descobrir coisas novas em um lugar novo. Coloco uma blusa de alcinhas e shorts, reviro minha mala procurando meus chinelos, busco no celular para ver onde fica o café mais próximo e... imediatamente percebo que minha mãe não me falou a senha do Wi-Fi.

É claro que não.

Não quero ligar nem mandar mensagem para evitar que nossa primeira conversa de verdade no meu primeiro dia morando aqui seja sobre acesso à internet, então acho que vou precisar contar com o 4G. Felizmente, tem uma loja da franquia Coffee Bean & Tea Leaf a cinco quadras, e mesmo sabendo que as

Escolhas de um verão

pessoas de Los Angeles normalmente não andam para lugar nenhum, essa garota de Nova York com certeza anda.

Assim que estou com meu latte gelado de baunilha em mãos, aproveito para dar uma volta pelo que será meu novo bairro durante esse verão. Minha mãe mora em Beverlywood, que no caso é o bairro onde ela cresceu, apesar dos meus avós terem se mudado para Miami quando ela e minhas tias cresceram e passaram a cuidar da própria vida. Agora estão todas espalhadas pelo país — tia Jessica é dentista em Memphis e tia Lauren, a caçula, foi ser terapeuta ocupacional em Boca Raton, junto da família. No fim das contas, acho que minha mãe nunca deixou de sentir saudades da Califórnia.

A recusa do meu pai de sequer tentar uma mudança temporária foi uma das últimas gotas d'água do casamento — algo que eu descobri escutando uma das muitas, muitas brigas que tiveram sussurrando aos gritos. Na verdade, é difícil imaginar meu pai em um lugar onde o inverno não existe. Porém enquanto ando pela avenida Pico e vejo todas as lojas, preciso admitir que fico surpresa por ele se recusar a tentar viver em um lugar com tantos restaurantes kosher. Parece que todos os restaurantes estão fazendo propaganda de pizza, sushi ou falafel — os três principais pratos dos restaurantes kosher nos Estados Unidos. E então há também os restaurantes persas, e eu fotografo tudo para me lembrar de voltar alguma hora para experimentar uma comida nova.

Também anoto tudo que posso precisar, farmácias, salões de beleza... Vai saber o que minha mãe está planejando me mostrar. Se essa manhã me ensinou alguma coisa, é que é melhor eu me preparar para que a resposta seja nadica de nada. Depois de duas horas andando, tirando fotos e parando na rua para postar tudo, meu "café" já acabou e estou

48 *Dahlia Adler*

atordoada com todas as informações que quero guardar. Volto para casa e, sem mais nada para fazer, troco de roupa de novo para ler e tomar sol no quintal.

Visto uma regata limpa quando meu telefone toca, e dou um pulo, achando que é Camila. Em vez disso, é uma foto do meu pai se recusando a tirar o olho de um livro de matemática que aparece na tela. É claro que ele me ligaria para ver como estou antes da minha mãe.

— Oi, pai. Como estão as coisas?

— Fico feliz que você perguntou. Passei a manhã lendo o livro novo do Bamberger, e os resultados dele na teoria de Ramsey são...

— Pai.

— Você que começou.

— Pois é. Então você está ligando para saber como eu estou ou só está evitando escrever o prefácio daquele livro que vai deixar homologia matemática legal para os jovens?

— Não estou *evitando* nada. Estou simplesmente organizando meus pensamentos. É claro que quero saber como você está. Como está tudo aí em Los Angeles? E sua mãe?

Levo o celular para a sala e observo os pássaros voando além das portas duplas e as janelas do chão ao teto que fazem a luz do sol entrar de uma forma quase insuportável na casa.

— Los Angeles está quente. E é enorme. E tem um café que mais parece milk-shake com cafeína. Até agora, nota seis.

— Então seu dia foi cheio.

—Aproveitei pra dar uma olhada nas redondezas — digo. — No caso, em uma quantidade absurda de restaurantes kosher e uns outros prédios. E palmeiras. Eles têm mesmo palmeiras.

— Bom, ao menos sua mãe está aí ajudando você a entrar em contato com a natureza.

Escolhas de um verão

Decido não contradizê-lo e continuo no assunto — se ele souber que minha mãe me largou no primeiro dia, vai começar outra briga.

— Também vi uns restaurantes persas. Você queria que eu começasse a experimentar coisas novas? Essa é uma coisa nova que eu definitivamente vou experimentar.

— Uma excelente escolha. Descubra qual é o melhor e aproveite para comer um ghormeh sabzi. Pode pagar com o cartão de emergências.

— Eu adorei a sua definição de *emergência*.

— Você nunca comeu um ghormeh sabzi bom! Confie em mim, é uma emergência. Lembra do meu colega de faculdade, o Arash? A mãe dele fazia o melhor ghormeh sabzi e tahdig do mundo. Eu tentei fazer a receita e fracassei diversas vezes. Sou PhD em matemática e ainda assim não consigo fazer um arroz que fique crocante no fundo — murmura, e lá vai ele se perder de novo nos próprios pensamentos.

— Anotado — digo, antes que meu pai possa divagar sobre todas as possibilidades matemáticas de onde errou. Eu conheço bem as divagações dele. — Enfim, foi uma manhã decente.

Melhor encerrar por aí.

— Excelente. E como foi não conhecer ninguém por aí exceto sua mãe? Encontrou alguém no café?

— Bom, eu tive que pedir para a atendente me explicar todas as opções do café. — Não fiz amizade com o cara impaciente na fila atrás de mim que gritava no telefone, mas as meninas loiras bonitas, talvez calouras, estavam vendo algo no celular e não pareciam se importar. As mesas estavam cheias do que imagino serem aspirantes a roteiristas bebendo o mesmo copo de chá ou café por uma hora inteira, desde antes de eu chegar, e nem olharam na minha direção. Todo o resto era um borrão. Por mais que eu adore observar pessoas, a ansiedade me deixa nervosa quando estou em um lugar novo. — Ela era legal.

— Que bom.

É claro que nenhum de nós fala sobre a ironia de que meu pai tem aproximadamente quatro amigos e nunca, *nunquinha*, falaria com um estranho em um café a não ser que fosse para pedir licença. Porém, ele e eu somos pessoas de estilos muito diferentes; se meus olhos não fossem réplicas idênticas dos olhos azuis-acinzentados de cílios grossos dele, não nos conectariam um ao outro nem em um milhão de anos, e muito menos pensariam que somos parentes. Às vezes eu acho que ele faz perguntas sobre eu ser extrovertida porque tem um fascínio e gostaria de pesquisar mais sobre o assunto.

— Eu sei que você está preocupada em fazer amigos aí.

Estou mesmo, mas na maior parte do tempo só torço para que o estagiário no trabalho da minha mãe não seja um completo babaca. Não tenho muitas esperanças, então talvez meu pai esteja certo, ao menos até eu explorar um pouco mais da cidade. Talvez amanhã eu pergunte à atendente do café um lugar legal para ir quando se tem dezessete anos e nenhuma supervisão parental ou guia em uma cidade nova. Afinal de contas, existem pessoas piores para fazer amizade do que alguém legal que sabe fazer café, né?

Capítulo cinco,

em que Tal se "aventura" por Nova York

> Estou me aventurando

Essa é a mensagem que mando para o meu pai, adicionando uma imagem da fachada do Café Nevermore, o mais novo estabelecimento a tentar competir contra o enxame de Starbucks que existe no Upper West Side. Apropriadamente sombrio para um lugar na rua 84 (também conhecida como rua Edgar Allan Poe, e a quadra em questão fica entre a Broadway e a Amsterdam), um corvo de asas abertas está empoleirado sobre o letreiro com fonte gótica, e é difícil imaginar que eles sirvam qualquer outra coisa que não seja café preto e talvez vinho tinto. Já passei por essa cafeteria com curiosidade algumas vezes, e hoje é o dia em que me arrisco. Poe é um dos meus autores favoritos, e preciso de um emprego, então imagino que esse seja um sinal.

Não que exista alguma placa dizendo que estão contratando, mas imagino que, já que é uma loja nova, seja uma boa aposta. Mesmo que eu tenha zero experiência servindo café para alguém além do meu pai.

Que só toma café preto.

Bom, na verdade, talvez eu seja a pessoa perfeita para trabalhar aqui.

Eu me certifico de que estou com a pasta do currículo na bolsa que cruza por cima da minha camiseta preta, me deixando mais profissional, e empurro a porta, apenas para congelar de imediato.

A Ruiva.

Ela está aqui.

Tipo, *realmente* aqui. Tipo, *trabalhando*. Eu entro em todos os restaurantes e lojas no Upper West Side na esperança de esbarrar nela, e de vez em quando isso acontece, mas eu nunca a vi atrás de um balcão.

Nunca a vi em um lugar onde não tenho escolha a não ser falar com ela.

Puta merda.

É isso. Essa é minha chance. Porém, não consigo me mexer. Olho para os meus pés, para as pontas das unhas pintadas de azul dos e para o chinelo de estampa de melancia e tento fazer com que deem um passo para a frente, mas eles só... não se mexem.

Até que alguém bate nas minhas costas, xingando alto e me fazendo derrubar o celular no chão de azulejos com um estardalhaço.

— Dá pra sair da frente? — murmura o cara atrás de mim quando me abaixo para pegar o celular, querendo poder me esconder na cortina de cabelo que cobre meu rosto.

Ao menos a tela não rachou. Minha capinha gigantesca com estampa de donuts não deixou que nada acontecesse.

Escolhas de um verão   **53**

Será que eu posso só... sair de fininho? É isso que eu gostaria de fazer. Talvez a Ruiva não tenha me visto. Talvez ela não tenha visto esse esbarrão vergonhoso. Talvez...

Tá, talvez ela esteja olhando para mim e claramente tentando não rir, ao menos um pouquinho, o que eu apreciaria, se não estivesse tão concentrada no pensamento de querer derreter até virar uma poça no chão.

Desvio o olhar e encaro o menu pendurado na parede atrás do balcão. Tem só cinco opções e uma frase que diz "não temos sabores diferentes". Bom. Agora eu quero *mesmo* ir embora, exceto que é minha melhor chance de me apresentar, mesmo que também seja a mais constrangedora.

Pelo menos eles têm cappuccinos, o que nunca é ruim, então tomo coragem e fico parada atrás do meu novo melhor amigo, evitando contato visual tanto com ele quanto com a Ruiva ao pegar meu celular e mandar uma mensagem para Camila.

> PQP. Encontrei a Ruiva. Passei a maior vergonha. Vou falar com ela em 2 min.

Camila responde de imediato, o que significa que já deve ter deixado os irmãos na colônia de férias.

> QUÊ

Muitas coisas estão acontecendo na minha cabeça, e não consigo transformar nenhum pensamento em mensagem antes de ouvir a voz chamar:

— Próximo.

Conheço a voz dela. Quer dizer, já a ouvi pedir cupcakes de red velvet e perguntar se alguma biografia nova está em estoque (sim, é sempre alguma biografia e sempre de algum músico — eu prestei atenção), e uma vez na farmácia ouvi ela pedir informações sobre o plano de saúde para a mãe por telefone (parei de prestar atenção logo depois porque parecia invasivo demais). Porém, nunca foi em uma conversa comigo, exceto por uma vez em que ela falou "com licença" quando estava saindo da papelaria e eu estava distraída pela seção de cartões de aniversário com estampas de macarons.

Isso significa que nunca tive a chance de ver como os olhos dela são cor de mel, naquele tom raro que parece um brilho dourado, como os de um gato. Ou talvez de uma raposa. Ou o café Nevermore não pede que os funcionários usem uniforme ou o uniforme é uma camiseta preta, mas mesmo com a roupa preta simples a Ruiva tem uma certa aura de raposa, a astúcia e o brilho evidentes. Ela é gostosa de uma forma que me deixa exasperada, ainda mais quando observo as fileiras de argolinhas em cada orelha. Acabo mudando meu pedido no último segundo, e peço a única opção gelada e frutada do cardápio inteiro.

— Chá gelado de laranja, por favor — consigo dizer, imediatamente me esquecendo de falar coisas básicas como "oi". Ou "bom dia".

A Ruiva não parece se importar e começa a fazer minha bebida. Ela é a única pessoa atrás do balcão, o que é um bom indício do meu possível emprego, mas não posso trabalhar com ela o verão todo. Eu derrubaria as canecas cada vez que ela me olhasse.

Acho que o emprego já era.

Escolhas de um verão

— Seu nome?

É uma pergunta para a qual eu deveria saber a resposta, mas minha língua parece presa do céu da boca e, além disso, tenho diversas opções. Será que ela prefere "Nat", como minha mãe, que poderia ser apelido de "Natalie"? Ou "Tal", como meu pai, que seria o apelido de "Atalya"? Tally, como a maioria dos meus amigos me chama? Ou deveria oferecer tudo de uma vez, um *Natalya* por completo, e então estremecer quando ela escrever meu nome com "i" ou "h", ou só acrescentar letras por diversão? Só Deus sabe que eu já vi de tudo nesse caso.

Nessa altura, ela poderia só colocar "a morena que esqueceu como se fala na presença de uma menina gata" e o café inteiro saberia que o chá é obviamente meu.

— Seu nome? — ela pergunta de novo, e eu pisco.

— Natalya Fox — respondo, porque sou eu por inteiro, e quero que ela tenha isso, mesmo que nenhum ser humano na história da humanidade já tenha dado seu nome completo no caixa de um café.

— Beleza — diz ela, escrevendo com uma caneta preta em um copo vermelho. — Chá gelado de laranja, pra já.

Ela não precisa ir para muito longe para fazer minha bebida, mas é espaço o suficiente para eu voltar a respirar e me ocupar de ler os bottons que estão pendurados no avental que ela usa na parte debaixo. Um bottom da bandeira LGBTQIAP+ está ali, me dando um pouco de esperança, e o restante parece ser logos de bandas. Reconheço os do Queen e do Nirvana, e nada mais é familiar, o que confirma o fato de que ela é muito mais maneira do que eu.

A Ruiva volta antes que eu consiga anotar algum dos nomes, me entregando o copo de plástico gelado.

— Natalya Fox — diz, os dedos roçando nos meus. — Eu estava mesmo me perguntando o seu nome.

Então, ela me dá uma piscadela que me derrete por dentro antes de se virar para o próximo da fila.

Eu nem mesmo olho para o copo até já ter saído pela porta sem nem saber como, esquecendo-me completamente de como meus pés funcionam.

Foxy, diz a caligrafia rabiscada no copo. *Feito por Elly Knight*.

Tá, ficar em Nova York foi a melhor decisão do *mundo*.

Bom, talvez não do *mundo*. Depois que a adrenalina de finalmente ter conhecido a Ruiva — Elly — se esvai, sou forçada a encarar o fato de que minha única esperança de emprego se tornou nula, e nenhuma das minhas livrarias, padarias, lojas de roupas ou cafeterias favoritas está contratando. Ao menos, não estão contratando pessoas sem muita experiência. Eu me dou o tempo de mais meio dia para olhar pela vizinhança e pela internet à procura de emprego quando finalmente desisto e me dirijo à biblioteca de Columbia para começar a ajudar na pesquisa do meu pai.

Não tenho nenhum sentimento forte por matemática, o que pode parecer blasfêmia vindo da filha de Ezra Fox, mas posso confirmar que se você não gosta muito de números (assim como eu), passar quatro horas seguidas fazendo pesquisas e mandando e-mails ou imprimindo artigos recentes sobre topologia algébrica (dependendo do tamanho) vai com certeza derreter o seu cérebro.

O ar está menos abafado quando saio da biblioteca, então volto pela Rua 86 a pé, com o celular na mão para *finalmente* contar a Camila sobre como foi encontrar Elly naquela

Escolhas de um verão

manhã. É claro que ela já buscou os irmãos, então decidimos ir jantar juntas, e convencemos Lydia e Leona a se juntar a nós. Só vamos nos encontrar depois das sete, então isso me dá um tempinho para parar na minha livraria favorita na Rua 104 para procurar algo para ler no meu novo clube-do-livro-de-2-pessoas-de-mãe-e-filha.

Apesar de estar vindo da biblioteca, onde passei a tarde rodeada pelo que provavelmente são quilômetros de livros, entrar na Pages Upon Pages e ver todas as capas coloridas é como respirar ar fresco. Meus pés me levam instintivamente para a seção de mistério e *thrillers*, mas eu congelo quando estou a alguns passos da estante.

Será que minha mãe gosta de *thrillers* e mistérios assim como eu? Será que vai achar horrível demais se eu escolher alguma coisa com pétalas ensanguentadas ou sombras na capa? Será que ela espera que eu escolha algo mais histórico, ou talvez um romance, ou só pegue alguma coisa que uma celebridade recomendou no próprio clube do livro?

Meu Deus, como é que eu sei tão pouco sobre minha própria mãe?

Passo o olhar por um daqueles cartões que ficam embaixo dos livros com recomendações mais específicas, um livro em capa dura que mostra uma fotografia borrada de um grupo de amigos que parece ter sido tirada embaixo d'água. A recomendação do livreiro, bem efusiva em um garrancho que eu primeiro interpreto como sendo um *"thriller* SoCal", o que parece ser a escolha perfeita — eu adoro *thrillers*, e minha mãe ama tanto o sul da Califórnia que me abandonou para voltar para lá.

Então olho de novo e percebo que a palavra é "Social", não "SoCal", mas o livro já está na minha mão, e dou uma passada rápida nas páginas e decido que é o vencedor. Definitivamente não vou pensar demais sobre essa conversa que talvez nem aconteça, pois pode ser que ela encontre algo mais importante para fazer do que ler o livro. Além disso, a história parece boa.

Tiro uma foto da capa e mando para minha mãe.

O que você acha?

E quando percebo que estou com medo de que ela tenha se esquecido da nossa conversa e talvez não tenha ideia do que eu estou falando, acrescento:

Para o nosso clube do livro?

Depois de três minutos parada ali, parecendo estranha e encarando meu celular como se tivesse decidido assistir a um filme no meio da livraria, ela ainda não respondeu. Finalmente decido só comprar o livro e, quando estou passando o cartão, ouço atrás de mim:

— Oi, Foxy.

Eu não deveria ficar surpresa de ver Elly Knight na Pages Upon Pages; é um dos lugares em que já a vi muitas, muitas vezes. Entre os bottons, as camisetas e compras de livros, eu já tenho uma boa noção de quais são suas bandas favoritas, e já até ouvi algumas para caso um dia tivesse a oportunidade de falar sobre isso, mas também porque eu estava curiosa. Algumas eu até comecei a amar (The Pretty Reckless, The Decemberists, Foo Fighters). Algumas outras, que são no estilo mais metal, eu... bom, não gostei.

Hoje ela está com um livro de poesia escrito pela Halsey, o que parece um bom sinal.

Escolhas de um verão

Ainda assim, nenhum planejamento do mundo poderia me preparar para ver a garota dos meus sonhos falando comigo nessa livraria, parecendo mais gostosa do que um milk-shake de caramelo açucarado com uma camiseta branca do Black Sabbath e uma saia xadrez. Ela deve ter se trocado depois do trabalho.

— Elly Knight — respondo, e preciso de todos os meus neurônios para dizer essa frase.

— O que você pegou? — Ela indica o livro com a cabeça, e não consigo mais lembrar o título. Não consigo me lembrar de nada a não ser...

— É um thriller SoCal. — *Espera. Não. Cacete.* — Quer dizer, um thriller social.

— O que isso significa?

— Ah, sabe... — Abano a mão no ar, tentando encontrar qualquer explicação, mas meu cérebro não acha nada. — É eletrizante. E social.

— Aposto que sim. — O sorrisinho no canto dos lábios quase me mata.

— É pra um clube do livro. — Será que eu pareço nerd? Meu Deus, definitivamente pareço uma nerd. — Com a minha mãe.

Não, espera, isso é definitivamente pior.

— E sua mãe gosta de thrillers sociais?

— Eu ainda não sei — respondo, tímida, tirando o celular do bolso do shorts e mostrando a tela sem notificação. — Ainda estou esperando uma resposta.

E então, como se estivesse esperando um sinal, a tela do meu celular se ilumina com uma mensagem de Isaac escrita inteira em letras maiúsculas no nosso grupo Sopa de Letrinhas: OUVI DIZER QUE VOCÊ CONHECEU A RUIVA!!1!

A julgar pela forma como Elly imediatamente morde os lábios para não rir, sei ela *notou mesmo* a mensagem sutil do meu amigo. Me apresso para enfiar o celular de volta no bolso, e é claro que me atrapalho, deixando ainda mais óbvio o constrangimento da situação. É então que ouço o baque estarrecedor do meu celular caindo no chão pela segunda vez hoje.

— Preciso ir — murmuro, me apressando para pegar o celular, e saio correndo da Pages Upon Pages como um demônio fugindo da cruz.

É melhor não ser tarde demais para me mudar para a Califórnia.

Capítulo seis,
em que Nat se torna uma assalariada

Precisei de uma hora para decidir que roupa usar nesta manhã, apesar de já ter passado uma hora no telefone com Cam e Leona discutindo exatamente isso. Chegou a hora. Essa é a opção certa. A camiseta branca é impecável e evidencia o início do meu bronzeado de verão, a saia verde-esmeralda farfalha dramaticamente na altura dos joelhos, os shorts de usar por baixo de vestidos mantém qualquer assadura longe, as sandálias exibem meu esmalte rosa e meus brincos grandes completam o visual colorido. É perfeito.

Tenho certeza de que é mais perfeito que o vestido rosa de saia envelope que comprei na promoção da Anthropologie. E mais perfeito do que a calça capri preta e blusa de bolinhas que Adira insistiu que eu trouxesse emprestado para esse verão. E mais perfeito do que... Não, não vou mais pensar na minha roupa. Tenho dois objetivos para hoje: sobreviver a esse dia e não envergonhar minha mãe.

Não que eu me importe com o que ela pensa, considerando que na minha primeira noite em Los Angeles ela trabalhou até nove da noite, só fazendo uma ligação longa o bastante para me dizer para pedir um jantar para mim na conta dela, e então apareceu para conversar sobre o meu dia trazendo uma taça enorme de vinho (para ela, não para mim) quando eu estava prestes a ir dormir. Pelo menos hoje ela não vai sair sem mim, o que já vale de alguma coisa.

— Adam Rose começou ontem — ela me informa quando entramos no carro. Pela maneira como fala, sei que ela está criando uma competição na mente dela (espero que seja só na mente dela) entre mim e o outro estagiário. — Só tem uma mesa para vocês dois dividirem, então talvez você precise tirar umas coisas dele para abrir espaço.

— Espero que tenham duas cadeiras pelo menos — brinco, porque não sei o que mais dizer.

Já é ruim sentir que estou invadindo o espaço pessoal dela em casa; agora vou precisar também invadir o espaço de um outro cara em um trabalho no qual ainda nem comecei?

Minha mãe murmura algo em resposta, e então o telefone toca e ela começa uma reunião matinal com seu assistente, Norman. Não me surpreendo em saber que ela tem reuniões e apresentações o dia todo, o que significa que vou precisar lidar com o lendário Adam Rose sozinha.

Só vi o escritório da Cooper Frank em fotos na internet, então apesar de o edifício moderno parecer familiar, não faço ideia do que esperar quando entro. Eu estava imaginando algo com a mesma decoração que minha mãe usava em casa — espaços abertos e cores neutras —, mas é o exato oposto, todo cheio de cores alegres e lotado de cubículos, pôsteres e cabines na frente de uma parede feita

Escolhas de um verão   63

de quadros brancos, que Norman explica que serve para conversas colaborativas.

Até mesmo Norman é uma surpresa — não é um nerd branco de meia-idade, e sim um cara de ascendência coreana, gato, com cabelo descolorido bagunçado e ombros largos. Na verdade, todo mundo no escritório parece atraente, e juro que não sou só eu sendo Promíscua™. Já ouvi minha mãe falando sobre como as pessoas querem comprar coisas daqueles que projetam uma aura de *je ne sais quoi*, mas como alguém que fez três anos de aula de francês, posso dizer com segurança que agora *je sais* o que é esse *quoi*, e é todo mundo muito gato.

Norman me leva em um tour pelo escritório enquanto minha mãe desaparece para se preparar para a reunião do dia e eu volto a questionar minha escolha de roupa.

— Essa é a cozinha — diz ele, gesticulando para uma sala branca impecável decorada com duas tigelas cheias de laranjas e algumas outras plantas. — Tem bebida de graça na geladeira, a cafeteira fica ali e as xícaras ficam no armário.

Imediatamente me alegro ao ouvir que tem bebidas grátis. Não fazia ideia que alguns empregos vinham com coisas grátis! Eu quase falo isso em voz alta para Norman, mas imagino o olhar que receberia em resposta, e enfim, ele já voltou a andar e eu fiquei para trás.

— Você já viu a recepção, óbvio, e imagino que já conheceu Lucia. Quando precisar pedir almoço para as reuniões, você pode mandar um e-mail para ela e ela faz o pedido. — Tudo bem, eu consigo lembrar disso. — Por ali fica a sala de correspondência. Hector é o cara com quem você vai falar sobre qualquer pacote que precisar pegar.

Lucia, recepção. Hector, sala de correspondência. Até aí tudo bem.

— Wendy cuida de todas as impressões. É só mandar um e-mail com pedidos e *detalhes* de todas as especificações. Ela não tem bola de cristal para adivinhar as coisas. — Fico esperando que ele me conte o que ela faz, mas claramente não vou receber mais informações. Em vez disso, ele começa a listar todos os nomes de restaurantes que usam para o almoço e os que usam para o café da manhã, além de que impressora se usa para cada tipo de trabalho.

Tarde demais, percebo que deveria estar anotando tudo isso, então pego meu celular e começo a digitar qualquer coisa que consigo lembrar no aplicativo de anotações, mas mal tenho tempo de escrever "Lucia" antes que Norman diga:

— E aqui fica a sua mesa. E a mesa dele. Tanto faz. Preciso ir. Apareça se precisar de alguma coisa.

Então Norman vai embora e fico encarando uma mesa que, de fato, só tem uma cadeira. E está ocupada por um cara que tem a aparência de maior babaca que já vi em toda a minha vida. O cabelo escuro, quase preto, foi penteado com gel para ficar no lugar. Ele tem olhos castanho-escuros, daquele tipo meio sombrio sexy. O paletó pendurado nas costas da cadeira dele (nossa cadeira!) sugere que ele literalmente resolveu vestir um terno — um *terno!* Em Los Angeles! No meio do verão! Sendo um estagiário! — para trabalhar hoje. E tudo nele parece exalar uma aura de babaquice e perfeição.

Ainda assim, ele tem mais mérito do que eu, porque fui contratada por nepotismo.

Queria poder nepotizar (?) eu mesma para trocar minha camiseta por uma que não tenha sido amassada e não pareça algo que usei ontem.

Escolhas de um verão

Então esse é o tal Adam Rose. Não é à toa que minha mãe começou uma competição mental entre nós dois; ele parece o tipo de cara que divide a conta do restaurante até o último centavo e que consegue recitar qualquer coisa legal que já fez por você de trás para a frente. Queria poder tirar uma foto discreta e mandar para Camila, porque sei que ela veria exatamente o que estou vendo sem eu nem precisar dizer nada.

Enquanto isso, Adam nem ergueu o olhar do computador desde que cheguei, como se estivesse fazendo um Trabalho Muito Importante, sendo que ele só está aqui um dia a mais do que eu, e 75% do trabalho que me foi passado era aprender a pedir comida para as outras pessoas. Norman nem se deu ao trabalho de nos apresentar, então imagino que eu precise fazer isso, mesmo que prefira me esfaquear com uma das canetas meticulosamente arrumadas que ele colocou na mesa.

— Você deve ser o Adam.

Ele ergue o olhar, piscando em surpresa, e abre um sorriso agradável e perdido.

— Sou, sim.

Espero ouvir algum sinal de reconhecimento de que ele sabe quem eu sou, mas ele não fala nada. Será que o avisaram de que haveria outro estagiário? Ou eles só largaram essa tarefa para mim? Isso certamente explica o fato de que a escrivaninha está completamente coberta pelas porcarias de Adam, como minha mãe me avisara, sem nenhuma consideração de que outra pessoa talvez queira colocar seu próprio porta-retratos ou o carregador de celular na mesa.

— Eu sou a Natalya. — Nada ainda. — Fox. — Nadica de nada. Mas tá, talvez ele esperasse que eu usasse o sobrenome da minha mãe. — A filha da Melissa Farber.

— Ah, hoje é o dia de trazer os filhos para o trabalho? Eu nunca me lembro dessas datas.

— Quê? Não, não é nada disso — falo entredentes. — Ou talvez seja. Mas estou aqui pra trabalhar. Eu sou a outra nova estagiária.

— Ah! Eu ouvi falar que teria outra estagiária. Prazer em te conhecer. — Ele estende a mão. — Qual é mesmo seu nome?

Fico muito tentada a ignorar a mão e o braço ao qual a mão está conectada — odeio me sentir tão atraída por braços de meninos —, só que não tenho nenhuma justificativa para isso, então aceito o cumprimento. Ele aperta minha mão com firmeza, quente e seco. Com uma confiança enlouquecedora.

— Natalya — digo.

Normalmente eu diria "Mas pode me chamar de Nat", mas não vou fazer isso. Esse cara vai precisar trabalhar duro para isso.

— Legal, legal. — Nenhum de nós fala nada, e nossos olhares repousam na mesa, que ainda está cheia das coisas dele. Espero que ele as empurre de lado e peça desculpas pela bagunça, mas não acontece. Por fim, diz: — Então, você vai sentar na sala da sua mãe?

— Hum, não? Essa mesa também é minha. Então se der pra você só...

Ele pisca. Aparentemente, preciso mesmo terminar a frase mais óbvia do mundo.

— Se der pra você só tirar suas coisas daí para eu colocar as minhas, seria ótimo — digo, a voz seca.

— Ah, sim, claro.

O tom dele de "ah, que pena" é irritante demais, mas ele de fato tira as coisas do lugar. É claro que *eu* não tenho nada — não trouxe minha caneca ou um porta-retratos ou um livro para ler no almoço, ou qualquer uma das outras coisas que Adam deixou exibidas na mesa —, mas agora que fiz esse pedido incisivo, preciso inventar alguma coisa.

Vasculho a bolsa. Encontro um pacote de chiclete, gloss labial, minha carteira, e ah, um carregador de celular. Bom, já é alguma coisa. Encaixo o carregador na tomada sob a mesa, coloco meu celular sobre o tampo para ocupar algum espaço e vou em busca de uma cadeira para me sentar. Não consigo ir muito longe antes de um cara que eu nunca vi colocar a cabeça para fora do seu cubículo e dizer:

— A impressora precisa de um cartucho novo.

Ele olha para mim. Adam olha para mim. Olho para Adam, mas fica claro que ele não vai se levantar, e já que eu nem me sentei ainda, não tenho uma boa desculpa para fugir disso. Então abro um sorriso e digo:

— Entendido.

Não que eu saiba onde fica a impressora.

Ou os cartuchos.

Ou como trocar o cartucho da impressora.

Porém, eu me sinto confiante na habilidade de descobrir, e, sinceramente, parece bem melhor do que ficar sentada em uma escrivaninha ao lado de Adam Rose.

No fim das contas, há muitas tarefas básicas a serem feitas em uma firma de marketing, e descubro isso ao ter que fazer literalmente todas elas enquanto Adam fica sentado na nossa mesa fingindo que tem alguma coisa para fazer porque ele está aqui há dois dias, enquanto eu ainda estou no meu primeiro dia. Normalmente, eu reclamaria mais, mas fazer as tarefas me mantém longe dele e faz com que o dia passe mais rápido, então se eu precisar ajudar com impressoras travadas, requisitar motoboys, assinar e pegar pacotes, corrigir apresentações e até ir buscar café gelado, tudo bem. Tanto faz. Ao menos estou aproveitando o sol.

O café favorito da firma fica próximo e não é de rede, e a pessoa atendendo — de origem latina, aparentemente mais velha do que eu, cabelo lilás espetado que eu imediatamente invejo e um rosto redondo perfeito para as covinhas que aparecem — me interrompe antes de eu terminar de falar qual é o segundo café do meu pedido.

— Cooper Frank? — pergunta.

— Estagiária nova — confirmo, mostrando o sticker de identidade na camiseta que vai ficar ali até que meu crachá de verdade esteja pronto. Só que o sticker na verdade já caiu, e eu agora estou literalmente só indicando meu peito para uma pessoa fofa. — Você já sabe os pedidos?

— Sei, sim.

Jaime, de acordo com o crachá, abre um sorriso, e minha nossa, as covinhas são mesmo de matar. Acho que esse emprego não é *sem* algum benefício, mesmo que Norman tenha me feito ficar escutando um pedido de cafés de cinco minutos aparentemente sem motivo nenhum.

— Me dá uns minutos — diz Jamie. — Eu faço pra você.

Eu me afasto do balcão e fico olhando o celular enquanto espero, curtindo uma foto de Adira coberta por creme de barbear na colônia de férias e outra de Leona segurando Matrix, seu mix de maltês e poodle, enquanto tira uma selfie de modelo com uma camiseta que diz "O erro é do Cis-tema". (Leona é um tipo de ícone fashion trans na internet, com mais seguidores do que eu jamais posso sonhar em ter na vida toda. Quando deixo minha curtida na foto, outras 43.726 pessoas já curtiram primeiro.)

Tem fotos de Emilio com nossos outros três melhores amigos homens — Elijah, Nate e Isaac — no jogo do Yankees de ontem, e outra foto adorável de Camila com seu uniforme de voluntária, o rosto dos pacientes cobertos por emojis para manter a privacidade das crianças. E, então, uma foto de Isaac e Leona apontando para o pôster de *Bem comportadas*, a comédia romântica lésbica que vai sair na semana que vem e que nós três passamos meses falando sobre como veríamos juntos, não só porque a estrela é a única pessoa do mundo por quem nutro uma paixonite ainda maior do que pela Ruiva: Vanessa Park. A legenda, postada por Isaac, diz: "Não é a mesma coisa sem você, @OutFox219 #SopadeLetrinhas", e sinto um aperto no coração quando percebo que estou completamente sozinha para ver o filme mais esperado por mim de toda a história.

Jamie volta trazendo uma bandeja de cafés gelados de tamanhos diferentes, e sem querer reforçar estereótipos, mas elu parece ser o tipo de pessoa que definitivamente vai ver o novo filme da Vanessa Park. Será que eu pergunto? Seria mal-educado? Em Nova York, Isaac, Leona e eu sempre fazemos barulho sobre sermos gay, trans e pansexual e bissexual, respectivamente, mas vai saber como as coisas são em Los Angeles.

Mas até aí, talvez valha o risco de potencialmente fazer amizade por aqui, especialmente se for uma amizade *queer*.

— Obrigada por isso — digo, puxando a bandeja. — Eles têm uma conta aberta aqui?

— Já está tudo incluso, até a gorjeta. — A covinha aparece mais uma vez.

— Tá, que bom. Então, hum. Los Angeles tem muitos cinemas, né?

Ah, é. Eu sou horrível em conversar. Me esqueci completamente disso.

Elu ri.

— É, cinema é uma coisa meio grande por aqui. Imagino que você seja de fora. Isso explica o jeito como pronuncia *café*.

— Ah, quer dizer a pronúncia correta? Não precisa se preocupar, você vai entender uma hora. — Elu ri mais uma vez, e agora nem é de mim. Parabéns, eu. — Então, tipo, se alguém quisesse descobrir um cinema para ver *Bem comportadas* na estreia, minha melhor aposta seria...

— Vai passar em vários cinemas. É Los Angeles, afinal. Mas, pessoalmente, eu iria no Sunset, em WeHo.

Faço uma anotação mental para procurar isso na internet depois.

— Obrigada, valeu. E, hum, e se eu quisesse alguém para *ver* esse filme comigo... — Abro meu melhor sorriso, o que fez Jason Torres me convidar para a formatura do ensino fundamental apesar de todo mundo saber que ele estava planejando convidar a Lexi Sloan, e pisco só para completar.

Jamie abre a boca para responder, e então um olhar de compreensão transparece.

— Ah, isso é um pouco constrangedor, mas, hum, eu sou hétero.

— Ah, você... Ah. — Não existe nem um vestígio sequer de cisheterossexualidade emanando da pessoa na minha frente. Mas não é só porque alguém tem cabelo lilás e usa uma camiseta da Megan Rapinoe que obrigatoriamente é uma pessoa *queer*. — Desculpa, eu...

Escolhas de um verão

Jaime cai na gargalhada.

— Tá, não, eu só queria ver se essa colava. Sou *queer* pra caralho. Também sou agênero. Mas eu tenho namorada.

— Isso é outra coisa que você tá tentando ver se cola, ou...

— Não, ela existe de verdade. — Jamie pega o celular e me mostra uma foto de uma menina loira com um capuz cinza e uma camiseta polo listrada igual a de um árbitro. — Mas ela sempre topa conhecer gente nova. Vou trabalhar no meu outro emprego em um *food truck* hoje à noite, vamos estar estacionados do lado de vários outros carrinhos de amigos, se você quiser aparecer. Me encontre aqui de novo às seis.

Não tenho tempo de fazer mais perguntas ou deixar meu celular, porque o cara atrás de mim está começando a ficar impaciente, e eu noto o gelo derretendo nas bebidas, então só digo:

— Legal, vejo você depois.

Volto para o escritório, e só depois que eu finalmente entrego o café de todos e me afundo em uma cadeira, eu percebo que esqueci de fazer um pedido para mim, mas nem me importo.

Eu consegui. Fiz amizade. Em Los Angeles.

E como sou uma garota extremamente maneira, imediatamente mando uma mensagem para o meu pai contando isso.

No segundo em, que o relógio marca cinco horas, as pessoas começam a guardar suas coisas para ir embora, o que não parece uma atitude muito Melissa Farber, mas vou até a sala dela do mesmo jeito. Como suspeitei, ela ainda está sentada firme e forte na frente da mesa, o vigésimo terceiro café do dia (provavelmente) na mão, a outra segurando uma impressão contra a luz. Ela nem nota que entrei na sala até eu dar uma tossida alta e contundente.

— Ah, Nat! Você me assustou. — Ela coloca a impressão de volta na mesa. — A Graziela mandou para você o template a ser usado na newsletter?

— Umas seis horas atrás, mãe. São cinco da tarde.

— Mas já? — Ela olha para o relógio, sem enxergar nada.

— Bom, preciso terminar o relatório até as sete. Você quer pedir janta?

Não me passa batido que eu pareço ser só um detalhe nessa história, que minha mãe espera que eu só fique sentada na sala dela por duas horas chupando o dedo. E eu ficaria mesmo se não tivesse conhecido Jaime mais cedo, mas se eu estivesse na dúvida sobre me encontrar com diversos estranhos hoje à noite, a atitude da minha mãe de fato ajuda a concretizar minha escolha.

— Na verdade, Jamie, que trabalha no Mocha Rouge, me convidou para sair com elu e a namorada para jantar hoje à noite, e acho que seria bom encontrar com pessoas da minha idade.

Especialmente já que Adam Rose é um babaca é o que eu não digo.

— Ah. Tudo bem. Eu deveria me preocupar que você está saindo com estranhos?

— Mando a localização quando eu chegar.

— E vai me ligar se precisar de carona?

— Sim, mãe. — Apesar de ter certeza de que isso vai acabar com eu pedindo um Uber de qualquer forma.

— Certo, ótimo. — O celular dela toca, cortando qualquer conversa. — Desculpa, eu preciso atender — diz quando o pega. — Melissa Farber falando.

Com isso, sou dispensada.

Escolhas de um verão   73

Ainda tenho mais meia hora antes de me encontrar com Jaime, mas felizmente Adam desapareceu enquanto eu estava na sala da minha mãe, então aproveito para me sentar na cadeira dele, pego o tablet e a caneta e me perco desenhando uma casa assombrada com inspiração em Poe na qual estou trabalhando desde o voo, completo com um busto de Pallas Athena. Um minuto depois, fico com medo de perder noção do tempo, então pego minhas coisas e vou me sentar no café para desenhar por lá.

Jaime assente quando eu entro, mas elu está ocupade com uma mulher que segura um bebê chorando no ombro, parecendo sobrecarregada. Todos os outros clientes parecem estar pedindo coisas para a viagem a essa hora, então arrumo uma mesinha no canto, me empoleiro no banco e volto a me concentrar em aperfeiçoar as penas dos corvos.

Estou acabando uma última flor-de-lis no topo da cerca de ferro quando um vislumbre lilás chama minha atenção, e ergo o olhar para ver Jaime se sentando na minha frente.

— Cooper Frank — diz elu, mostrando o sorriso de covinhas. — Você voltou.

— Voltei, mas pelo amor de Deus, não me chame assim. Natalya — digo. — Nat.

— Tá bom, Nat. Ei, legal isso. Você que desenhou?

Olho para o desenho, sombrio e gótico, com uma janela em formato de crânio pintada em cima da porta e um corvo empoleirado olhando através dela, e me pergunto que tipo de impressão errada estou passando para Jamie, que parece tão alegre.

— É, é só um negócio. Estava lendo uma releitura moderna de *A queda da casa de Usher* no voo pra cá e fiquei inspirada a desenhar uma casa assombrada com detalhes de umas outras coisas dele.

— Eu amei — diz elu, e parece ser um elogio sincero. — Cass está esperando lá fora, mas depois quero ver mais umas coisas suas. Se você quiser mostrar, claro.

— Claro, mostro, sim.

Enfio o tablet na bolsa, meu estômago revirando com as possibilidades. Fiz uma amizade! Fiz uma amizade que se interessa pela minha arte! Uma amizade que vem com outra, talvez! Se ela gostar de mim! E não achar que estou flertando com a pessoa com quem namora! Novas amizades que podem me apresentar a uma nova comida favorita! O céu é o limite!

Ou ao menos é isso que estou dizendo a mim mesma quando me apresento para Cass, uma loira de pernas compridas, e entro no banco de trás do carro, me perguntando se talvez minha mãe estivesse certa quando questionou se era seguro sair com estranhos completos.

Eu deveria ter tirado uma foto da placa do carro de Cass.

Esqueço rapidamente dos meus medos quando Cass liga o rádio e ela e Jaime começam a cantar junto com a Rihanna, as vozes desafinadas o suficiente para eu não me sentir mal de me juntar à cantoria. Parece que deveríamos estar em um carro conversível com a capota abaixada, mas o ar-condicionado se faz muito necessário, então todas as janelas estão fechadas, o que torna minha falta de musicalidade uma câmera de eco horrenda. Passamos por Adele, Ariana Grande e Dua Lipa, e fica tudo horrível.

Até agora, são meus quinze minutos favoritos em Los Angeles.

E tudo isso acaba da forma mais insuportável quando finalmente chegamos ao *food truck* — Bros Over Tacos — e parado ali, conversando com o cara atrás da janela, está ninguém menos que Adam Rose.

Escolhas de um verão   75

Capítulo sete,

em que Tal meio que arruma um emprego

Acordo na manhã de segunda-feira ao som irritante de alguém tocando a nossa campainha e batendo na porta ao mesmo tempo. Olho para a tela do celular, ainda sonolenta — são 7h28 da manhã. Já que meu pai não está reclamando do barulho, provavelmente sentado no terraço acompanhado do jornal e de uma xícara de café preto, completamente alheio, significa que preciso levantar.

— Calma aí! Já tô indo! — digo enquanto vou cambaleando até a porta, apesar da fala ser mais um resmungo. — Que inferno. Que inferno. Que inferno.

Passo a mão no rosto e dou um bocejo, então vejo quem é pelo olho mágico. Adira.

Destranco a porta.

— Cara, tipo, mal amanheceu ainda. Não dava pra você mandar mensagem?

Mesmo assim, dou um passo para o lado e deixo ela entrar.

— São sete e meia, e é uma emergência — declara ela, os cachos castanho escuros esvoaçando quando passa por mim. — Bom, não é bem uma emergência, mas é importante. Becca torceu o tornozelo e vai ficar de molho a semana inteira. Você ainda está procurando um emprego? Chevi e eu precisamos desesperadamente de uma terceira pessoa, e você já trabalhou de babá antes, né?

— Sim, para os Gilman, do 7G aqui no prédio, e algumas vezes para aquela família que se mudou pra Stamford depois. Mas...

Meu Deus, não consigo pensar nisso enquanto ainda estou dormindo. Ser monitora de colônia de férias *não* estava nos meus planos esse verão, mas eu ainda não tenho nenhuma perspectiva de encontrar um emprego de verdade, e prometi a meu pai que ia arrumar alguma coisa. Se eu passar a semana inteira sem fazer mais nada a não ser a pesquisa do livro dele e arrumando livros na estante da biblioteca, vou enlouquecer. Além do mais, o dinheiro seria ótimo, e é evidente que Adira precisa de ajuda.

— Acho que eu poderia ajudar — ofereço. — O que preciso fazer?

— Se vestir. Agora. Precisamos estar na Grand Central em quarenta e cinco minutos.

— Você tá me zoando.

Claramente, ela não está. Já está vestida com uma camiseta vermelha listrada, shorts azul-marinho, meias e tênis, o que é um bom indicativo de que eu não deveria ir de chinelo. Provavelmente não é um bom calçado para correr atrás de crianças. Ainda sonolenta, tomo um banho e me visto, passo no terraço para avisar sobre meus planos do dia para o meu pai e me lembro de pegar a bolsa e os óculos escuros antes de seguir Adira até o metrô.

Escolhas de um verão

É só depois que estamos no trem indo para Westchester — Nova Rochelle? Scarsdale? Já me esqueci qual é — que finalmente estou acordada o suficiente para perguntar a Adira o que é que vou fazer nessa famosa colônia de férias de fundo de quintal.

— Já faz tempo que fiz essas coisas de colônia de férias. Ainda me lembro de como jogar GaGa, mas só isso. — No último verão, fiz curso de desenho, cuidei dos meus avós em Miami quando minha avó quebrou o tornozelo e acompanhei meu pai até a Filadélfia para uma conferência de matemática. No ano antes disso, fui para a costa leste em uma excursão para crianças judias, e não jogamos bola nem ficamos fazendo atividades. Era mais uma coisa de visitar pontos turísticos e sinagogas. — Acho que posso desenhar com eles? Mas eu saí correndo demais para pegar qualquer material pra isso.

— Já temos bastante. Chevi está com tudo. A única coisa que Becca deveria levar era… ah, essa não.

— Que foi?

— Lanche — diz Adira, a voz abaixando até virar um sussurro. — Becca deveria trazer toda a comida. A gente precisa pegar comida.

Tá, isso parece mesmo uma emergência.

— Mande uma mensagem para a Chevi. Talvez ela possa ir comprar isso agora.

— Ela não pode sair. Alguns pais estão pagando a mais para deixar os filhos mais cedo. — Adira leva as mãos ao rosto, os cachos castanhos escondendo-a por inteiro. — Droga, droga, droga.

— Vamos ter tempo de ir a um mercado antes da hora do primeiro lanche — eu a asseguro, olhando para o celular, como se eu tivesse alguma ideia de qual é o cronograma. — Que horas vai ser?

— Dez e meia. Mas não é igual em Manhattan, Tal. Não é como se desse pra ir na vendinha da esquina.

— Isso é uma bobagem. Toda rua deveria ter uma vendinha na esquina. Mas tudo bem, a gente dirige. No caso, você dirige, já que eu definitivamente não vou arriscar dirigir o carro de um estranho tendo só uns cinco minutos de prática.

— Ainda é melhor do que eu. Eu nem tenho carteira.

— Essas crianças da cidade… — nós duas falamos ao mesmo tempo.

Eu abano a mão.

— Então a Chevi dirige — digo. — Vai dar tudo certo. E ela mora em Westchester, então precisa ter uma carteira.

Spoiler: ela não tinha carteira. Aparentemente, frequentar uma escola na cidade é um empecilho quase tão grande quanto de fato morar lá.

— O que a gente faz? — sussurra Chevi quando outra criança sai de uma SUV gigantesca e recebe beijos e abraços enquanto chora por estar sendo abandonada nesse lugar novo. — A gente não tem mais tempo para alguém sair.

— Você deve ter comida em casa. — Olho para a casa enorme de Chevi, construída no estilo mediterrâneo, grande demais para não ter pelo menos uns sacos de pretzels. — Você tem uma caixa de areia, um brinquedo de piscina e balanços. Não me diga que não tem um pacote de Oreos aí.

Ela suspira.

— Meu irmão é celíaco, então se você tocar nas comidas caras e difíceis de encontrar dele, ele vai dar um jeito bem nojento de se vingar. Agora você me pergunta como eu sei

Escolhas de um verão

disso. — Ela olha para as crianças no jardim, que nitidamente se esquecem de chorar quando veem o balanço e um trepa-trepa para brincar. Sem dúvida que o quintal de Chevi foi feito para isso. — Mas enfim, provavelmente deve ter biscoitinhos ou salgadinhos em algum lugar. Vou checar. Ainda estamos esperando mais duas crianças, então alguém precisa ficar de olho no quintal enquanto a outra fica aqui para esperar. Volto com o que encontrar.

No fim das contas, o tamanho da casa não é proporcional a quantidade de lanches. Chevi volta trazendo uma sacola contendo três pacotes de palitinhos vegetarianos, barrinhas de cereal, batatinhas que claramente sobraram do Pessach e um engradado de seis caixinhas de suco.

— É isso. Quer dizer, tem fruta na geladeira, mas aí estamos forçando.

— Ei, isso é lanche? — Judah, de quatro anos e que chegou primeiro e, portanto, já está na casa de Chevi há mais de uma hora, vem correndo. — Palitinho vegetariano! Eu quero os palitinhos!

— Quero os palitinhos!

Antes que a palavra *manada* possa ser pronunciada, é exatamente isso que acontece. O grupo de crianças vem em bando e começa a tentar pegar a sacola como se tivesse brinquedos dentro.

— Ei, o que...

— Gente! — Eu bato palmas. — Não tem lanche nenhum! Larguem a comida! A hora do lanche é só mais tarde. Primeiro a gente... — Paro de falar enquanto avalio tudo que Chevi preparou. Ainda não está quente o suficiente para brincar com a mangueira, e a corda não é o suficiente para distrair ninguém da promessa de açúcar e sal. Se eu resolver fazer pintura no rosto agora, vão ficar chateados quando sair na água. Então, vejo a caixinha. — Hora de pintar a calçada! Vamos lá, peguem o giz.

As crianças relutantemente soltam a sacola de salgadinhos e esquecem do conceito de comida, então começo a desenhar um palhaço enorme na calçada, fazendo ele parecer cada vez mais bobo com cabelos de espaguete e sapatos que parecem um zepelim, até que finalmente todos se aproximam rindo para ver o que vou desenhar a seguir e para fazer seus próprios desenhos.

Crise contornada. Ao menos por enquanto.

— Eu sabia que você ia se dar super bem — diz Adira enquanto vem observar quando todas as crianças estão ocupadas com arco-íris, flores, uma amarelinha e um jogo da velha improvisados. — Talvez a gente devesse substituir Becca completamente.

— Ah, não, minha amiga. Foi mal, mas é definitivamente coisa de uma única semana. — Como se para ilustrar o motivo, Shyla Franco de repente estira a língua como se quisesse sentir o gosto do giz rosa, e Adira precisa sair correndo para impedir o desastre. — Estava pensando em fazer algo que... tivesse mais a ver com o meu futuro.

— E o que seria?

Nossa, caí na minha própria armadilha.

— Ainda não sei. Mas espero que não envolva crianças ou topologia algébrica, então sei que ainda não encontrei o que vai ser. No geral, estou mandando currículo para lojas, mas não tenho nenhuma experiência, e acho que ninguém está assim tão desesperado para precisar me contratar.

Escolhas de um verão

Eu me pergunto que tipo de experiência com vendas e clientes a Rui... — não, *Elly* — tem para que conseguisse o trabalho no Nevermore. (Meu Deus, como é estranho saber o nome dela agora). Uma vez minha mãe me fez assistir a um filme sobre uma loja de discos, e parecia o lugar exato em que alguém como Elly trabalharia, mas não tenho ideia se ainda existem. Talvez no East Village. Talvez poderíamos passar por uma um dia. Talvez...

Merda, Adira ainda está falando. Claro que está, porque estávamos literalmente no meio de uma conversa antes de minha libido me levar por uma tangente.

— Desculpa, o que você disse?

— Que eu sempre achei que você ia fazer alguma coisa que tem a ver com desenhar. — Ela gesticula indicando meu palhaço, que está ao lado de um elefante andando de bicicleta e um cachorrinho ridículo com olhos maiores do que a maior parte das crianças. — Mas o que se faz com isso?

— Essa é a resposta que todo mundo quer saber — murmuro, porque esse é sempre o problema.

Sou muito sortuda por sempre ter tido certa segurança financeira, mas não a ponto de "nunca precisar trabalhar em um emprego de verdade". (E se isso não parece uma coisa que existe, Lydia e Leona Voegler — filhas do magnata do mercado imobiliário Herman Voegler — são a prova de que existe, sim.) Meus pais querem que eu vá para a faculdade, mas parece um enorme desperdício de dinheiro se eu não tenho ideia do que é para eu *fazer* na graduação.

— Você ainda quer medicina?

Sei a resposta antes mesmo de ela precisar confirmar. Literalmente nunca vivi um dia na vida em que Adira Malka

Reiss quisesse fazer alguma outra coisa que não seja seguir os passos da mãe. Bem, não os passos exatos — a mãe dela é pediatra, e Adira prefere cirurgiã geral —, mas ainda assim. Certamente é mais do que eu quero chegar perto de matemática ou seja lá o que marketing se propõe a ser.

— Você não precisa fazer nada que tenha a ver com medicina no verão?

— Não, ainda não. Mas acho que se uma das crianças se pendurar no trepa-trepa e cair, posso já começar a praticar dar pontos.

Eu solto uma gargalhada, mas Shyla, que estava ali perto, não ri. Ela escancara a boca e Adira se apressa em dizer que estava brincando, o que é rapidamente interrompido por uma série de mensagens frenéticas de Chevi.

É quase dez e meia.

Coloquei todos os palitinhos em uma única tigela.

Não vai dar certo.

Adira fica em pânico.

— Eu vou lá ajudar — eu a asseguro, colocando a mão no braço dela para acalmá-la. — Fique por aqui e verifique se ninguém vai precisar de atendimento médico.

Limpando o giz das mãos entro na casa pela porta lateral.

— Tá — digo, ao encontrar com uma Chevi que parece ainda mais em pânico que Adira, rodeada por pratinhos de plástico e o conteúdo vasto e aleatório da geladeira. — O que a gente tem?

— Cenourinhas — diz ela, erguendo os pacotes com a mão. — Acha que dá pra fingir que é um lanchinho?

Escolhas de um verão   83

— Provavelmente vamos precisar de uma coisa melhor se não quisermos um motim. — Vasculho a cozinha, esperando ter alguma ideia, e encontro uma estante de livros de receitas, e um deles tem "para crianças" no título. — Talvez isso ajude?

— A gente definitivamente não tem tempo para cozinhar nada — diz ela.

Folheio as páginas, e é aí que vejo — uma versão completamente "improvisada" que envolve usar palitos para juntar ingredientes no formato de uma pessoa. O livro aconselha usar carne seca ou cubinhos de queijo, e não temos nenhum dos dois. Mas temos queijo em palito, o que deve funcionar.

— Isso aqui — falo, indicando a figura. — Definitivamente dá pra fazer uma versão meio nojenta disso.

O mais rápido que conseguimos, arrumamos diversos pratos de "lanche de gente" com o queijo, cenouras, tomates cerejas, passas, requeijão e, é claro, os essenciais palitinhos vegetarianos. Tiro uma foto antes de servirmos para mostrar minhas habilidades na internet, e, me lembrando da promessa de manter minha mãe atualizada sobre a minha vida, mando a foto para ela também antes de levar a comida.

As crianças imediatamente se animam quando aparecemos trazendo lanches, e Chevi solta a respiração que acho que ela nem percebeu que estava segurando.

— Você é minha heroína — diz, se jogando em uma das cadeirinhas enquanto observamos as crianças comerem. Ela junta os cabelos ruivos grudados no suor em um coque no topo da cabeça e se abana. — Aliás, se quiser ficar hoje à noite por aqui pra não precisar pegar o trem ou acordar super cedo de manhã, você é bem-vinda. Adira vai ficar.

Dahlia Adler

A ideia de poder dormir mais uma hora inteira pela manhã parece deliciosa, mas ainda preciso passar umas horas na biblioteca, mesmo que seja a última coisa que eu queira fazer agora.

— Hoje à noite eu não posso, mas definitivamente vou aceitar a oferta amanhã, se tudo bem por você.

— Claro.

As crianças decidiram começar a causar, então rapidamente terminamos a hora do lanche e começamos a brincadeira de Estátua. O lanche de gente vegetariano foi definitivamente um sucesso, e apesar de não poder botar isso no currículo, de fato me sinto bem sendo boa em alguma coisa que não seja só desenhar.

Já que Adira vai dormir na casa de Chevi, eu pego o trem de volta sozinha, o que é algo que amo fazer. O livro que comprei para o "clube do livro" com a minha mãe ainda está na minha bolsa desde que o joguei ali rapidamente depois de esbarrar em Elly, então eu me acomodo para a jornada de trinta e cinco minutos, o livro apoiado nos joelhos, e agradeço as forças do universo por a Grand Central ser a última parada, ou eu teria perdido meu ponto.

— Nossa, como é bom — murmuro enquanto enfio o livro de novo na bolsa, torcendo para que minha mãe esteja gostando tanto quanto eu. Bom, esperando que ela vá ler, para começo de conversa, e *só depois* esperando que ela goste tanto quanto eu.

A viagem da Grand Central até a Times Square é curta demais para tirar o livro da bolsa, então coloco os fones de ouvido e vou escutando música. É meio vergonhoso

Escolhas de um verão

que tantos dos meus favoritos mais recentes sejam fruto de procurar as bandas nas camisetas e bottons de Elly, mas o que posso dizer? Ela tem bom gosto. "Hayloft", da banda Mother Mother, está ressoando nos meus ouvidos quando saio e sigo para pegar a linha 1 do metrô, mas rapidamente paro ao ver um semicírculo gigantesco de gente bloqueando seja lá quem está aproveitando aquele espaço tão desejado da Times Square — a maior evidência de que quem está ali é realmente bom. Provavelmente é aquela mulher que arrasa com músicas de divas pop ou o guitarrista gato cujos dedos parecem voar na velocidade da luz.

Silencio a música no celular e tiro os fones enquanto tento passar pela multidão, e no fim é um quarteto de cordas tocando uma versão incrível de "Stairway to Heaven". Um dos violinistas está tão imerso na experiência que as tranças batem no rosto dele sem ele parecer notar. A placa na frente do violoncelista diz que eles se chamam "Strings Out of Harlem" e contém o Instagram do grupo, além de um bilhete que diz "Filme e compartilhe!".

Então faço exatamente isso.

O grupo é incrível. Quando terminam de tocar "Stairway to Heaven", fazem uma pausa para tomar água enquanto as pessoas jogam dinheiro no estojo gigantesco do violoncelo. Espero que a multidão comece a se dissipar, dando mais espaço para mim, e então posto o vídeo, adicionando uma legenda rápida e me certificando de marcar o grupo. Não tenho uma conta de influencer, mas de fato tenho alguns milhares de seguidores, e a maioria me segue por causa das fanarts que posto.

Um minuto depois de eu postar o vídeo, quando o grupo voltou a tocar e começou "Bohemian Rhapsody", vem a notificação de que tenho mais um seguidor.

AKnightCalledFoo começou a seguir você.

Puta merda.

Elly.

É claro que fui procurar depois que descobri o nome dela, mas a conta de Elly é fechada, e eu senti que seria muito invasivo de pedir para seguir. Só que ali está ela, *me* seguindo. Não tem nada de invasivo em seguir de volta, não é? Ou ao menos em fazer a solicitação.

Faço isso mesmo.

Ela imediatamente aceita minha solicitação, como se estivesse esperando por isso.

Gosto de pensar que estava esperando por isso.

Não tenho nem tempo de olhar as fotos de Elly antes de um comentário aparecer no vídeo que acabei de postar da banda.

AKnightCalledFoo: Amo esses caras pra caralho. Que inveja

É claro que ela conhece um quarteto de cordas aleatório que só deve tocar nos metrôs. Claro. Respiro fundo, e então abro a aba de mensagens.

OutFox219: Ainda estão tocando. Aposto que você conseguiria ver se viesse à Times Square.

Escolhas de um verão

É uma sugestão ridícula. Talvez eles comecem a empacotar as coisas e ir embora assim que acabarem de tocar "Bohemian Rhapsody", mas não é como se Elly também não soubesse disso. O que acontecer agora só depende dela.

AKnightCalledFoo: Daora. Você vai ficar por aí?

Finjo costume ou não? Eu provavelmente jogaria todas as minhas economias no estojo do violoncelo se isso significasse que Elly apareceria aqui para ficar escutando a banda comigo.

OutFox219: Sim, não tenho outro compromisso.

AKnightCalledFoo: Legal. Te vejo daqui a pouco.

Espera, mas o quê? Caralho!

Isso está mesmo acontecendo?

Eu *não* estou preparada para isso. Meu Deus do céu. Vasculho a bolsa e fico aliviada ao encontrar um pacote de chiclete, e imediatamente pego um deles para mastigar. Também encontro gloss labial, que eu passo com o celular em modo selfie para me certificar de que minhas mãos trêmulas não façam uma bagunça. Então percebo que estou fazendo tudo isso na frente dos músicos e dos espectadores, e rapidamente coloco tudo na bolsa e volto a focar na música.

E tento não suar além do que já estou suando.

Graças a Deus, o quarteto fica por ali mesmo depois de terminar "Bohemian Rhapsody". Preciso de um minuto para reconhecer "Enter Sandman", do Metallica, e eu nem conheço a música seguinte, mas definitivamente conheço a que toca depois, mesmo antes de uma voz rouca dizer no meu ouvido:

— Nossa, eu amo quando eles tocam "Sweet Child o' Mine".

— Você veio — falo, mal olhando na direção dela, com medo de que ela veja no meu rosto o quanto estou morrendo por ela estar aqui.

— Não perderia isso por nada — diz Elly, e consigo ver um indício de um sorriso e como ela acabou de passar uma camada de batom vermelho. O que tudo bem, ela usa batom vermelho o tempo todo, mas não me passa despercebido que ela só passou para ficar parada em uma estação de metrô comigo. Até o perfume dela é bom, fresco, com uma certa picância.

Ficamos ouvindo o resto da música juntas, e quando passam para "Hallelujah", Elly sussurra que essa é sempre a saideira. E de certo, assim que acabam, agradecem todos por terem vindo, lembram as pessoas de postarem sobre eles e sutilmente indicam o estojo aberto do violoncelo, no qual Elly e eu deixamos algumas notas. Então, ficamos só nós duas, no meio da estação da Time Square, com um milhão de caminhos em potencial diante de nós.

Escolho o mais doce de todos.

— Quer ir tomar sorvete?

— Aaah, quero sim.

Nós subimos até a rua e, meio passo atrás de Elly, finalmente me permito olhar para ela. Aquele cabelo incrível foi arrumado em um coque meio bagunçado, as mechas escapando do elástico. Brincos demais para contar cintilam sob as luzes fluorescentes da estação e, como sempre, os pulsos estão cheios de correntes e pulseiras de couro. Ela não é alta, mas as pernas parecem mais alongadas nos shorts curtos que veste combinando com um cropped preto e uma camisa xadrez vermelha por cima. Não há nenhum indício de bandas

Escolhas de um verão

na roupa dela essa noite, mas já sei que, quando chegar em casa, vou pesquisar tudo que Strings Out of Harlem já tocou.

O sol ainda está no céu, e as ruas estão lotadas de turistas. Elly e eu damos as mãos sem hesitação para evitar sermos levadas por pessoas fantasiadas de Elmo ou arrancarem nossos olhos com um pau de selfie. A mão dela é quente, e os dedos estão menos adornados por anéis do que o normal, apesar de eu conseguir sentir a pressão de metal no dedão dela. O esmalte que achei que era preto é na verdade azul-marinho, e está descascado o suficiente para parecer imperfeito, mas não é o caso.

Já que eu fiz a sugestão, vou na frente, e felizmente meu lugar favorito não está lotado.

— Tudo bem se a gente for na Sugarmilk?

— Tudo ótimo.

Nós entramos na loja e somos instantaneamente abençoadas com o sopro do ar condicionado na pele.

— Meu Deus, eu amo esse lugar. — Sinto água na boca ao ver todos os tubos de sorvetes coloridos: rosa-chiclete, mel com lávanda, doce de leite dourado… — Eu não tomo o sorvete arco-íris há um tempão. Ou o sundae com marshmallow. Ah, não, eu não consigo escolher.

— Sério, eu tô com o mesmo problema. Estou entre o sorvete de menta com chocolate ou o de red velvet com massa branca. Os dois são lindos.

Permanecemos ali mais um minuto, mas então ficamos com medo de perder a única mesa vazia e fazemos nossas escolhas. (Marshmallow para mim, red velvet para ela.) Cada uma paga o seu, porque sou covarde demais para determinar se isso é um encontro ou dizer algo do tipo "da próxima você paga", e pegamos as últimas cadeiras vazias antes dos próximos clientes, que obviamente são um casal de turistas.

— Então, foi só uma coincidência gigantesca você ter me seguido enquanto eu estava assistindo a banda que por acaso você ama?

Ainda parece loucura que *ela* resolveu *me* seguir, e essa parte eu de fato posso falar em voz alta, porque inquestionavelmente foi o que aconteceu.

— Ah, não. Eu amo tanto eles que literalmente recebo uma notificação se alguém marca o grupo em uma postagem. Assim é mais provável de eu conseguir assistir a uma apresentação. Eu só não esperava ver um nome familiar entre as pessoas fazendo isso hoje à noite. — Ela pega uma colherada de sorvete e a arrasta pela língua, o que me faz perder ao menos uns cinquenta neurônios.

— Você é tão fã assim de um grupo que toca no metrô?

— Música é, tipo, tudo na minha vida. É meio inevitável, já que meus pais trabalham com isso. Eles contam que eu aprendi a cantar as músicas dos Beatles antes mesmo de falar — diz ela, os lábios vermelhos se curvando em um sorriso. — Na verdade, eu entrevistei os caras do Strings para o jornal da escola, e aí usei um dos vídeos para conseguir um emprego em um blog de música, para o qual escrevo bastante agora. Então eles foram uma parte fundamental da minha carreira, ou ao menos do que espero que seja minha carreira.

— Escrever sobre música?

— Bom, não precisa ser só escrever. Mas isso, jornalismo musical. Eu e minhe melhor amigue, Jaya, começamos um podcast há uns meses, e já temos bastante seguidores.

— Que legal. — *Por favor, não me pergunte o que quero fazer da vida.* — Eu, hum, definitivamente notei que você gosta de música. Nem acredito que você não está com um bottom agora.

Escolhas de um verão 91

Ela ri.

— Eu sei, eu sou ridícula. Mas amo todos esses itens de banda e essas merdas. Apesar de meu pais serem as pessoas mais tranquilas do mundo sobre qualquer outro assunto, eles se recusam a me deixar fazer uma tatuagem até eu ter dezoito anos. No mês que vem vou finalmente poder deixar meu amor à mostra. Literalmente.

— Então onde encontro os seus artigos e seu podcast? — pergunto de forma casual, porque *óbvio* que vou dar um Google quando chegar em casa, mas prefiro que ela me conte tudo. — Eu adoraria umas novas recomendações.

Os olhos de Elly — o mesmo tom de castanho quente do uísque favorito do meu pai — se iluminam.

— O que você curte escutar agora?

— Depende do dia — digo, o que é verdade, mas também me dá um tempo para raciocinar qual é a melhor resposta. Eu sei das coisas que Elly gosta por ficar observando ela demais, e algumas *genuinamente* são minhas favoritas esses tempos, mas não quero parecer uma stalker por ter os mesmos favoritos que ela nem quero soar como uma idiota se ela odiar o resto. — Estava escutando Mother Mother no metrô enquanto vinha para cá.

— Ahhhh, eu adoro. Eles e a New Pornographers são a melhor coisa que já saíram do Canadá.

— Acho que vou ter que experimentar esses New Pornographers. — Faço uma pausa. — É uma banda, né?

Ela ri outra vez, e nossa, é tão bom ser a pessoa responsável por fazer ela rir.

— É uma banda, sim. Eu sei que o nome definitivamente leva a umas situações constrangedoras, mas eles são incríveis. Pode começar pelo *Mass Romantic*. Você vai amar.

Pego uma colherada de sorvete enquanto vasculho meu cérebro a procura de favoritos que *não* são de observá-la, mas me dá um branco completo até eu me lembrar da playlist de um dos meus romances favoritos, que me apresentou diversas músicas de rock cantadas por mulheres.

— Vou dar uma chance. Eu também amo Halestorm, The Pretty Reckless, Hole...

— Ah, você tá falando a minha *língua*. Meus pais *quase* me deram o nome de Janis, por causa da Janis Joplin, mas em vez disso escolheram homenagear "Eleanor Rigby", que era a música que estava tocando quando eles se conheceram. Na verdade, foi um cover da música de uma banda punk horrível de Jersey, mas eles gostavam do original, então escolheram assim mesmo.

Depois disso, compartilho a história do meu próprio nome, o que nos leva a falar sobre eu ser judia, o que me leva a falar sobre trabalhar na colônia de férias hoje de manhã, o que então nos leva ao assunto do emprego dela no Nevermore.

— Uma colônia de férias parece um trabalho bem melhor — diz ela, virando a colherinha para pegar os últimos restos de sorvete. — As pessoas são *horríveis* antes de tomar café, e eu preciso acordar, tipo, seis da manhã. O que é especialmente ruim, porque passo a maior parte da noite em shows pela cidade para depois escrever sobre eles na *NoisyNYC*.

— É esse o blog em que você escreve?

— Isso. De vez em quando recebo uns freelas de outros lugares, mas nada grande ainda. Um editor da revista *New York* me seguiu no Twitter semana passada, então vamos cruzar os dedos. Eu só tô cansada pra caralho o tempo todo, mas prometi pra minha tia que ia ajudar.

Escolhas de um verão 93

Preciso de alguns segundos para processar.

— Espera, sua tia? Tipo, sua tia é a dona do Nevermore?

— Uhum. Ela é super fã do Edgar Allan Poe, caso você não tenha adivinhado. Faz um milhão de anos que ela sonha em abrir o café, mas estava tão focada em coisas tipo decoração e cardápio que nem sequer pensou nos funcionários, então sou eu e o filho dela trabalhando em troca de gorjetas e café grátis até ela dar um jeito nisso.

Eu dou uma gargalhada alta sem querer, e imediatamente abafo com a mão.

— Desculpa, nossa. É só que... quando fui lá, eu estava planejando pedir um emprego. Acho que você me salvou nessa.

— Ah, nossa, você escapou por pouco. Quer dizer, as gorjetas são normais, mas err... É um inferno trabalhar no balcão o dia todo, todos os dias só com o meu primo. Eu realmente preciso ganhar mais dinheiro escrevendo e com anunciantes no podcast, porque minha tia passou muitos anos me criando enquanto meus pais viajavam, e não posso largar ela na mão.

As engrenagens do meu cérebro começam a trabalhar, mas não estão necessariamente chegando a uma conclusão boa. Sim, entrar em uma situação confusa no Nevermore me daria mais tempo para passar com Elly — além de café grátis —, mas não receber nada além de gorjetas? Considerando que vou para a faculdade logo e o preço de material de arte? Não, Natalya. *Não* se enfie nessa situação tenebrosa só por causa de lindos lábios vermelhos e sobrancelhas arqueadas de matar. *Não faça isso.*

Se Elly está tentando jogar uma isca, ela disfarça bem.

— Por falar em trabalho, preciso encontrar Jaya à uma. Um trio de folk rock da Carolina do Norte jura que podem ser os próximos Avett Brothers. Quer vir junto?

Não sei como me sinto em relação a folk rock, nem sei quem são os Avett Brothers, e tenho certeza de que vou me arrepender de ficar acordada até tarde quando preciso estar de pé as sete da manhã para a colônia de férias.

Só que é Elly pedindo. *A Ruiva*. Me convidando para o que pode ser possivelmente um encontro, seguindo esse sorvete que pode ter sido um encontro. Há tantas possibilidades em jogo que minha única resposta é:

— Eu adoraria.

As consequências são um problema para amanhã.

Capítulo oito,
em que Nat vê por uma nova perspectiva

Minha mãe deve sentir o nível do meu arrependimento de vir pra Los Angeles, porque assim que dá meio-dia, ela aparece na minha mesa e declara que vai me levar para almoçar. Até aquele momento, tenho certeza de que Adam estava com dúvidas sobre o nosso parentesco, então abro um sorrisinho rápido enquanto eu o deixo com a sua triste tigelinha de almoço e sigo minha mãe para fora do prédio.

Tá, provavelmente não é uma triste tigelinha de nada, considerando que o *food truck* no qual estávamos na noite anterior era do irmão dele (e do melhor amigo do irmão, um cara absurdamente charmoso chamado Mateo) e os tacos eram os melhores que já comi na vida. Esse não é o ponto.

Eu e minha mãe vamos para um cafezinho com mesas na calçada que fica só a uma quadra de distância, então é perfeito para observar pessoas, e eu imediatamente sinto uma pontada de saudades de Camila. A diferença do fuso horário atual é só de três horas, mas entre o trabalho, cuidar dos irmãos, Emilio e o fato de que ela nunca está acordada depois das onze, é quase impossível encontrar uma hora para podermos conversar por vídeo. É estranho não ver o rosto de Camila de alguma forma todos os dias.

— Você vai amar esse lugar — diz Melissa com uma confiança incompreensível, já que ela não faz ideia das coisas que eu amo atualmente. — É a melhor salada caesar de Los Angeles, e não falo isso só porque é em um lugar conveniente.

Tá, se minha mãe acha que vou comer uma salada em qualquer lugar que seja, ela definitivamente não me conhece. Porém, não quero começar uma briga na primeira vez que saímos juntas, então pego o cardápio e procuro algo que não seja feito de folhas.

— É aqui que você almoça normalmente?

— Aqui ou no Mocha Rouge, ou eu pego um smoothie do carrinho que fica ali na frente. — Minha mãe considerar que um smoothie é uma refeição parece uma evidência de que ela e eu não temos absolutamente nada em comum. — Por falar nisso, como foi o jantar com sua nova amizade ontem?

Eu sei que não é para ser uma pergunta difícil, mas parece que é. Porque o jantar de ontem aconteceu assim:

Chegamos no *food truck* do Bros Over Tacos e minha "nova amizade" Jaime — que aparentemente trabalha em um *food truck* de cupcakes chamado Life Is Buttercream algumas noites por semana — *abraçou* o desgraçado do Adam Rose. E então Cass o abraçou também. Então eles me *apresentaram* para o cara novo que divide a mesa comigo, e recebi um *aceno de cabeça* em resposta. Nenhum sorriso, nenhum "Nossa que engraçado ver você por aqui" e nenhum "Ei, cara, venha conhecer a outra estagiária do meu emprego". Não. Só. Uma porra. De um. Aceno de cabeça. Sem

Escolhas de um verão 97

nenhum reconhecimento de que acabamos de passar o dia todo em um escritório juntos ou o fato de que já nos vimos antes na vida.

Estava tentada a ir a outro *food truck* pegar comida, mas aí o irmão de Adam, Evan, saiu do caminhão e, considerando o quanto ele pareceu legal e amigável, preciso presumir que eles foram criados por pais completamente diferentes. Depois de comer três tacos incríveis — dois de peixe, um de frango —, eu estava completamente afeiçoada ao irmão Rose mais velho.

O Rose mais novo ainda era um porre.

— Os tacos eram bons — é tudo que digo, porque se eu reclamar de Adam, vou receber um suspiro decepcionado e um aviso de "tente se dar bem com ele", com um "não me envergonhe" implícito na mensagem.

A comida era indiscutivelmente a melhor coisa (especialmente depois de ser acompanhada pelos cupcakes de caramelo salgado da Life Is Buttercream), o que é mais do que posso dizer do lugar em que estamos, considerando que metade do cardápio é de tigelas de quinoa. Talvez eu acabe pegando a salada, afinal.

Não tenho mais nada a dizer, e minha mãe também não, então nós duas ficamos olhando o cardápio como se ela já não soubesse o que vai pedir, e não consigo decidir entre uma coisa de couve ou arroz sete grãos. Finalmente decido me arriscar com torradas de abacate e, pensando no meu pai e no nosso jantar no Café 84, peço uma limonada.

Meu Deus, como eu queria estar sentada aqui com ele em vez de com minha mãe. Bom, na verdade, queria estar sentada em uma hamburgueria com ele, mesmo se isso significasse ouvi-lo falar sobre as revisões que acrescentaria no capítulo sobre homotopia. Ou comer pizza com Camila, Lydia e Leona, escutando enquanto todo mundo discutia se pizza com abacaxi é delicioso ou só nojento.

E talvez tudo isso esteja evidente no meu rosto, porque de repente uma mão repousa na minha e Melissa diz:

— Escuta, sinto muito por estar tão ocupada desde que você chegou. Estamos no meio de uma campanha enorme, e o timing... — Ela respira fundo, o que é bom, porque o resto dessa frase não iria ser boa. — Enfim, me desculpa. Vamos fazer planos de sair só nós duas. Além do almoço.

— Tá bom.

Eu não sei o que mais dizer. Nunca precisei fazer um "plano" para sair com meu pai antes. Não que tenhamos muito em comum, mas é o suficiente sentar para compartilhar refeições juntos, ou assistir a algum episódio de uma série de mistério, ou só ficar sentados em silêncio na sala confortável, eu desenhando enquanto ele corrige provas. Porém, não consigo imaginar eu e minha mãe aproveitando a companhia uma da outra assim. O ar entre nós parece tenso, a pressão de uma conexão que deveria ser natural pesando sobre meus ombros.

— Eu estava pensando... no caso, eu *pensei*, se você ficasse em Nova York, que talvez seria legal se a gente fizesse um clube do livro. Sabe, nós duas lermos a mesma coisa e conversar. Você ainda lê bastante? Daquele seu jeito rápido?

— Leio, sim — eu a asseguro —, mas na maior parte porque leio *thrillers* que me deixam acordada até tarde.

— Aaah, faz um tempo que não leio um bom livro de mistério — diz ela. — Parece divertido. Vamos tentar? Esse final de semana podemos ir a uma livraria juntas e escolher alguma coisa?

Escolhas de um verão   99

Almoço grátis *e* uma ida a livraria? Talvez as coisas estejam melhorando.

— Parece bom — digo, com sinceridade.

Nós duas estamos sorrindo quando voltamos a olhar o cardápio assim que o garçom chega. Abro a boca, mas antes que eu possa falar alguma coisa, Melissa diz:

— Vamos pegar duas saladas caesar.

Bem. Pelo menos eu ainda vou à livraria.

Tá, preciso dizer que a salada não foi assim tão ruim. Na verdade, a salada — ou ao menos a experiência de minha mãe escolher algo de que gostei — foi inspiradora. Quando voltamos ao escritório e Melissa imediatamente sai correndo para voltar para os um milhão de e-mails que não viu quando estávamos almoçando, me sinto preenchida (ou meio preenchida) com uma fé renovada no poder de tentar fazer as coisas funcionarem com as outras pessoas. Então, apesar de que a visão de Adam Rose sentado na nossa mesa com aquela camisa de botões idiotas e uma Expressão Muito Séria no rosto enquanto ele muda coisas de lugar em uma planilha do Excel teria me enchido de raiva duas horas atrás, agora estou me sentindo 6% mais otimista em relação ao potencial das relações com pessoas em meu círculo social.

— Então — digo animada, me acomodando no meu pedaço da mesa, que agora contém uma foto impressa minha com Camila, Lydia e Leona e um porta-lápis. — Você comeu tacos no almoço?

Ele gesticula para o isopor vazio, os olhos fixos na tela.

— Vou presumir que isso é um sim, apesar de não ter nenhum indicativo no isopor, e poderia ser de qualquer lugar. Além do mais, se eu me lembro do cardápio do *food truck* do seu irmão corretamente, ele não vende só tacos. Então mesmo que seu ponto seja de que obviamente é um isopor do Bros Over Tacos, isso não automaticamente exclui a possibilidade do seu almoço ter sido um burrito ou uma quesadilla, por exemplo.

— Sim, era um taco — diz ele, sem fazer contato visual.

— Comi três, na verdade. Dois *al pastor* e um item que não está no menu, mas que eu não contaria pra você o que é nem se estivesse no meu leito de morte.

Bom, agora estamos progredindo.

— É mesmo? Todo mundo tem um preço.

Ele bufa. É tudo que recebo como resposta. Tento mudar de tática.

— Você também cozinha?

Adam grunhe em resposta, e tenho certeza de que vai ser o fim daquela conversa, mas fico chocada quando ele acrescenta:

— Eu ajudo às vezes.

— Você acabou de… você acabou de me falar *quatro* palavras inteiras sobre a sua vida? Nossa, Adam Jehosephat Rose, sinto que acabamos de dar um passo imenso em nosso relacionamento.

Finalmente, *finalmente*, ele tira o olhar da tela. Os olhos dele são escuros, com certo mistério no que de resto é uma aparência corporativa, e são impassíveis. Por algum motivo, não consigo parar de pensar em como seriam com ao menos um pouco de calor neles.

— Meu nome do meio não é Jehosephat.

— Sério? Você parece um Jehosephat. — Que mentira. Ele adoraria ser tão interessante quanto um Jehosephat. Talvez seja

Escolhas de um verão　　**101**

no máximo um Nick. — Então você cozinha o quê, cara-que-não-é-Jehosephat?

— Adam.

— Adam! Eu sou a Natalya. É um prazer te conhecer.

Ele me olha como se eu fosse completamente louca.

— Quer dizer, parece que talvez você tenha se esquecido ontem à noite, ou que talvez nem saiba meu nome, então espero que ajude a esclarecer. Eu sou a Natalya Fox. Eu divido essa mesa com você. Trabalho bem do seu ladinho das nove às cinco da tarde.

— Eu sei quem você é.

— Ah, que bom! — Eu dou um sorriso brilhante. — Então é só uma coisa de você ser descolado demais para dizer que já conhece a menina aleatória pros seus amigos. Ufa, que bom que a gente resolveu isso. Obrigada por me deixar saber que você é melhor do que eu. Fiquei meio confusa na hora, mas vou me lembrar disso da próxima vez que passar na frente do *food truck* do seu irmão.

— Meu Deus do céu, não é *nada* disso, Natalya.

— Legal. Então qual foi o problema?

Aqueles olhos escuros encaram os meus, e fico esperando por algo — qualquer coisa —, mas tudo que recebo é um suspiro.

— Deveríamos voltar ao trabalho.

Para ser sincera, também estou exausta de fazer drama, então só aceno com a cabeça e voltamos a trabalhar.

Nem preciso dizer que o fim do dia não é confortável, e nós dois pulamos das cadeiras no segundo em que o relógio bate cinco horas. Eu não sei quais são os planos da

minha mãe, mas está um tempo agradável lá fora, e tem um banco ali perto para sentar e desenhar, o que parece um jeito perfeito de apagar as últimas horas do sentimento de "argh". Ficamos em silêncio enquanto o elevador desce do quarto andar e continuamos assim quando ele inesperadamente segura a porta da frente para eu passar. Porém, antes que eu possa completar minha fuga, uma voz amigável chama:

— Ei! A amiga nova de Jaime! Talia, né?

— Natalya — digo por instinto, antes de perceber que não faço ideia de quem me chama. Protejo os olhos do sol e percebo que é Evan Rose, o Taco Bro em pessoa, encostado em um carro usando uma camiseta com o logo do *food truck* e as mangas rasgadas, os bíceps tatuados dando a percepção de que trabalhar na indústria de comida deve ser bem melhor do que ir à academia, algo que eu nunca imaginaria. — Oi, Evan. Obrigada pelo jantar de ontem. Seus tacos são bons pra caramba.

— Eh, são normais — ele diz, e não parece que está sendo modesto, apesar de não parecer exatamente pena de si mesmo. É claro que Evan é um cara que leva seu trabalho a sério, e eu gosto disso. — Enfim, nada igual ao que tenho planejado para hoje.

— Ah, é? — Eu provavelmente não deveria comer tacos duas noites seguidas, mas tá, eu definitivamente vou comer tacos duas noites seguidas.

Para que mais serve vir a Los Angeles passar o verão?

Ele se vira para Adam, e então encara o prédio, encaixando as peças da história que deveriam ter sido contadas a ele ontem à noite.

— Espera aí. Vocês trabalham *juntos*?

Escolhas de um verão **103**

— Trabalhamos! — Digo em um tom agradável, abrindo um sorriso enorme para Adam. — Ah, ele não falou ontem à noite? Que estranho. Incrível e inexplicavelmente estranho.

— Mas que incrível. — Evan suspira. — Ad, você está sendo Aquele Cara? — Ele se vira para mim. — Ele tá fazendo aquela coisa de ser o babaca ridiculamente antipático?

Fico tão surpresa que ele falou isso na lata que nem hesito em responder:

— Isso! Como você adivinhou?

— Bom, pra começar, ele está vestido assim — diz Evan, bufando, indicando as roupas profissionais de Adam. — Deixa eu te contar uma coisa sobre meu irmão, Natalya: ele não se encaixa.

Não sei o que isso significa, mas fico intrigada.

— Continue.

— Não, Evan, para, porra — rebate Adam, irritado.

— Você prefere que ela te ache um cuzão? — pergunta Evan, e então me dá um sorriso charmoso. — Meu irmão não se encaixa. Nenhum de nós dois se encaixa: Nossos pais são hippies. A gente cresceu em uma comuna esquisita. Vamos levar nossos nomes verdadeiros para o túmulo. Eu continuo sendo esquisito, mas estou bem com isso. Só que meu querido irmãozinho não se sente da mesma forma.

— Você sabe que isso não faz nenhum de nós soar *menos* esquisito — murmura Adam, passando as mãos pelo cabelo, bagunçando tudo.

— A questão é, minha adorável Natalya, que meu irmão está tentando se encaixar. Ele está *tentando* ser um babaca corporativo. Ele está *tentando* não deixar que ninguém fora do nosso pequeno círculo social o conheça, mesmo que isso signifique ser cuzão com a menina bonita do trabalho. Mas esse é um plano idiota, porque você parece ser uma garota legal que provavelmente gostaria do meu irmão pelo que ele é. Não é mesmo, Natalya?

Adam está prestes a cometer um assassinato.

— Cara, cala a porra da boca, pelo amor de Deus.

Minha cabeça está repassando essa informação, junto à imagem do rosto corado de Adam, e também acabei de ser chamada de bonita e legal. Adam está com as mãos nos bolsos, mas se eu precisasse adivinhar, ele está morrendo de vontade de socar o irmão. Só que não vai fazer isso, porque se os pais não o estão criando, então é Evan que o criou, e você não bate no cara que está te dando uma chance de se encaixar.

Assim como eu nunca brigo com o pai que me deixou ficar em Nova York e continuar minha vida.

— Talvez — digo de forma comedida, fingindo avaliar Adam. — Se ele me desse mais espaço na nossa mesa. E me dissesse qual era o taco que não tem no cardápio que ele comeu no almoço.

Evan dá uma risada.

— Gostei de você. Mas você não vai descobrir o que tem nos tacos que não estão no menu. No entanto, você *pode* vir para o melhor jantar da sua vida hoje à noite. Se estiver a fim.

Olho para Adam para avaliar se o convite parece que vai fazer ele enfartar, e como ele não se afundou na calçada ainda, talvez seja mesmo minha escolha.

— Como é que vou recusar?

O rosto de Evan se abre no maior sorriso até agora, e até Adam parece relaxar, pelo menos um pouco.

— Que bom que disse isso. Porque na verdade eu vou precisar de auxiliares de cozinha. Você sabe debulhar milho?

Escolhas de um verão

* * *

— Eles chamam isso de "O Jantar" por causa do episódio mais constrangedor de toda a história da televisão — Adam me explica depois, quando trocou as roupas do trabalho por uma camiseta e bermuda, e estamos no balcão da cozinha de Evan, cortando salsão e estragão. (Ou ao menos estaríamos cortando, se Evan não ficasse decidindo que fazemos tudo errado e tomando o nosso lugar.)

Concordamos tacitamente que não vamos falar sobre as revelações anteriores de Evan e, em troca, Adam está sendo quase decente.

— Você já assistiu a *The Office?* — pergunta ele, e eu balanço a cabeça. — É tenebroso. Mas eles acham hilário. Enfim, eles fazem isso uma vez por mês. Todo mundo pega o mesmo dia de folga, escolhem um tema, e aí cada um leva a sua comida. — Adam abaixa o tom de voz. — Só que eles acham que isso faz parecer meio informal, então preferem chamar de algo mais chique.

— Bom, se a comida for só metade tão boa quando os tacos, podem chamar do que quiserem. Qual é o tema de hoje?

— Dois-em-um. Todo mundo precisa fazer um prato que é uma combinação de dois pratos diferentes. Pode ser interpretado da forma que quiserem. Não sei bem o que significa, mas confie em mim, vai de fato ser a melhor refeição que você vai comer em Los Angeles.

— Ei! Vocês dois! — Evan grita do quarto do seu pequeno apartamento, onde ele aparentemente guarda uma estante cheia de ingredientes para compensar a falta de uma despensa. — Não estou pagando vocês pra conversinhas! Andem logo!

Nós somos responsáveis por debulhar o milho, o que parece impossível de errar, então terminamos essa tarefa e passamos a cortar cebolas.

Então Evan surge do quarto, os braços tatuados carregados de potes de temperos e pimentas, dá um suspiro com o nosso trabalho e diz para arrumarmos a mesa.

Quando o aroma da comida de Evan preenche a sala, é difícil ficar irritada. A combinação de alho e cebola na manteiga é deliciosa demais. Avalio o comentário de Evan sobre como este será o melhor jantar da minha vida e sem dúvida sei que ele está falando a verdade.

Ao menos porque acho que nunca fui em um desses jantares assim antes.

Meu celular vibra no bolso, e vejo que minha mãe finalmente respondeu à mensagem que mandei logo depois das cinco, avisando dos meus planos para o jantar. Já se passou mais de uma hora, mas aposto que ela não tinha ideia da hora desde que voltou do almoço.

> **Divirta-se**

> **Vou chegar em casa tarde hoje**

Ela não pergunta como *eu* planejo voltar para casa hoje, apesar de presumir o óbvio, que Adam vai me levar.

Ainda é difícil imaginar ficar assim próxima dele. Ele certamente ficou mais amigável depois que o irmão o entregou, talvez um pouco cauteloso, mas ainda não chegamos ao ponto de ficarmos felizes com a companhia um do outro.

Escolhas de um verão

— Ei, estagiária! — Evan fala da cozinha. — Melhor botar uma música. Meu notebook está na mesa no canto. Vai colocar alguma coisa.

— Algum pedido específico?

— Nem, acho que posso confiar em você. — Ele abre um sorriso, jogando uma espátula no ar, pegando-a tranquilamente e voltando ao trabalho.

Escolher a música me parece um teste, e não quero fracassar nele. Evan não me parece o tipo de cara que gosta de pop ou hip-hop, e parece alegre demais para um grunge. Talvez goste de folk rock. Parece ser o tipo de pessoa que curtiria folk rock. Repasso mentalmente as minhas playlists, que são na maior parte compostas de bandas que vi nas camisetas ou bottons da Ruiva e que já escutei, mas não tem muito folk rock. Colocar Mumford & Sons parece previsível demais.

— Nat. Posso te chamar de Nat? — Evan pergunta, e eu aceno com a cabeça. — Não precisa pensar demais. Só bota uma coisa aí.

Tá. Pronto, vamos de The Decemberists. Coloco o álbum *Picaresque*, e então me pergunto se talvez "The Infanta" não seja bem a melhor música para se ouvir ao cozinhar, mas Evan imediatamente sorri ao identificar o crescendo da abertura e começa a cortar os ingredientes acompanhando o ritmo.

— Cara, faz anos que não escuto esse álbum. Petey vai amar.

— Petey é o cara do Go Fish — explica Adam, referindo-se ao caminhão que estava parado ao lado do Bros Over Tacos ontem à noite. — Eles fazem um peixe frito com batatas delicioso. Recomendo muito.

— Anotado. Obrigada pela dica.

Ficamos os dois em silêncio então, porque este normalmente seria o momento em que onde duas pessoas que se veem no trabalho todos os dias e estão potencialmente cimentando uma nova amizade sugeririam ir juntos uma noite, mas claramente não somos pessoas normais.

Evan cantarola enquanto refoga o milho, e percebo que não sei qual vai ser o cardápio.

— O que você está fazendo aí? — pergunto.

— Hoje você vai jantar sopa de milho fria com uma salada de frutos do mar — diz ele, deixando o milho para pegar algo na geladeira, que vejo que é tomilho quando estico o pescoço.

Ah, será que devo mencionar minhas restrições alimentares? Uma das milhões de coisas que fizeram meus pais se divorciarem era que minha mãe se afastava cada vez mais para um judaísmo estritamente cultural, enquanto meu pai ainda sentia que algumas coisas eram muito importantes para ele — comer o jantar de Sabá juntos, ir à sinagoga no período das grandes festas, fazer o Sêder de Pessach e manter pelo menos uma certa ilusão de kosher em casa. Não evitamos comer só suínos, mas também crustáceos e mariscos, e tenho a impressão de que salada de frutos do mar envolve um dos dois.

Sei que, se eu não quiser, não preciso continuar uma dieta kosher enquanto estiver em Los Angeles. Minha mãe provavelmente ficaria contente se eu não fizesse isso, mas gostar de fazer algumas coisas que me mantém ligada à tradição judaica é mais uma forma de ser como meu pai.

— Quando você diz frutos do mar...

— Lagosta, gata. — Ele dá um tapinha no braço onde uma tatuagem preta e vermelha de lagosta ocupa um espaço

Escolhas de um verão 🌴 **109**

significativo. — Enlatada — ele admite com um sorrisinho tímido. — Estou economizando. Mas prometo que é quase igual.

— Na verdade, vou pedir para não colocar na minha, se puder. Não como crustáceos.

— Ah, é por causa de alergia ou kosher?

Algo no meu peito se alivia com a pergunta.

— Kosher. Não sou super restrita, mas não como porco, mariscos ou crustáceos. Ou coelho, se quiser ir mais a fundo. Ou insetos. Todas as coisas explicitamente proibidas.

— Todo dia se aprende algo novo — diz Adam, assentindo pensativo, e presumo que ele está me zoando até perceber que não está.

— Tá, mas não dá pra você comer a sopa sem a guarnição — diz Evan, sério.

Eu me preparo para um daqueles comentários irritantes de "mas você não pode ignorar isso só dessa vez?", como se fosse uma questão de gosto pessoal em vez de uma escolha de aderir a leis religiosas. Mas ele fala:

— Deixa eu ligar pra Lexi. Ela trabalha em um restaurante chinês kosher, sempre tem aquelas carnes falsas de caranguejo a mão.

— Ah. — Eu não sei o que mais dizer. Isso é uma gentileza inesperada. — Muito obrigada.

Ele ergue um dedo; já está falando no celular. Um minuto depois ele desliga e diz:

— Tá, tudo certo. Vou deixar a mistura antes da lagosta separada.

Depois disso, fico mais entusiasmada para ajudar, então Evan me deixa dar uma geral na casa. Parece que já guardei umas cinquenta edições perdidas de revistas de receitas em uma pilha quando a campainha toca.

 Dahlia Adler

Um por um, os chefes de cozinha vêm chegando. Mateo, o melhor amigo de infância de Evan e seu sócio no Bros Over Tacos, que trouxe *conchilione* com recheio de enchiladas; Lexi, que traz a carne falsa de caranguejo e um *turducken*, um frango cozido dentro de um pato dentro de um peru, que até então eu achava que era apenas uma lenda urbana; Isaiah, que reconheço do *food truck* de comida da Etiópia, fez salsichas do zero e as embrulhou em massa de pão feita em casa; Liani, que eu *pensei* que estava trazendo uma torta de frango, trouxe na verdade uma torta de cordeiro coberta com massa folheada feita em casa; Grace (do Life Is Buttercream) trouxe a sobremesa — cookies recheados de "Oreos" feitos em casa; e o já mencionado Petey traz um prato de frutos do mar tão variado que viola um milhão de regras kosher e meu cérebro nem é capaz de processar a descrição.

Todos colocam os toques finais nos pratos ao aquecer a comida, então Adam e eu ficamos responsáveis por entregar para as pessoas o que elas precisam — seja uma tábua de corte e faca ou um maçarico. A cozinha pequena está tão lotada de chefs cortando temperos ou colocando ingredientes nos pratos que acabam passando para a sala. É uma coisa incrível de se ver, especialmente quando os braços de todos ficam no ar, mostrando tatuagens culinárias; preciso registrar essa visão em desenho nesse mesmo instante.

Assim que acabo de fazer um desenho rápido das enchiladas de Mateo, para a sua alegria, Evan toca um sino de jantar e declara que é hora de se sentar. Um por um, os chefes apresentam seus pratos, enquanto os outros comentam tudo, desde a perfeição do tempero até a crocância da massa, ou as coisas impronunciáveis que fariam por outra mordida.

Escolhas de um verão 111

— Esses precisam entrar no cardápio do Bros Over Tacos — diz Lexi com um grunhido quando abaixa o garfo depois de acabar com uma pratada do conchilione de Mateo, que, para ser justa, realmente está delicioso pra cacete. — Caralho, como isso é bom.

— Vou falar pra minha mãe — diz ele, com um sorriso que Leona chamaria de "de perder as calcinhas". A pele dele é de um marrom quente, o cabelo raspado, e os olhos castanhos escuros parecem perpetuamente marcados por uma alegria, que combinam com os dentes perfeitos. Fico feliz em nome de Emilio por Camila não estar aqui, porque ela estaria louquinha por ele. *Especialmente* ele sendo um paparicado pela mãe. — Ela pode fazer pra você qualquer hora, e bem melhor que os meus.

Eu só como um pedaço da massa do que Isaiah chama de "cachorro quente de bagel" — o aviso de que não como suínos, mariscos ou crustáceos acabou revelando o segredo de que vai gordura de porco no chouriço caseiro dele —, mas o cheiro é incrível, e todo mundo parece estar adorando. Olho para Adam para ver o que ele acha, e percebo que está fazendo o mesmo que eu. Sei que ele não começou a ser vegetariano de repente, considerando que comeu todos os tipos de carne do *turducken*, mas antes de eu perguntar o motivo de ele não comer a salsicha, Isaiah pergunta antes:

— Cara, tá com medo da minha comida? — diz, com um sorriso estonteante. — Prometo que ela não morde.

— Há, há. — Adam olha para o prato, onde os dedos estavam tirando os pedaços de massa. — Não, eu só…

O olhar dele segue para mim, e percebo que ele não está comendo porque eu não posso comer. O que é fofo e constrangedor ao mesmo tempo.

— Por favor, sob circunstância nenhuma você deveria deixar de experimentar as coisas por minha causa — eu o asseguro, segurando o pulso dele antes de perceber que talvez seja um gesto íntimo demais, mas não quero puxar minha mão de volta. — Além disso, se você não comer, como é que vai descrever a experiência em detalhes excruciantes para mim?

— Você tem um ponto — ele diz com um sorriso, e parece intensamente aliviado de poder se esbaldar.

Imediatamente, Adam fecha os olhos, o maior sinal de alguém que está mesmo saboreando a comida, e pede para Isaiah descrever todos os temperos que usou.

— Tem um restaurante de linguiça kosher perto do restaurante em que trabalho — diz Lexi. — O chouriço é *quase* tão bom quanto o de Isaiah. Vou te levar lá.

Ela dá uma piscadela e eu dou risada. Lexi definitivamente se provou um recurso valioso.

Nós continuamos a comer, e eu experimento todos os pratos que estou confortável em saborear, devorando três biscoitos de sobremesa para compensar tudo que perdi. Adam estava correto em dizer que seria das melhores comidas que já experimentei na vida. Se eu soubesse que viria para esse jantar, teria vestido algo com elástico na cintura, mas, no fim, estou presa à calça curta cor de oliva que agora parece apertar minha barriga. Entre isso e o aroma pesado da comida e vinho no ar, preciso respirar um pouco. Acho que Adam percebe, porque depois de fazermos nossa parte de lavar a louça suja enquanto aqueles com idade para beber aproveitam mais uma rodada de vinho Rioja, ele pergunta se eu quero pegar nossas bebidas e ir sentar na varanda.

Escolhas de um verão   **113**

Com o sol finalmente abaixo do horizonte, a ideia parece incrível, então pegamos duas latas de La Croix sabor toranja da geladeira de Evan e nos acomodamos nas duas cadeiras que, junto com uma mesinha, ocupam 95% do espaço da varanda.

— Isso foi incrível — digo, desejando ter pego o caderno ou o tablet para desenhar a vista. Não que seja uma vista ótima, na maior parte é só uma rua movimentada e algumas palmeiras, mas essa foi uma noite boa, e quero me lembrar dela. — Obrigada por... não bem por me convidar, mas por não protestar muito quando Evan me convidou.

Adam dá um sorrisinho, o que ele rapidamente esconde ao dar um gole da bebida.

— Não teria feito diferença. Caso você não tenha notado, Evan faz o que ele quiser. Mesmo que isso signifique fofocar sobre a minha vida com estranhos.

Ah, que bom que não vamos fingir que aquilo não aconteceu.

— Então, sobre isso. Eu não vou contar pra ninguém, sabe. Ele sacode a mão no ar.

— Tanto faz. Ele tá certo. Eu não posso ser só uma pessoa normal. Eu moro no sofá do meu irmão. Nem sei em que estado meus pais estão agora. Eu mal consegui sair da escola, e não tenho ideia do que vou fazer da vida exceto trabalhar no *food truck*.

— O que tem de errado em trabalhar no *food truck*? É um trabalho de verdade.

— Eu não recebo um salário ou benefícios. A não ser que você conte a comida de graça e poder ficar aqui. — Adam pressiona os lábios, olhando para o horizonte. — Eu dei duro para conseguir aquele estágio e ter um pouco de experiência profissional, mas aí a filha da chefe aparece no mesmo cargo que eu e preciso trabalhar duas vezes mais pra todo mundo me notar. O que eles não fazem. E eu não tenho dinheiro pra pagar uma faculdade, então... — Ele gesticula para o nada. — O *food truck*. Pra sempre. Ou até meu irmão enjoar disso.

— Ah. — Nossa, que merda. Talvez ele tivesse um bom motivo para ser babaca comigo nos primeiros dias. — Olha, eu não estou tentando roubar seu lugar no trabalho. Eles claramente te amam, você trabalhou bem mais do que eu. Eu só... — Eu não estava planejando falar sobre isso, mas claramente preciso me justificar. — Eu mal vi ou falei com a minha mãe em três anos. Era pra gente se reconectar com esse trabalho. Pode confiar em mim quando digo que não sou nenhuma competição profissional pra você.

— Bom, é o que vamos ver. — Ele dá um longo gole na bebida, apertando os olhos para o pôr do sol. — Três anos, hein? É tempo pra caramba.

— É, sim.

— E como estão as coisas desde que você chegou?

Dou de ombros.

— Nós almoçamos juntas hoje. Foi legal, mas não muito impressionante se comparado a isso — digo, gesticulando para o apartamento e a mesa de jantar. — Estamos planejando passar tempo juntas esse final de semana. Um dia de cada vez.

— Você conhece mais alguém por aqui? Fora Jaime e Cass?

— Só você — digo, com um sorriso brilhante que provoca uma careta em Adam. — Então espero que esteja planejando me levar para vários jantares.

Capítulo nove,

em que Tal meio que se torna uma profissional

Eu estou consideravelmente mais bem preparada para o meu segundo dia trabalhando na colônia de férias do que no primeiro. Materiais de arte que as crianças vão amar? Confirmado. Lanches? Confirmadíssimo. Uma mochila com pijama para poder passar a noite na casa de Chevi e não me arrastar da cama ao nascer do sol para chegar a tempo amanhã? Confirmado. Um cérebro absolutamente incapaz de se concentrar em qualquer tarefa por mais do que trinta segundos antes de repassar as memórias de estar em um show com Elly ontem à noite, tipo a faixa de pele nua na cintura dela gravada na minha mente quando ela tirou a camisa xadrez ou a música que era ao mesmo tempo densa e onírica e inconscientemente fez ela se aproximar cada vez mais até eu sentir o cheiro da vodca de cranberry que ela comprou usando identidade falsa?

Muito, muito confirmado mesmo.

Uma parte de mim não quer arrumar a mala para hoje à noite, porque tudo em que consigo pensar é que talvez outra oportunidade de sair com Elly apareça e eu acabe perdendo. Ela *de fato* falou que ontem à noite foi divertido e comentou com um "fofa" acompanhado de um emoji piscando na selfie que postei hoje de manhã. (Não vou ficar analisando demais, já que estou mesmo indiscutivelmente fofa com os shorts vermelhos e a camiseta de estampa náutica, mas ainda assim). Porém, talvez minha ausência faça o coração dela sentir saudades.

Além disso, eu sei exatamente onde encontrá-la se quiser pegar um café ao passar pela Grand Central na quinta de manhã.

— Tally? Alôôôô? Está com tudo?

Pisco e percebo que Adira está rodeada de uma multidão de crianças impacientes, todas esperando que eu pegue os bastões de tinta guache que prometi que poderiam usar hoje.

— Sim! Desculpa!

Abro a bolsa carteiro e tiro de lá as cores vívidas, e as crianças pegam todas, ávidas, antes de correr para as mesas onde Chevi já depositou o papel.

São minha ferramenta favorita de desenho para usar com crianças, porque a saturação das cores é tão incrível que faz até os rabiscos de bebês parecerem explorações audaciosas de artistas excêntricos. Fico aliviada de ver que fazem tanto sucesso quanto com as crianças que cuido lá no prédio quando sou chamada para ser babá.

Ficamos desenhando por um tempo, e então as crianças ficam entediadas e decidimos brincar de pega-pega para gastar energia. Quando finalmente estão exaustos, fazemos uma pausa para os lanches. Enquanto as crianças

Escolhas de um verão

se enchem de maçãs cortadas e palitinhos salgados, eu aproveito para olhar o celular e ver se Elly postou alguma coisa nova. Ela não postou, mas Leona publicou uma foto da roupa de hoje pedindo opiniões, então deixo um emoji de olhinhos de coração nos comentários e coloco o celular de volta no bolso.

O sol começa a arder para valer, o que é nossa deixa para trocar as crianças para roupas de banho. Tudo fica um caos quando metade deles começa a tirar a roupa sem nenhuma vergonha no meio do jardim, enquanto a outra metade exige que sejam levados sozinhos para o banheiro. Fico supervisionando as crianças no jardim enquanto Chevi e Adira cuidam do resto, e quando todas as crianças estão vestidas e passaram filtro solar, nós trocamos de lugar.

É sem dúvida uma casa linda. O banheiro no qual estou me trocando tem chão de mármore cinza e uma bacia da pia combinando, e todo o resto é branco puro, exceto pelas instalações de níquel. Porém, ficar nos subúrbios essa semana está me ensinando algo essencial: eu fico tão feliz de não morar aqui.

Sério, não consigo imaginar morar em qualquer outro lugar que não seja Nova York. É esquisito pensar que, se tivesse feito uma escolha diferente, eu agora estaria em Los Angeles, me preparando para ir trabalhar com a minha *mãe*. Eu provavelmente estaria usando uma roupa mais profissional em vez de um maiô com estampas de cereja e sandálias arrumadas em vez da minha havaiana de arco-íris.

Que horror.

O resto da tarde passa em um turbilhão de brincar com a mangueira, grama escorregadia e os melhores gritos de crianças. É exaustivo, e consigo sentir a pele ardendo mesmo depois de ter passado protetor solar fator 30, mas é um pouco decepcionante ver que os primeiros pais começam a chegar às três da tarde.

As crianças gemem e reclamam quando desligamos as mangueiras e as secamos com as toalhas, algumas pulando dentro do carro ainda de maiô, outras voltando para a casa para se trocar. Estou acabando de entregar para a babá um menininho chamado Sammy, que tem os cachinhos mais fofos do mundo, quando a mão de manicures perfeitas de alguém pousa em meu braço.

— Você é a Tally?

— Sou, sim.

Ergo o olhar para a mulher, e então vejo a menina agarrada na perna dela.

— Você é a mãe da Shana?

— Sou! — Ela tem os dentes de alguém que dorme com clareadores todas as noites. — Mas pode me chamar de Jen. Shana amou ficar com você. Ela ficou falando muito sobre os projetos de arte que você fez aqui. E Adira mencionou que você mora no prédio dela. Nós ficamos na cidade nos finais de semana, e eu realmente preciso de uma babá durante algumas horas no sábado. Normalmente, eu pediria para Adira, mas...

— Ela não trabalha no Sabá — completo. — Claro, estou livre no sábado. Meu telefone está no e-mail que foi mandado no domingo, mas posso te passar de novo. Só entre em contato um pouco antes para combinar os detalhes.

— Ótimo! Vou fazer isso. Você é uma benção. — Ela faz cafuné nos cachinhos castanhos de Shana. — Ouviu isso, Shan? A tia Tally vai vir brincar com você no final de semana!

Escolhas de um verão

Shana me encara com enormes olhos castanhos envergonhados, e meu coração se derrete um pouco. Eu realmente não sou uma pessoa que gosta tanto assim de crianças quanto essa semana me fez parecer ser, então é bem incrível saber que as crianças de fato se conectaram comigo. Faz eu me sentir estranhamente... competente.

Eu me abaixo para ficar na altura dela e abro um sorriso.

— Vou, sim! Tudo bem por você? — Ela assente, tímida, escondendo um sorriso. — Que bom. Estou animada. E eu vejo você por aqui amanhã!

A menina está praticamente saltitando quando vai até o carro da mãe, e não vou mentir que tenho vontade de fazer a mesma coisa.

Da mansão em estilo mediterrâneo em Westchester de Chevi, vou até o lar palaciano de Lydia e Leona no Upper West Side. Não que nosso apartamento de três quartos seja pouca coisa, mas os Voegler têm o tipo de apartamento que as pessoas acham que só existe nas séries de TV sobre adolescentes horríveis e viciados em drogas. (Só parcialmente verdade no caso delas.) O número do apartamento vem acompanhado das letras ACEFG, porque são todas as unidades que o antigo dono comprou e juntou para construir o apartamento antes que o pai, um antigo administrador de fundos de investimento, e a madrasta, uma ex-supermodelo, das meninas comprassem o imóvel. Depois de uma semana inteira correndo atrás de criancinhas e de voltar para casa coberta de tinta e glitter, com um dia inteiro de trabalho pela frente amanhã, mal posso *esperar* para passar uma noite de garotas cheia de luxo e preguiça na casa delas.

Rapidamente me troco, tirando as roupas sujas da colônia de férias e vestindo shorts e regata, jogo algumas coisas para a noite dentro da mochila, comento rapidamente sobre o dia com meu pai e dou um beijo na bochecha dele antes de praticamente ir saltitando até lá, já pensando nos coquetéis virgens gelados que vamos beber na sacada gigantesca que dá vista para o parque.

Leona não me faz esperar nenhum instante, me cumprimentando no elevador com um shortinhos de seda e uma regata combinando, beijando minhas bochechas no ar e dizendo:

— Falsomopolitan? Ou talvez Cosmofalsolitan? Ainda não decidi qual o melhor nome.

Matrix está latindo nos calcanhares dela, então eu me abaixo e coço as orelhas dele, mas Leona não tem paciência para isso. Ela joga os cabelos loiros que vão até a cintura por cima do ombro, bebe um gole do seu coquetel e diz:

— Sei lá, é delicioso. Vem logo. Você foi a última a chegar.

— Sim, eu vim de Westchester, caso você tenha se esquecido.

Sigo Leona pelo apartamento enquanto o cachorro me acompanha de perto. Aproveito o momento para observar as paredes, como sempre, e admirar os diversos papéis de parede e arte inestimável, até encontrar um novo retrato da madrasta das gêmeas, Maryse.

— Ai, sim, eu entendo os problemas do proletariado — diz ela, me levando para o terraço em que Lydia, Camila e Dylan Nguyen-Zimmerman, a namorada de Leona, com quem ela vive terminando e voltando (imagino que estejam namorando de novo), já estão sentadas em espreguiçadeiras com os próprios copos. — Por favor, lembre-se de que estou trabalhando em uma *loja* nesse verão.

Escolhas de um verão   **121**

— Ah, sim, esqueci que agora você é da classe operária. O que foi mesmo que seus pais disseram que iam te dar se você conseguisse manter um emprego de verdade até vocês irem pra Itália?

Ela dá um sorriso quando volta a se sentar ao lado de Dylan, e pega algumas uvas que estão em uma tigela na mesa entre elas. Matrix dá um pulo e descansa a cabeça no colo de Leona.

— Uma moto vespa.

— Sim, nós somos iguaizinhas. — Aproveito para cumprimentar todas as outras antes de pegar a última espreguiçadeira, colocando meus óculos escuros. — E como foi o dia de todo mundo?

— Bom, eu consegui digitar todos os nomes de autores certo hoje, então isso foi bom — diz Lydia, me passando o protetor solar. — Apesar de quase querer matar uma autora quando ela me pediu para imprimir três cópias do manuscrito novo dela e mandar para o seu apartamento.

— Mas você nem matou ninguém! — diz Camila, orgulhosa, acenando a revista no ar.

— Olha só pra você! Controlando todos os seus impulsos de raiva! — Passo o filtro solar caro nos braços, na perna e no peito, e então o entrego a Leona para que ela passe nas minhas costas. — Estamos todas evoluindo tanto na nossa vida profissional nessas férias.

— Ah, é? Alguma coisa empolgante aconteceu na colônia de férias hoje? — pergunta Camila.

— Aparentemente, todos me querem. — Prendo o cabelo em um coque bagunçado, e então me deito com a bebida. — Tenho que ficar de babá amanhã. Uma das mães disse que a filha não para de falar sobre mim e as minhas habilidades artísticas.

Dahlia Adler

— E sua mãe disse que você não conseguiria ganhar dinheiro como artista profissional! — comemora Lydia.

Tá, eu tinha só seis anos quando ela disse isso, mas ainda dói.

— Falando na sua mãe — diz Camila —, vocês se falaram desde que você avisou pra ela que você ficaria aqui com o seu pai?

— Trocamos umas mensagens essa semana, mas só sobre o trabalho e tal.

Até o momento, nossas conversas foram impessoais como sempre, mas ao menos estamos nos atendo ao acordo. Eu até mandei uma foto de um desenho de guache que fiz que era para ser parecido com *Noite estrelada*, que minha mãe me levou para ver no MoMA quando eu era pequena.

— Ela quer que a gente faça um clube do livro — digo.

— Eu já li a maior parte do livro que escolhi quando estava na casa da amiga de Adira, mas minha mãe não mencionou o assunto.

Não sei se fica claro no meu rosto que quero mudar de assunto, mas minha conexão silenciosa com Camila é forte o bastante para ela entender, porque logo diz:

— Esse é o livro que você escolheu quando viu a Ruiva?

— *Elly* — Lydia e Leona corrigem em um coro alegre, enquanto Dylan ergue uma sobrancelha meticulosamente delineada em um gesto distante, dando um trago no vape antes de voltar a atenção para sua revista.

(Por mais que Dylan seja objetivamente gata, ela está longe de ser minha pessoa favorita. Ela e eu costumávamos ser melhores amigas na pré-escola do templo, mas aí o pai dela conseguiu inventar um negócio que deu muito dinheiro e eles se mudaram para uma mansão na Park Avenue, e esse foi o fim da história. Ela até se certificou de me avisar que

Escolhas de um verão　　123

eu só recebi convite para seu bat mitzvá porque os pais dela mandaram me convidar. É claro que sou azarada o suficiente para a mansão dos pais dela nos Hamptons ser vizinha da mansão dos Voegler.)

— Foi, sim — digo, tentada a soltar meu cabelo novamente para me esconder atrás dele.

Fora alguns comentários nas fotos que postei, Elly não falou mais nada comigo desde que fomos juntas ao show na segunda-feira à noite. Eu até dei uma passadinha no Nevermore para buscar um chá gelado na quarta depois do trabalho, mas Elly definitivamente não era o maconheiro atrás do balcão, então imagino que a tia dela tenha arrumado um jeito de contratar outras pessoas.

Considerando que eu tinha me divertido muito nas seis horas que passamos juntas, pensei que era o começo de Alguma Coisa, mas parece que já se acabou.

Agora voltei a ser desempregada *e* sem perspectivas de romance.

De repente, me sinto muito mais grata pelas minhas amigas.

— Então por que você não está dando uns pegas nela em vez de ficar aqui com o resto dessas otárias? — pergunta Leona, erguendo os óculos escuros para me encarar com os olhos verdes.

Quer saber, esquece qualquer gratidão.

— Acho que a Ruiva continua sendo só um sonho. — Pego um cubo de gelo do meu copo e o mastigo, examinando meu esmalte lilás descascado para ter uma desculpa para evitar contato visual. — Acho que tivemos uma noite. Ela não quis outra.

Agora é a vez de Camila me atormentar, apesar de os olhos dela serem consideravelmente mais suaves e empáticos.

— Ela disse isso?

— Claro que não. — Meu rosto arde ao pensar em ter uma conversa como aquela com Elly. Eu ainda nem sei se eu... faço o tipo dela. Quer dizer, *eu* acho que estávamos flertando, mas isso não significa que *ela* tem a mesma opinião. — Ela só não falou comigo desde que saímos.

— Desde que ela te convidou pra ir em um show? — Lydia está mastigando um chiclete de uva, e ela faz uma bola enorme e sorri ao estourar na cara dela. — Parece que é sua vez de convidar ela.

— Quê? Não. Eu a convidei antes disso para escutar aquela banda comigo no metrô.

— Na verdade, acho que ela mesma se convidou — argumenta Camila.

— Bom, eu a convidei pra tomar sorvete.

— Tá — diz Leona —, e aí ela te convidou. Então é sua vez. Pelo que a gente sabe, ela pode estar encarando o celular dela agora mesmo, esperando você mandar uma mensagem.

— Vocês são todas horríveis — murmuro, porque por mais que possam ter razão, estamos falando de Elly Knight.

Ela não está sentada esperando por nada. Encontrei com os amigos dela na segunda à noite — Jaya, com o braço inteiro tatuado e superlegal; Hunter, que toca uns doze instrumentos diferentes; e Nicki, que está no segundo ano da faculdade e inventou a própria área de estudo, se dedicando às mulheres negras fundamentais para a criação do rock. (Sim, eu *passei* o resto da semana escutando Sister Rosetta Tharpe e Tina Bell como resultado disso.) Eu sei que são completamente diferentes de mim no quesito de gente legal.

E ainda assim... minhas amigas têm razão. Ela *está* comentando nas minhas fotos, enquanto eu fiquei nervosa demais

Escolhas de um verão   **125**

de fazer isso com as dela e parecer uma esquisitona obsessiva. (Precisei de todo o meu esforço para não salvar uma em que ela mostrava entusiasmada um novo par de botas cano alto até a coxa.) E tá, eu fui até o Nevermore para vê-la, mas ela não sabe disso. É ridícula a ideia de que talvez Elly possa achar que ela está insistindo mais do que eu, mas...

E se?

Pego meu celular, clico no perfil dela e abro a foto das botas para deixar um emoji de coraçõezinhos nos comentários. Em minha defesa, não existe um emoji de "meus olhos estão caindo da minha cara", mas ainda assim parece pouca coisa. Isso não a impede de curtir o comentário alguns segundos depois, o que definitivamente me faz ter um sentimento ridículo que eu não deveria ter.

— Pronto — digo, deixando meu celular de lado. — Comentei em um post. Agora vamos falar de outra coisa.

— Comentou mesmo? — insiste Camila. — Ou só deixou um emoji idiota?

— Chega. — Finjo que estou me levantando. — Vou fazer novas amigas.

Lydia dá uma risada.

— Boa sorte, querida.

— Bom, vocês são todas péssimas.

— Obrigada — diz Leona, a mão sobre o coração enquanto a outra limpa uma lágrima. — Agora convide essa menina punk para sei lá o que meninas punks fazem e vai pegar ela. Amanhã à noite — acrescenta rapidamente. — Hoje à noite você é só nossa.

Eu não aponto como é hipocrisia que ela tenha convidado Dylan para nossa noite de garotas, só reviro os olhos e termino a minha bebida. Então, meu celular toca e eu congelo, torcendo e temendo que seja Elly, irritada que todo mundo tenha visto essas emoções aparecerem no meu rosto.

Todas ficamos decepcionadas.

— É a mãe de Shana confirmando os planos pra amanhã.

Dois segundos depois, outra mensagem, e todo mundo ergue os ombros na expectativa.

— É meu pai, perguntando se vou dormir aqui.

Todo mundo relaxa de novo.

— Pode apostar que sim, porra — diz Leona.

— Vou responder exatamente isso, palavra por palavra — falo, revirando os olhos.

Digito um "sim, e vou ficar de babá depois do café" para ele saber dos meus planos. O café da manhã na casa dos Voegler sempre significa que teremos mochaccinos gelados e pãezinhos de canela do cafezinho na esquina, que sempre é das melhores partes. Completo a mensagem com um "divirta-se com os Matemágicos".

Sempre que possível, eu e meu pai tentamos fazer o jantar de Sabá juntos, mas de vez em quando, precisamos dar um perdido — eu para poder sair com as minhas amigas da escola, e meu pai para sair com seu grupo de amigos matemáticos e pais solo, que eu amo como se fossem minha família, mas que também são os homens mais entediantes do planeta quando estão juntos.

— Seu pai me ama — Leona diz, elevando o copo na minha direção e soprando um beijo. — Mande isso pra ele também.

Meu pai de fato ama Leona. Ele acha que ela é a mais divertida dos meus amigos, e também meio pirada. As duas coisas são verdades.

Outra mensagem, e presumo que vá ser a resposta do meu pai, mas é da minha mãe, me dizendo que está curtindo o

Escolhas de um verão   **127**

livro e perguntando quando vou querer conversar sobre ele. Na verdade, eu não estava esperando que ela fosse falar do assunto, e não tenho resposta. Então Camila sugere que experimentemos as novas maquiagens dela, e Lydia declara que está com fome, e eu fico absorta pelas novas cores de batom da Fenty, cardápios online e um debate ferrenho sobre quais filmes vamos assistir hoje à noite. Acabo esquecendo da mensagem.

O que tanto faz. Eu já esperei todo esse tempo para ela falar comigo. Ela pode esperar mais uma noite.

Nossa noite de filmes nos mantém acordadas até as quatro da manhã, e é claro que eu esqueço de tirar a maquiagem antes de dormir. Quando finalmente acordo, por volta das onze, tenho menos de uma hora para chegar no apartamento de Shana, e não tenho tempo para voltar para me trocar em casa. Leona é magrela e uns quinze centímetros mais alta do que eu, então pego um vestido casual do armário de Lydia e só jogo água no rosto e escovo os dentes (apesar dos protestos de Leona enquanto ela corre atrás de mim com uma garrafa de água micelar na mão e um rímel Better than Sex na outra) e saio correndo até a padaria Marabelle para pegar um pão de canela e o mocha gelado, porque eu me recuso a abandonar meu sonho de café da manhã antes de um dia longo cuidando de uma criança.

E apesar de nada fazer sentido, apesar de nunca na vida eu ter encontrado ela ali, é claro que acabo esbarrando com Elly Knight.

Droga, droga, droga. Pego meu celular e abro a câmera no modo selfie para avaliar o dano da maquiagem, e é *ruim*. Lamber os dedos e esfregar não vai resolver, mas é tudo que posso fazer.

— Oiê!

Ainda estou lambendo o dedo quando Elly percebe que entrei no café, e fico tão irritada com a física por não poder simplesmente derreter até virar uma poça no chão, junto com o vestido que não me cai bem.

— Oi. Acho que não nos encontramos por aqui antes.

— Tem sempre uma primeira vez — diz ela, em uma voz que soa um pouco rouca, e nossa, como é possível que alguém pareça assim tão perfeito logo de manhã?

Tá, tudo bem que não é *tão* de manhã assim, mas aposto que ela ficou acordada até tarde assim como eu. Ainda assim, o delineador está impecável, e o bralette de renda bordô aparecendo por baixo da regata cavada preta está me destruindo por dentro.

— Ouvi falar que os doces aqui são ótimos, e estou tentando convencer tia Jaida a expandir além dos trinta e sete tons de amargura.

— Meu Deus, *sim*, por favor — gemo antes de pensar muito na resposta, e Elly ri.

— Está me falando que meu chá gelado não é delicioso?

— Estou dizendo que chá gelado não é substituto para café, e eu não posso nem vou beber café que não tem um sabor. Aposto que até o Poe gostava de tomar calda de caramelo de vez em quando.

— Acho que ele era um cara que preferia sabor de avelã.

— Bom, ele definitivamente não curtia chá gelado. Mas você ouviu certo. Os pãezinhos de canela aqui são a melhor coisa que você vai comer em toda a sua vida. — Olho para o celular. Se eu não sair em exatamente quatro minutos, vou me atrasar. E a julgar pelo tanto de pessoas na minha frente na fila, eu não vou conseguir, mesmo se não pedir o mocha gelado. — Queria poder ficar pra ver você aproveitar,

Escolhas de um verão **129**

mas preciso correr. Foi só nos meus sonhos que achei que ia conseguir comprar um doce a tempo de chegar na esquina da Broadway e da 76.

Ela ergue uma daquelas sobrancelhas ruivas bem desenhadas.

— Tem um encontro?

Ah, é uma tentação mentir e ver se aparece alguma emoção forte no rosto dela.

— Sim. E ela vai ficar muito irritada se eu me atrasar e não levar o seu giz de cera favorito. — Graças a Deus que eu lembrei de colocar isso na mochila. — Vou ficar de babá.

— Ah. Então acho que você não quer ir comigo a um tour pelos cafés, né?

Ah, que vida cruel.

— Confia em mim quando digo que não existe nada no mundo que eu gostaria de fazer mais do que isso, mas eu já prometi que ia ficar de babá. — Penso em ontem à noite, nos comentários sobre como é sempre Elly que faz os convites, então respiro fundo, atrapalhada. — Talvez hoje à noite? Bom, provavelmente não um tour de cafés mas... alguma coisa?

A alegria inesperada no sorriso de lábios vermelhos de Elly faz meus joelhos cederem.

— Alguma coisa parece ótimo. Meus amigos e eu vamos no Cliché hoje à noite, lá no Chelsea. Quer vir?

De novo, não sei se isso se qualifica como um encontro no qual eu acompanho o que pode ser um trabalho para ela e envolve seus amigos, mas e daí?

— Parece divertido. Mas eu preciso mesmo ir. Me manda os detalhes?

Ela assente e abre a boca para responder, mas o cara do balcão diz:

— Próximo!

Mal consigo ficar para observar Elly se preparar para o êxtase na forma de canela antes de sair pela porta, cheia de inveja. Ainda assim, digo por cima do ombro:

— Pede um mocha gelado também!

Eu não vou muito a baladas; Lydia e Leona têm mais experiência nesse assunto, então são elas as responsáveis por me vestir e fazer minha maquiagem enquanto Camila arruma meu cabelo. Quando Leona dá um assobio para aprovar o look — o maior tipo de elogio —, sei que estou pronta para ir, mesmo que essa blusa frente-única de paetês pretos deixe muito mais pele à mostra do que estou acostumada.

Eu preciso só ir logo.

— Tá, você parece aterrorizada — observa Leona, retocando a própria maquiagem no espelho do meu banheiro.

— Achei que queria ir.

— Eu quero. — Quero mesmo. É só que… talvez eu não esteja confortável. — Eu vou.

Leona dá um suspiro.

— Se quiser que a gente vá com você, é só pedir.

— Por favor venham comigo.

— Óbvio.

Leona sai do banheiro e entra no meu quarto, tirando um vestido da bolsa que ela dobrara para ficar impossivelmente minúsculo, além de uma calcinha combinando. Um minuto depois de se trocar no banheiro, ela está usando um vestido curto, apertado e brilhante, as costas tão expostas que eu tenho certeza absoluta de que ninguém vai olhar para mim ao lado dela.

Escolhas de um verão

Camila pede para ficar de fora, o que não é surpresa nenhuma, porque a mãe e o padrasto provavelmente vão deixá-la de castigo pelo resto da vida se ela for em uma balada com desconhecidos. Lydia concorda em ir, mas avisa que provavelmente vai embora cedo porque odeia baladas e música e lugares barulhentos e ficar perto de pessoas. O que é justo. Mandamos uma mensagem para Isaac vir nos encontrar, e lá vamos nós.

No táxi, espero estar fazendo a coisa certa ao levar amigos, mesmo que também esteja esperando que isso seja um encontro. Quando chegamos e vejo Elly parada ao lado de Jaya, um cara branco que não conheço, com os cabelos loiros cheios de gel, e Nicki, que exibe uma cortina de tranças turquesas até a bunda, fico aliviada de ter as gêmeas junto comigo. Elly está o mais arrumada que já a vi, usando um vestido de corpete preto que exibe sua pele branca demais para me manter sã, e não sei como ficar calma.

— Não dá pra acreditar que finalmente vamos conhecer a Ruiva — diz Lydia, erguendo as sobrancelhas quando descemos na calçada. — Ela é quase uma lenda.

— Tá, pode parar isso com já — sussurro —, porque se você fizer qualquer menção a esse assunto, eu vou desenhar todas as páginas da sua preciosa primeira edição de *Alice no país das maravilhas* com canetinha permanente.

Lydia joga o cabelo loiro cortado reto para trás e faz um gesto de trancar os lábios. Assim que ela joga a chave fora, eu a levo até Elly e seus amigos.

— Chamei umas pessoas aleatórias que encontrei na rua, espero que tudo bem.

Antes que Elly possa dizer uma palavra, Jaya escancara a boca.

— Puta merda. Você é a @TheL!onQueen — elu diz para Leona, os olhos praticamente saltando do rosto. — Nem fodendo.

Ah, não. Se tem uma coisa que Leona ama mais do que qualquer coisa no mundo, é ser reconhecida por um estranho completo.

— Sou, sim — diz ela, em uma pose majestosa.

Elly olha para nós três. Ela pergunta "quem?" para mim apenas mexendo os lábios. Apesar da discrição, Jaya nota a pergunta.

— Essa garota é meu ícone fashion. Lembra de quando comprei aquele macacão incrível? Foi tudo influência dela. Por favor me diga que Matrix está escondido nessa bolsa.

Meu Deus, agora de fato não vamos falar de outra coisa. O sorriso de Leona poderia iluminar a balada inteira nessa altura, mesmo se nem entrarmos.

— Ora, ora, Foxy — diz Elly com um sorriso travesso. — Você não me contou que era amiga da realeza. — Ela estende a mão para Leona, depois para Lydia. — Eu sou a Elly. Essa pessoa que é uma grande fã é Jaya. O mané é o Beckett, e essa jovem e promissora mulher é Nicki. Foi ela que me arrumou o emprego na *NoisyNYC* e que vai cuidar de mim quando eu entrar pra faculdade no outono. Pessoal, essa é a Foxy.

— Natalya — digo, e Elly dá um sorrisinho. Não preciso de mais ninguém me chamando pelo apelido. — Meus amigos me chamam de Tally.

— Agora não mais. — Leona dá uma puxadinha na ponta das ondas que Camila fez no meu cabelo mais cedo. — Foxy. Eu gostei. Ela *é* mesmo linda como uma raposinha, não é? — ela pergunta a Elly, erguendo as sobrancelhas loiras perfeitas.

Escolhas de um verão   133

— Muito — concorda Elly. Preciso enterrar as unhas nas coxas para não me derreter toda.

Ela *não pode ser* hétero.

Certo?

A fila para entrar é grande o suficiente para eu começar a entrar em pânico pensando que a identidade falsa que Leona me arrumou não vai funcionar, especialmente quando Isaac aparece com seus cachos soltos sem pentear, mas no fim das contas o segurança conhece um primo de Jaya e não pede identidade nenhuma para nos deixar entrar.

Lá dentro, a balada está só meio cheia, um lembrete de que nem todo mundo está curtindo o verão. É mais fácil pegar uma mesa, o que permite que Lydia e Isaac imediatamente comecem a interrogar Elly até a morte. (Felizmente, Leona fica distraída por um milhão de perguntas que Jaya faz, então graças a Deus por algumas bênçãos.)

— Tally diz que você gosta de ler — Lydia fala, porque literalmente não existe nada mais importante para ela. — Que tipo de livros?

— Na maior parte de não ficção. Biografias e memórias de músicos. Não sou muito de ler ficção — diz Elly em um tom de desculpas, claramente sem ideia de que não existe uma resposta errada para a pergunta de Lydia, desde que você leia *alguma coisa*.

— E filmes? — questiona Isaac. Ele é um nerd sobre exatamente duas coisas: filmes e alta costura. Não acho que ele vai se entrosar muito com Elly nesse último aspecto.

— Documentários de shows contam?

— Hum. — Isaac acaricia a barba por fazer, sempre presente. — Acho que você poderia argumentar isso. Tally diz que você quer ser jornalista de rock. Vou imaginar que…

— Que eu já vi *Quase famosos*? Sim. Meus pais estavam na multidão daquela cena do deus dourado. Fica aí de curiosidade.

Isaac arregala os olhos, e ele cruza o calcanhar por cima do joelho, repousando o queixo na mão, o indicativo de que considerou o interlocutor uma pessoa interessante.

— Que *fascinante*. Me conte mais.

Os dois começam uma conversa fácil, e estou prestes a me juntar quando Beckett se inclina sobre a mesa, dizendo:

— Então você é a nova fangirl da Elly, hein?

Nicki imediatamente bate no braço dele.

— Cala a boca, Beck.

— Que foi? Eu só fiz uma pergunta.

De imediato, desgosto desse cara. Muito. E eu já tinha sentimentos negativos só baseado no cabelo dele, então essa é apenas uma confirmação de que eu sempre deveria confiar nos meus instintos.

— De onde você conhece Elly? — pergunto.

— Ah, nós temos uma longa história — diz ele, com um sorriso que eu desejo poder arrancar da cara dele com um soco.

Até agora, eu não tinha pensado muito no histórico romântico e/ou sexual de Elly. Passado é passado, e não é como se eu não tivesse completado algumas figurinhas no álbum. Porém, se ela ficou com um cara *desse* tipo, talvez eu precise repensar algumas coisas.

— Nós todos estudamos juntos há muito tempo — esclarece Nicki. — Não me pergunte como ele sempre arranja um jeito de vir com a gente nas coisas.

— Você me ama.

Nicki revira os olhos.

Escolhas de um verão **135**

— Não amo, não. Mas amo a RiRi — ela diz, apontando para as caixas de som —, e eu preciso ir dançar, então levanta essa bunda daí.

Beckett me sopra um beijo quando vão embora, e eu faço o gesto de pegar o beijo no ar e o jogar no chão grudento.

Quando eles se vão, volto para os meus amigos bem a tempo de ouvir Lydia dizer:

— Ise e eu vamos no bar. Elly? O que você bebe?

— Suco de laranja com vodca se resolverem vender bebida alcoólica pra você. Ou uma Coca se não for o caso.

— Vão me vender, sim — diz Lydia com a confiança de alguém que não vai a festas o todo todo, mas sempre consegue tudo o que quer quando vai a uma. Ter dinheiro o suficiente para comprar até Deus deixa uma pessoa assim.

— Quer um Shirley Temple, presumo? — Isaac pergunta, com um gesto de cabeça na minha direção.

Humm, o melhor drinque do mundo.

— Pede pra usarem ginger ale — eu o lembro, mesmo quando ele gesticula que já sabe. — E pede cerejas extras!

Espero até os dois se afastarem antes de me virar para Elly com minha pergunta urgente.

— Então, o Beckett. Ele é tipo seu ex?

Elly bufa.

— Beckett? Quer dizer, a gente deu uns beijos, mas eu certamente não o chamaria de ex. Por quê?

Não quero começar nenhuma fofoca entre Elly e seus amigos, então digo que só estava curiosa, mas eu nunca fui uma boa mentirosa, e Elly aperta os olhos enquanto avalia meu rosto.

— Ele falou alguma coisa esquisita, né, aposto. Ele faz isso às vezes. Acho que Beckett acreditava que a gente seria alguma coisa um dia, que se ele ficasse por perto, eu ficaria

Dahlia Adler

interessada, mas... — Ela balança a cabeça, o cabelo ruivo caindo pelos ombros nus com o vestido tomara que caia. — Não. Definitivamente não.

— Que bom. Comecei a ter um questionamento sério sobre seu gosto.

— Ah, eu tenho certeza de que meu gosto é bom — diz ela, os lábios cor de cereja se curvando lentamente para que haja menos dúvidas sobre alguma coisa estar acontecendo aqui. — Fico feliz que você veio hoje. E seus amigos parecem legais.

— Ah, eles são normais — digo, soprando um beijo para Leona, que me fuzila com o olhar. — E dois de três não é tão ruim assim pra você. Cadê o Hunter? Se precisa de um homem cis no seu grupo, ele parece ser a melhor escolha.

— Ah, ele tinha ensaio de banda hoje. Ele toca violino elétrico no trio da minha escola, e eles vão fazer um show semana que vem. Vou definitivamente aparecer lá, se quiser vir junto comigo. Ainda não escrevi sobre eles no site, e Hunter não para de reclamar disso.

— Eu não diria que esse é o convite mais *emocionante* que já recebi — minto, porque é um convite da Ruiva e, portanto, se enquadra como "emocionante" —, mas tudo bem, parece divertido.

Também parece ser um convite para um encontro, mas hoje também pareceria ser, mas ainda não estou inteiramente convencida.

— Que tal a gente ir dançar? Esse é um convite emocionante pra você?

— Agora sim.

Escolhas de um verão   137

Capítulo dez,

em que Nat prova seu valor

É de se pensar que depois de duas pessoas passarem uma noite inteira juntas, comendo comida excelente e conversando de forma séria e leve ao mesmo tempo, o dia seguinte no trabalho seria muito agradável, especialmente se dividem uma mesa.

Era de se pensar.

Porém, conheço Adam Rose melhor hoje do que o conhecia ontem, então não vou tolerar essa merda agora.

— Cara. — Chuto o pé dele embaixo da mesa.

Ele olha para mim, e fico irritada por tê-lo visto em um lugar mais casual, por ter descoberto que ele é meio gato quando não está sendo um babaca corporativo e por agora perceber isso até mesmo quando ele está vestindo uma camisa de botão.

Eu vou culpar os antebraços.

— Oi?

— A gente se divertiu ou não ontem à noite?

— Que tal você falar um pouco mais alto para dar a todo mundo no escritório a ideia errada?

— Como assim? — pergunto, colocando a mão no meu ouvido. — Você tá preocupado que a firma toda vai pensar... — ergo a voz — que nós nos pegamos ontem à noite?

Uma risadinha ecoa de outro cubículo, e Adam enterra a mão no rosto.

— Puta que pariu.

— Ninguém liga — digo, afastando o braço dele do rosto. — Mas fico lisonjeada de você achar que a ideia de me pegar é assim tão horrível.

Os olhos dele se apertam, escuros, e solto o braço dele como se eu tivesse acabado de segurar, sem luvas, uma panela que estava no fogão. Talvez não tenhamos mesmo atingido o patamar de quase-amizade.

— Eu já te disse — ele diz, entredentes. — Não é a mesma coisa pra mim que é pra você. Eu não tenho a segurança que você tem, já que você foi contratada por nepotismo. — A última palavra sai quase como se fosse um palavrão da boca dele. — E eu sei que você não leva isso a sério, mas eu levo. Então, por favor, faça o seu trabalho e me deixe fazer o meu.

Nossa, agora eu me sinto uma otária. Nem sei o que dizer, então só assinto e volto para o computador, olhando para os e-mails sem ver nada da tela. A questão é que não me deram tanto trabalho assim. Eu não sei se é porque minha mãe não tem confiança nenhuma em minhas habilidades ou se porque nunca tiveram demandas o suficiente para dividir entre dois estagiários, mas passei duas horas dessa manhã escrevendo posts de redes sociais e artigos para a newsletter, encontrando a fonte e imagens perfeitas para diversas campanhas, e agora... acabou. Todos os

Escolhas de um verão **139**

projetos precisam ser avaliados por alguém de um cargo superior ao meu.

Não ajuda que eles estimaram muito errado quanto tempo eu levaria para cumprir essas tarefas. Eu vivo em sites de arte e redes sociais; encontrar as hashtags certas ou tirar fotos com iluminação boa ou escrever um e-mail criativo sobre como usar as diversas ferramentas das plataformas de *lives* é tão natural quanto respirar para mim, e tão interessante quanto.

O que de fato *parece* interessante para mim são alguns dos e-mails nos quais estou copiada, em que escolhas artísticas de verdade estão sendo feitas, e meus dedos coçam para pegar o tablet e tentar criar minhas próprias versões das demandas. Porém, o único motivo pelo qual sou copiada nesses e-mails é para que eu sabia quando há documentos a serem impressos ou encomendas a serem recebidas. Ninguém está pedindo minha opinião em nada.

Fico mais alguns minutos no e-mail, mas quando não chega mais nada, decido seguir com esse plano de qualquer forma. Peguei todos os e-mails trocados entre minha mãe e Kyleigh, o responsável pela conta da Sunnyflower Tea, e eles não estão felizes com as opções de design que o ilustrador providenciou para o novo produto que vão lançar, o que é um problema. É verdade que a maioria das opções é ruim mesmo, mas parece que uma delas é possível salvar — tem uma fonte boa; só tentaram demais apertar um monte de girassóis para criar a atmosfera de jardim, em vez de manter o foco no produto. Se eu der uma limpada e desenhar um girassol em uma curva ao redor da borda, abriria espaço para...

Não faço ideia de quanto tempo passei perdida no meu desenho, tentando variações diferentes do caule como destaque, usando o espaço negativo dentro das letras para fazer formatos de girassóis, mas quando sou interrompida por uma tosse muito contundente no meu ouvido, noto que não percebi minha mãe se aproximando.

Adam está sentado com a postura ereta demais quando ela chega, mas ela sequer olha na direção dele. Em vez disso, aponta para o meu tablet com uma unha pintada com um esmalte cor de malva e pergunta:

— O que é isso que você está desenhando?

— Achei que uma das opções do design da Sunnyflower Tea tinha potencial — explico, envergonhada. — Queria ver se conseguia fazer funcionar.

Deslizo o tablet de volta para minha bolsa, tentando ignorar o fato de que Adam está prestes a me ver levar uma bronca porque fiquei desenhando no expediente ou *não* levar uma bronca por desenhar no expediente. Sinceramente, não sei qual é pior.

Minha mãe vira a palma da mão para cima.

— Deixa eu ver isso.

Pego o tablet lentamente da bolsa e entrego a ela, desejando que eu não precisasse ficar vendo enquanto avalia cada uma das opções, especialmente não na frente de Adam. Porém, o resultado é um pequeno sorriso — o primeiro que já vi minha mãe dar no trabalho, acho.

— Nada mal, Natalya. Estão meio crus, mas acho que tem boas ideias aqui — Ela me devolve o tablete. — Me mande os arquivos por e-mail.

Então, ela vai embora, os saltos da sandália ecoando no piso de cimento.

—Ah! — Não sei por que a exclamação escapa da minha boca, e de repente sinto uma mistura de várias coisas ao mesmo tempo.

Escolhas de um verão 141

Estou curiosa para saber o que Adam está pensando e sentindo. Queria saber, mas, ao mesmo tempo, não quero. Em vez disso, me ocupo em mandar um e-mail com os arquivos para minha mãe; quando termino, ele ainda não disse uma palavra.

Só consigo aguentar um minuto de silêncio.

— Então, no que você tá trabalhando? — pergunto, com a maior animação que consigo reunir.

— Não é nada de design — diz ele, seco. — Só umas coisas de newsletter pro bar Third & Ten. Mas não acho que estou acertando a masculinidade que eles querem no texto.

— Sério isso? Eles estão deixando você trabalhar em uma conta de bar de esportes? Eu meio que achei que não tinha recebido nada disso porque não estavam colocando menores de idade nessa conta.

— Acho que eu ser um dos dois únicos caras do time criativo cancela qualquer problema com a minha idade — diz ele, gesticulando para o ambiente reconhecidamente feminino. — E Joey já está lotado de trabalho em contas que, hum, definitivamente não podem dar pra ninguém menor de idade.

— Pra valer? — Pego minha cadeira e vou para o outro lado da mesa, me empoleirando ao lado de Adam, encarando incrédula a lista de clientes para quem ele está trabalhando. — Uau. Tá, então esse é mesmo o tipo de lugar que pensa "homens com a cerveja, mulheres com a maquiagem". Posso escrever sobre várias dessas coisas. Será que eles acham que bicicletas e churrasco são exclusividade dos homens?

— Bom, então sinta-se à vontade para me ajudar, porque eu estou empacado.

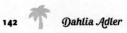

Agora *isso* me faz pausar e erguer as sobrancelhas.

— É mesmo? Então eu sou a contratada por nepotismo problemática, mas de alguma forma você é superior? Como é que *você* conseguiu esse estágio?

— De uma forma justa — ele me assegura, virando o monitor de lado para que eu não possa olhar para a tela. Mas é um monitor gigantesco, então claro que eu ainda consigo ver tudo. — Fiz todo o tipo de marketing para a Bros Over Tacos, e fiz coisas para os outros *food trucks* também. Tenho um portfólio ótimo, só pra você saber.

— É só extremamente específico pra *food trucks* — deduzo

— Bom, isso. Quer dizer, são habilidades que consigo usar em outras coisas. — Ele franze o cenho. — Ou pelo menos deveria.

— Sabe, se você só parasse de ficar irritado comigo e não fosse orgulhoso demais, a gente poderia tentar trabalhar nisso juntos. Apesar de eu ser contratada por nepotismo... — me certifico de pronunciar as palavras com o mesmo desdém que ele —, sou bem boa nisso.

Ele grunhe, voltando o monitor de volta para mim, para que eu possa examinar o progresso.

— Tá — digo, já apontando para o esboço da newsletter que estou vendo na tela —, primeiro que você já começa com coisa demais. Se o leitor ver um bloco de texto desse tamanho, já começa a abstrair. Precisa editar pra ficar menor, e precisa ter alguma coisa chamativa. Tipo isso? — Aponto para uma lista de depoimentos sobre a empresa. — O time de design poderia ter colocado esses no background. Assim fica mais dinâmico *e* ocupa menos espaço aqui.

Para mérito dele, Adam está realmente escutando, assentindo e fazendo anotações. Juntos, trabalhamos no texto

Escolhas de um verão 143

e acrescentamos uma lista de sugestões para os designers. Então passamos para os posts de rede sociais, e é aí que descubro que Adam Rose não tem a mínima ideia de como usar o Twitter.

— É sério que você tem feito propaganda do *food truck* do seu irmão desse jeito? — pergunto, horrorizada. — Você sabia que se começar um tweet com o seu próprio *user*, ninguém mais vê se já não estiver te seguindo, né? Especialmente se você não usar nenhuma hashtag?

— Eu, hum... — Ele coça a nuca. — Eu não sabia disso. Isso explica algumas coisas.

— Você nem inclui fotos! Como é que vão saber que seu irmão é um verdadeiro artista quando o assunto é recheio de abacate com jalapeño?

— Eu disse que estava delicioso no tweet!

— Adam. Você continua sem me entender. As pessoas. Precisam. De Coisas. Visuais. E não é como se o seu irmão tivesse um logo memorável pra ajudar.

— Você não gosta do sombrero?

— Eu não gosto do sombrero.

Ele gira a cadeira para me encarar, apoiando o tornozelo no joelho oposto.

— Bom, aparentemente você é uma designer brilhante. Tenho certeza de que meu irmão adoraria ver opções.

— Ah, é? — Fungo. — Quem disse que eu faço isso de graça?

— Tenho certeza de que podemos entrar em um acordo. — Ele curva os lábios em um sorriso sugestivo, e estou prestes a perguntar que tipo de garota Adam acha que eu sou quando ele completa: — Suspeito tenha um número de tacos que sirva como pagamento.

— Ah, tem, sim. Mas é um número bem alto. — Jogo meu cabelo por cima do ombro. — Agora vamos consertar esse desastre aqui, que tal? Acho que ninguém quer ir a um bar de esportes que serve "hashtag bola na rede".

— Você não conhece o grande público.

Balanço a cabeça e voltamos ao trabalho.

No fim das contas, nós somos um ótimo time. Durante toda a semana, Adam lida com a maior parte da coleta de informações e das atualizações de bancos de dados, que me fazem querer arrancar os olhos, mas que parecem acalmá-lo, e eu ensino a ele as nuances dos algoritmos das redes sociais, design responsivo e como postar feito um ser humano de verdade. Na quarta-feira, almoçamos juntos no café enquanto assistimos a um vídeo sobre otimização do mecanismo de buscas e conversamos com Jaime quando elu faz uma pausa. No todo, não é uma parceria ruim.

Pelo menos minha mãe parece muito satisfeita. Ela me leva para almoçar na quinta-feira, dessa vez escolhendo um restaurante grego onde mais uma vez Melissa pede salada para nós duas. É claro que começamos imediatamente a falar de trabalho, mas é difícil me importar quando o assunto é que os chefes parecem muito contentes com seus estagiários.

— Você fez um ótimo trabalho essa semana, Nat. Tanto você quanto Adam. Elias está bem contente. Ele estava com certas dúvidas sobre ter dois estagiários, mas parece que vocês dois trabalham muito bem juntos.

Faço o melhor para manter a aparência de tranquilidade quando recebo o elogio, mas por dentro estou vergonhosamente extasiada. Óbvio, tenho orgulho do meu trabalho

Escolhas de um verão **145**

— incluindo o design final que usaram no Sunnyflower Tea, que era sem dúvidas baseado em um dos meus — e estou provando que até mesmo pessoas contratadas por nepotismo têm algum valor de vez em quando. E apesar de não termos passado muito tempo fazendo programas de mãe e filha desde que cheguei a Los Angeles, ainda gosto da ideia de ter deixado minha mãe orgulhosa.

Pode ser que eu tenha começado a gostar de trabalhar mais de perto com meu parceiro de estágio? Talvez, mas essa não é a questão.

Paramos de falar de trabalho quando termino de comer minhas azeitonas, e Melissa muda de assunto.

— Quais são seus planos para o final de semana? Tem alguma coisa que você queira fazer?

— Estava pensando nisso. — Eu dou uma mexida na alface, torcendo para que minha resposta não a deixe irritada ou pareça ser mais uma indireta em defesa de meu pai. Não sei muito sobre a criação da minha mãe, mas sei que ela se sentiu reprimida o bastante para abandonar algumas tradições com as quais cresceu. — Eu, hum, estou sentindo falta de ter um jantar de Sabá? Eu sei que você não gosta muito, mas eu pensei que talvez…

Bem, não sei bem o que pensei. Que sou filha dela e que mal passamos tempo juntas mesmo que eu more na casa dela *e* trabalhe na empresa dela? E que talvez ela tope o jantar porque eu estou pedindo, acho.

Agora é a vez dela de se mexer com ansiedade, mudando a faca e a colher de lugar no guardanapo.

— Não me oponho — diz lentamente —, mas você precisa saber que eu definitivamente não sou qualificada para cozinhar nada disso. Acho que podemos pedir comida de algum lugar. Tem uma centena de restaurantes kosher aqui perto.

Comer sopa com bolinhas de matzá e kugel de restaurante não tem a mesma mágica, mas eu não tenho mais capacidade do que ela para cozinhar um jantar de Sabá. Acabei nunca aceitando a oferta de Adira e da mãe de me ensinarem a cozinhar antes de vir para Los Angeles. No entanto, conheço *alguém* que é rápido para aprender na cozinha, e aposto que ele está livre sexta à noite e que provavelmente não vai se importar de ter uma desculpa para sair de casa.

— Acho que conheço alguém que pode ajudar — digo com um sorriso, pegando meu garfo e comendo um pouco de queijo e cebola roxa.

Precisei ser bem persuasiva para convencer Adam a ajudar, mas tenho 80% de certeza de que ele fez aquela cena toda só de graça. Não é como se ele tivesse algo melhor para fazer — até eu sei que Evan tira as sextas à noite de folga do *food truck*, e Jaime tem planos de um encontro com Cass que definitivamente não incluem ninguém de vela. Depois que prometo que vamos sair mais cedo do trabalho, sei que consegui o que queria.

Assim que minha mãe nos dá o cartão de crédito e a autorização para sairmos do trabalho, paramos no mercado kosher. Mal sei o que estou procurando, mas Adam me guia facilmente até um pacote de asas de frango para fazer a sopa, outro pacote de legumes de sopa, cenouras e aipo e uma mistura pronta para o matzá.

— Você é secretamente judeu? — eu o provoco, enquanto ele pega um saco de dois quilos de batatas para o kugel e o coloca no carrinho.

Escolhas de um verão 147

— Eu pesquisei — diz, tímido, avaliando as cebolas e colocando algumas no saco. — E já faz uns meses que estou aqui em Los Angeles, então você não é bem a primeira pessoa judia que eu conheço. Mas também vou deixar avisado que talvez eu cague tudo e fique uma merda. Isso não vai fazer, sei lá, Deus me atingir com um raio, vai?

— Definitivamente vai. Está escrito no Torá que se você for um cozinheiro ruim, vai direto pro inferno.

— Eita. Não sei se quero mais me arriscar — diz ele, mas já andou para escolher um corte de carne. — Sei que o corte do peito bovino é mais tradicional ou sei lá — diz ele, enquanto escolhe outro menor —, mas parecia meio grande só pra vocês duas.

— Você não vai ficar?

— Eu estou convidado?

— Olha. — Eu não pensei em como seria ter Adam em um jantar com a minha mãe, mas não é como se fosse um encontro. — Você que vai cozinhar, é claro que é pra você ficar. Se quiser. Mas *é* um jantar de Sabá, então eu entendo se for meio esquisito — acrescento rapidamente, apesar de a parte mais esquisita provavelmente ser jantar com a chefe e a filha dela. Ou que eu tenha convencido ele de cozinhar essa refeição.

— Não, não é esquisito. — Adam se vira de novo para os freezers e pega uma bandeja de frango, e vejo o canto da boca dele se curvar em um sorriso que não acho que era para eu ter visto.

Talvez seja por isso que sinto um frio na barriga.

Ou talvez porque os antebraços sexy dele estão enterrados em bandejas de coxas de frango embrulhadas em plástico, procurando pela mais perfeita para que eu e minha mãe possamos ter nosso primeiro jantar de Shabbos de verdade em anos.

De qualquer forma, ele está ficando cada vez mais atraente para mim, e isso é um problema.

Dou um espaço para Adam, algo de que claramente também preciso, e aproveito para pegar as coisas para a salada, suco de uva, chalá e uma babka para sobremesa, me demorando para encontrar a que tem mais farelos em cima. No que é que estou pensando, começando a desenvolver um crush em Adam Rose? Tipo, tá, ele não é um pé no saco igual quando começou o estágio, mas isso não quer dizer que de repente eu precise me jogar em cima dele.

Em minha defesa, já faz um tempinho desde que me envolvi com alguém. Nate e eu trocamos alguns beijos no aniversário de dezesseis anos de Lydia e Leona, e *teve* uma menina que conheci no Encontro da Juventude Judaica LGBTQIAP+ com Isaac, mas, fora isso, eu estou na seca há alguns meses. Não é à toa que Adam parece uma pratada de churrasco; eu estou sobrevivendo a pedaços de brócolis, e definitivamente *não* sou vegetariana.

Preciso passar no Café Rouge segunda de manhã e implorar a Jaime para me levar a algum lugar. *Qualquer* lugar. Preferencialmente algum lugar cheio de gente *queer* bonitinha, mas, a essa altura, nem vou escolher muito.

— Encontrei você!

Quase dou um pulo quando Adam aparece atrás de mim empurrando o carrinho.

— Estava te procurando — diz ele. — Se você já pegou o chalá, acho que estamos com tudo certo.

Argh, até a forma como ele diz *chalá*, tentando fazer o som certo de *ch*, é fofo. Estou ferrada.

Escolhas de um verão 149

Ergo os itens nos meus braços para mostrar que peguei o chalá e as outras coisas, e então vamos para o caixa. Fico completamente em silêncio enquanto cada item é passado, nervosa demais e com medo de dizer algo idiota, mas, de alguma forma, Adam está tagarelando como nunca vi antes.

— Eu queria fazer o repolho recheado, mas Lexi avisou que é bem mais difícil e consome mais tempo do que o esperado, então isso vai na lista de coisas para fazer no futuro. Ainda planejo fazer as coisas tradicionais, tipo sopa com bolinhas de matzá, kugel de batata, frango assado com couve-de-bruxelas e a carne. É uma coisa meio básica, eu sei, mas…

— É perfeito.

E é mesmo. Perfeito demais. Fica cada vez mais difícil me convencer de que não estou nutrindo uma paixonite por esse menino que pesquisou e planejou esse jantar e que agora está fazendo compras para cozinhar um cardápio de Shabbos perfeito para mim.

— Você definitivamente vai impressionar a chefona.

No segundo que isso sai da minha boca, eu me arrependo de ter mencionado a minha mãe e que sou a filha da chefe, mas ele só abre um sorriso. Fica claro que a comida é tão reconfortante para ele que nada pode impedir sua felicidade. Pago pelas compras, e então eu as coloco no porta-malas do carro da minha mãe e vamos para a casa dela.

— Quem faz os jantares de Sabá quando você está em casa, em Nova York? — pergunta ele enquanto digito o endereço no GPS, nada confiante na minha capacidade de encontrar a casa da minha mãe mesmo quando só fica a cinco minutos de distância. Inferno, não estou nada confiante nem de ficar atrás do volante, mas Adam não precisa saber disso. — Seu pai cozinha?

— O Empório Kosher cozinha. A delicatéssen do Ike cozinha. Havaya cozinha, quando é uma ocasião especial.

— Só de pensar na casa de carnes kosher a algumas quadras do meu apartamento e no cozido de cordeiro deles, fico com água na boca. — Ezra Fox não cozinha. E, infelizmente, a filha dele também não. Apesar de eu querer muito aprender.

A mulher britânica com voz sofisticada do GPS me diz que devo virar à direita, então faço isso.

— Minha amiga Adira mora na nossa frente, e ela e a mãe iam me ensinar durante o verão. Elas nos convidam o tempo todo para ir lá jantar. Elas são ortodoxas, então levam a sério as refeições de Sabá toda sexta-feira e sábado à tarde, além dos feriados e tal. Adira cozinha na maior parte. O pai dela que a ensinou quando ela era mais nova, já que a mãe sempre estava trabalhando, então é por isso que na maior parte fazem comida asquenaze. Mas a mãe dela poderia fazer um t'bit incrível de olhos fechados, que é tipo uma versão iraquiana de tcholent.

— Eu... não sei o que é isso.

Fico mais do que feliz de saber algo que Adam, o Gênio da Comida, não sabe.

— Tcholent é um tipo de ensopado que muita gente faz em uma panela elétrica antes do Shabbos, e aí comem no almoço de sábado. Normalmente é de carne, cevada, feijão, e talvez kishke... que acho que costumava ser de intestino, mas agora não é mais? Enfim, e tem temperos e mais coisas. Tem diversas variações, dependendo de onde você é, e a família da mãe de Adira é do Iraque, então ela faz t'bit, que é feito de frango, arroz e ovos em cima, tipo, ainda com a casca. Eles são cozidos e ficam marrons e deliciosos com o resto

Escolhas de um verão 151

das coisas que ficam cozinhando a noite toda. É excelente. Tentei fazer isso uma vez... — Balanço a cabeça ao pensar nos ovos meio cozidos derretendo em cima de arroz basmati seco. — Não deu muito certo.

— Acho que preciso pesquisar mais — diz ele, e, do canto dos olhos, vejo que ele está literalmente escrevendo isso no aplicativo de notas. Que bobo.

Um bobo extremamente fofo, cujo nariz está começando a mostrar evidências de uma queimadura de sol e cujo cabelo está ficando comprido demais, mas mesmo assim um bobo.

— E as velas? — pergunta ele. — Você acende as velas no Sabá, certo? Ou você fala Shabbos? — Ele tropeça na palavra. — Desculpa, ouvi você falar as duas coisas. Não sei qual é o certo.

— Os dois são. Shabbos é do ídiche, então na maior parte é usado por judeus ortodoxos asquenazes, e meu pai cresceu falando assim. Sabá é do hebraico, então é mais comum, especialmente com os judeus não ortodoxos e sefarditas. Eu costumo usar o que eu estiver a fim no momento.

— Ah. Então você não é ortodoxa?

— Não. Provavelmente estou mais perto de conservadora, e eu sempre preciso deixar claro que é uma coisa bem diferente no judaísmo e na política. A gente tenta fazer o jantar de Sabá todas as semanas, fazemos um jantar de Pessach e temos a tradição extremamente estereotipada judia de comer comida chinesa no Natal e assistir a um filme, então, sabe, nós somos definitivamente alguma coisa. E não como suínos ou fruto do mar, como você já sabe.

— Ou coelho ou insetos — acrescenta ele, com aquele sorriso do qual estou começando a gostar demais.

— Você aprende rápido.

A mulher britânica — que eu decidi chamar de Agatha — me manda virar em mais uma esquina, e finalmente reconheço onde estamos. O que não é assim tão impressionante, porque só estamos a uma quadra da casa da minha mãe, mas ainda é mais do que eu sabia na semana passada.

— E sim — digo, respondendo à pergunta —, acendemos velas, fazemos uma benção com suco de uva ou vinho, fazemos o ritual de lavar as mãos e comemos chalá. Não se preocupe, não vai ser nada desafiador.

— Sua fé em mim aquece meu coração.

— E deveria mesmo. — Estaciono na frente da casa e entro pela porta dos fundos, que dá direto na cozinha. — Dá pra ver que esse cômodo é pouco usado — digo, gesticulando para os balcões de quartzo impecáveis, um branco mais branco impossível.

— Bom, estou animado para fazer uma bagunça aqui.

Começamos o trabalho ao desempacotar as compras e pegar as panelas e frigideiras. Coloco água para ferver para a sopa enquanto Adam começa a descascar e cortar batatas e cebolas para o kugel. Ele parece muito mais confortável com uma faca de cozinha em mãos do que com um teclado, e por mais que eu devesse estar cortando cenouras ou algo do tipo, fico muito distraída observando suas mãos habilidosas.

Felizmente, ele não nota, me pedindo para passar isso ou aquilo, pensando em voz alta sobre o tanto de endro ou páprica que vai usar no tempero. Trabalhar juntos claramente nos tornou uma máquina bem eficiente, porque parece que em pouco tempo a sopa cozinha no fogão, o frango e o kugel estão no forno e a carne está marinando na geladeira.

Escolhas de um verão   153

Acabo de começar a cortar folhas para a salada quando meu pai liga, e eu o atendo no viva-voz enquanto continuo a picar alface.

— Shalom, Abba — cumprimento. — Você nunca vai adivinhar o que estou fazendo.

— Lendo a primeira versão do meu livro.

— Há, há. Não, estou cozinhando um jantar de Sabá! E o cheiro é bom!

— Sua mãe permitiu isso? — Tenho quase certeza de que consigo ouvir as sobrancelhas grossas dele franzindo do outro lado da linha. — Já colocou fogo em alguma coisa?

— Estou com supervisão, muito obrigada. O que vai fazer no jantar hoje?

— Vou ficar de boa e ler alguns artigos que precisei imprimir sozinho, já que ainda não encontrei um assistente. Vou tomar um copo de uísque. Adira trouxe um pouco de sopa de frango mais cedo. Você deveria ligar para ela, ela está com saudades.

Olho para o relógio no micro-ondas. Shabbos definitivamente já começou em Nova York, o que quer dizer que Adira já desligou o celular. Vou precisar mandar mensagem outra hora.

— Anotado. Vou falar com ela depois, no domingo. E antes que você pergunte, não, eu ainda não experimentei nenhum ghormeh sabzi, mas vou fazer isso. Eu *experimentei* diversas outras coisas.

Olho para Adam enquanto conto a meu pai tudo sobre O Jantar, e vejo o sorriso dele aparecer ao reconhecer as comidas.

Tá, sim, Adam fez parte de praticamente todas as minhas experiências relevantes aqui em Los Angeles. Isso quer dizer que eu posso *sim* ter um crushzinho nele.

— Espero que você consiga replicar essa refeição quando voltar pra casa, filhota. Agora vou deixar você cuidar das coisas. Essa sopa de frango não vai ficar quente para sempre. Só queria desejar um bom Shabbos.

— Bom Shabbos, pai. — Sinto uma pontada de saudades no peito, e por um instante tudo parece agridoce. Eu *deveria* estar cozinhando minha primeira refeição de Shabbos para o progenitor que ficou comigo, mas eu fiz a minha escolha.

Tudo que posso fazer agora é balançar a cabeça e colocar a alface no secador de salada.

O jantar é tão bom que eu sei que Adam acabou de ganhar a posição de estagiário favorito da minha mãe, acima de mim.

— Seus talentos estão sendo desperdiçados — Melissa informa enquanto limpa a boca no guardanapo, observando o estrago que fizemos nos pratos e panelas. — Precisamos dar um jeito de usar essas habilidades culinárias no escritório.

— Olha, se descobrir uma forma…

É uma ideia legal, mas nós dois sabemos que nenhum de nós vai se livrar das planilhas e newsletters em um futuro próximo. Em vez disso, começamos a limpar a mesa, e Melissa pega potinhos de plástico, insistindo que Adam leve o que sobrou para casa.

Enquanto guardamos tudo, minha mãe vai pegar uma sacola marrom no balcão, o aroma de massa frita e doce vindo em nossa direção quando ela volta.

— Nat, eu sei que vocês compraram babka, e definitivamente vamos aproveitar para comer no café da manhã, mas eu queria contribuir com mais uma coisa além da minha própria cozinha. — Ela abre a sacola, e o cheiro familiar é tão

Escolhas de um verão   155

forte que fecho os olhos e inalo profundamente. — Lembro do quanto você gostava dos donuts da Sweet Wheels, então achei que seria uma sobremesa digna para a nossa refeição gourmet.

Ela pega meia dúzia de donuts da sacola e os arruma em um prato. Apesar de estar cheia do jantar, preciso fechar as mãos para me impedir de tentar pegar um antes de ela colocar o prato na mesa. Nós três nos sentamos, e minha mãe passa o prato para mim.

— Lembra da última vez que comemos isso?

Eu me lembro, mas fico surpresa que ela também se lembre. Existe um tom de pergunta nos olhos dela, uma abertura caso eu queira, mas só se eu quiser. Olho rapidamente para Adam, nervosa, e decido que quero, sim.

— Você me levou para comer donuts quando contei que era bi pra você.

Eu me lembro daquela noite com uma clareza profunda. Só Deus sabe que minha mãe já me decepcionou muitas vezes na vida, mas naquela noite ela chegou muito perto da perfeição, tratando minha revelação como algo a ser celebrado, com direito a uma comemoração açucarada com glacê de limão e tudo. Foi durante a visita de duas semanas antes de eu entrar para o ensino médio, quando meu pai estava em uma conferência na Europa, e eu tinha considerado só não contar nada para ela, exatamente como ela escolhera fazer com todo o resto. Porém, em um momento de fraqueza, sabendo que seria a minha última chance de contar isso pessoalmente por sabe-se lá por quanto tempo, eu cedi.

E valeu a pena.

Dou uma olhadinha para Adam para ver se ele mostra alguma reação ao fato de que estou falando que sou bi, mas ele

parece mais focado no donut do que na conversa. Quero muito saber se ele não me ouviu ou se só não se importa com isso.

— Foi mesmo — diz minha mãe com um sorriso suave, e não sei se ela fica mais satisfeita por eu me lembrar ou por me sentir confortável de falar sobre o assunto na frente de Adam. — Lembra daquele donut de arco-íris que pedimos para fazerem pra você?

— Meu Deus, tinha me esquecido disso. — Era inteiro coberto de glacê e granulado, tanto que era impossível saber que tinha um donut embaixo da cobertura. — Era ao mesmo tempo delicioso e nojento.

— Não tem nada de nojento nesses aqui — diz Adam, com calda de bordo escorrendo pelo canto da boca. — Como eu não sabia da existência desse lugar?

— É muito bom. — Não consigo decidir entre um donut de morango com creme ou o de merengue de limão, então corto os dois ao meio e crio um novo sabor. — Né?

Nós nos esbaldamos com o açúcar e todo mundo decide pegar um segundo e um terceiro, até que o prato esteja completamente vazio, e minha mãe fica se lamentando que não comprou logo uma dúzia.

— Acho que eu literalmente ia explodir se comesse mais um pedaço — grunhe Adam, e eu concordo.

Começamos a tomar chá e limpar as coisas, e então minha mãe declara que vai dormir e Adam aproveita a deixa para pedir um Uber para ir para casa.

— Não vai chamar Uber coisa nenhuma — diz Melissa, gesticulando para ele guardar o celular. — Nat, as chaves estão na mesinha do saguão. Leve nosso chef para casa.

Nós entramos no carro, e preciso de um instante para ficar confortável de novo. Eu não costumo dirigir muito na

Escolhas de um verão 157

cidade (leia-se: nunca), então dirigir duas vezes em um dia só parece forçar a barra. O único motivo para eu ter tirado carteira é que Camila e eu decidimos aprender juntas para ela poder dirigir em Porto Rico, e só depois ela descobriu que a idade mínima para dirigir lá é de dezoito anos. Enquanto isso, além das aulas, minha única chance de praticar foi com o carro de Lydia e Leona, que *não* é um Nissan Altima e fica nos Hamptons. Eu não faço ideia de para onde estou indo, então quando Adam me fala o endereço, preciso de três tentativas para digitar no sistema de navegação do carro.

— Quer que eu dirija? — pergunta ele, a voz em um tom misto de provocação e nervosismo genuíno.

— Não, tudo bem. Eu mesma vou precisar dirigir de volta, de qualquer forma.

Coloco o carro na ré, e depois de dois minutos cuidadosamente saindo da garagem, estamos a caminho; logo começo a me sentir mais confortável.

O que, óbvio, é o instante em que Adam decide deixar as coisas estranhas. E não é só uma opinião minha. Ele literalmente pergunta:

— Posso deixar as coisas estranhas um segundo?

— Agora que perguntou, pode.

— Você me diz se eu estiver sendo muito invasivo, tá?

— Estou começando a me perguntar se devo pará-lo agora mesmo.

— Bom, é que não é nada da minha conta.

— Mas você vai perguntar mesmo assim. — Aperto o olho para o GPS, tentando entender onde é que é para eu virar, e imediatamente viro no lugar errado. — Bom, agora a gente vai ter mais tempo.

— Tá, então, tipo, você é ao menos um pouco religiosa, certo?

— Parece uma descrição correta do nível de religiosidade.

Te peguei, desgraçado, penso enquanto finalmente consigo voltar para o caminho original.

— Mas você também é... — Ele deixa a pergunta pairar no ar, e depois do meio minuto que levo para encontrar a rota original, entendo o que ele não disse.

— Bissexual. Sim. Sou.

— E, tipo, tudo bem pra sua mãe?

— Eu não sei se você percebeu, mas esse foi o primeiro jantar de Sabá da minha mãe em uns cinco anos, provavelmente. Ela não é nenhum bastião da fé. — Paro em um sinal vermelho, o que parece ser um bom momento para me virar para Adam e focar nele, inclusive naqueles olhos escuros, inquisitivos, que parecem genuinamente interessados. — Mesmo se fosse, o judaísmo conservador permite casamento entre pessoas do mesmo gênero e até ordena pessoas *queer*. Mas independente de qualquer denominação que eu usasse, ainda seria quem sou. Judia e bissexual e orgulhosa das duas coisas. Eu fiz um bat mitzvá, faço jejum no Yom Kippur e peguei a Kira Horowitz na festa de Purim do Encontro da Juventude Judaica LGBTQIAP+ do ano retrasado. Sou uma pessoa complexa.

Ele dá uma risada.

— É verdade. E é legal que você se sinta tão... — Ele gesticula, procurando por uma palavra. — Conciliada com tudo isso, acho. Sabe a namorada de Jaime, a Cass? A família dela é super católica, e ela ficou aterrorizada de ter que se assumir. No fim deu tudo certo, pelo que eu saiba, mas acho que isso dá um nó na cabeça dela às vezes.

Escolhas de um verão   **159**

Cass parece tão alegre que não teria imaginado nada disso. Porém, suponho que cada um lida de um jeito.

— A meu ver, as pessoas por quem eu me atraio não têm nada a ver com quão gentil eu sou com outras pessoas, como eu rezo, quanto eu dou pra caridade ou todas as outras coisas que são importantes no judaísmo — falo, passando um dedo pela costura de couro do assento. — E se algum dia eu me casar com uma mulher, não tem nada que me impeça de pendurar mezuzás no batente da casa, ou acender velas de Shabbos ou ter filhos da mesma forma que todos os outros casais que não podem ter filhos fazem isso. Então não fico muito encucada sobre como conciliar essas partes de mim, porque acho que elas não entram em conflito.

Adam assente lentamente.

— Isso faz sentido. E parece que você pensou muito no assunto.

— Bom, alguém precisava pensar em uma defesa prévia no discurso pros meus pais. — Vejo o reflexo do sinal ficar verde nos olhos dele e volto a olhar para a rua. — Mas eu acredito em tudo que estou falando.

— Parece que sua mãe também.

— Isso, e meu pai também. Acho que eu nem precisava ter preparado o discurso. Os dois são judeus de esquerda do Upper West Side, mesmo que minha mãe não more mais por lá. Mas às vezes as pessoas são tranquilas com algo no mundo das ideias e não tanto quando isso se torna realidade. Eu acreditava mesmo que por eles estaria tudo bem, mas preferi me preparar mesmo assim. O que é meio raro, considerando que normalmente sou a pessoa menos preparada do planeta.

Ele bufa uma risada.

— Sim, eu senti isso na hora que você entrou no escritório no primeiro dia e tentou ocupar espaço na mesa colocando todo o conteúdo aleatório da sua bolsa. Mas nós somos definitivamente opostos nesse quesito. É meio necessário aprender a se preparar quando você tem pais como os meus. É obviamente por isso que também não faço mais isso.

É a primeira vez que Adam menciona os pais de uma forma que sugere que ele está disposto a falar mais sobre eles, e fico grata ao ver que só estamos a um minuto do apartamento do irmão dele agora, porque parece importante e quero estar focada por inteiro.

— Você ainda fala com eles?

— Muito pouco. De vez em quando minha mãe me manda uma foto de alguma coisa que viu no caminho que a fez se lembrar de mim. E nenhuma vez eu entendi qual seria a conexão da foto comigo, então acho que é mais que ela vê coisas e aleatoriamente se lembra de que eu existo, e quando essas duas coisas acontecem ao mesmo tempo, recebo uma foto de um cacto empoeirado.

Já estou rindo antes de perceber que existe uma tristeza real ali, mas ele também dá uma risada. Então, um milagre acontece — tem uma vaga na frente do prédio de Evan. Não é exatamente legal para estacionar, mas dá para ficar sentado ali e conversar mais um pouco.

— Eles estão viajando para algum destino em particular?

— Não que eu saiba. Eles queriam experimentar um "estilo de vida nômade" de verdade, o que foi um grande choque pra mim, considerando que eu *pensava* que minha vida toda foi isso. Mas acho que ficar em Portland um ano inteiro para eu de fato terminar o ensino médio sem precisar mudar minha vida toda mais uma vez foi mais do que

Escolhas de um verão **161**

eles conseguiram lidar. Os dois foram embora no dia em que me formei.

— E você não quis se juntar a eles na próxima grande aventura?

Ele bufa, jogando a cabeça contra o encosto do carro.

— Nem ferrando. Mas você presume que fui convidado, o que não foi o caso.

Meu queixo cai até quase bater no pedal do carro.

— Eles literalmente te abandonaram no instante que puderam?

— Bom, tecnicamente, isso teria sido no meu aniversário de dezoito anos, então acho que eu deveria ficar grato por eles terem aguentado uns dois meses a mais, mas, hummm, sim, foi mais ou menos o que aconteceu. Eles me deram o carro deles pelo menos, já que não queriam ter mais um "peso". Comecei a dormir no sofá de amigos por um tempo, mas ficou meio estranho e exaustivo rapidamente, então só fiquei dormindo no carro. Aí um dia Evan me ligou e descobriu o que eu estava fazendo, e aí ele disse exatamente essas palavras: "arrasta sua bunda pra cá antes que eu te encha de soco". Então dirigi de Portland até aqui e tcharam! Agora sou o lindo e completamente normal estagiário de marketing que está diante de você.

É tanta coisa para processar que sequer consigo compreender. Os pais dele só desaparecendo? Ficar morando no carro? De alguma forma conseguindo um estágio apesar disso tudo?

— Eu ainda tenho… tantas perguntas.

— Confia em mim, não é só você.

— Acho que você não quer tagarelar sobre isso.

O sorriso que curva os lábios dele me faz ter pensamentos nada digno de um colega de trabalho.

— *Tagarelar* não é uma coisa que eu me descreveria fazendo. Especialmente não quando se trata dos meus pais.

— Você tagarela até demais quando é sobre comida — pontuo. — Eu não conseguia fazer você calar a boca quando começou a explicar como a rúcula é muito superior a alface romana.

— Bom, isso. — A voz dele fica mais baixa, brincalhona. — Você encontrou minha única fraqueza.

Bom, isso nos deixa bem desiguais, penso, enquanto meu cérebro parece borrar todo, *porque só essa noite você descobriu umas seis fraquezas minhas.*

— Aposto que consigo achar mais.

Infelizmente, minha boca vai mais rápido do que meu cérebro. Culpo os dois goles de vinho que bebi há três horas.

— Ah, é?

Ele se virou completamente para mim agora, e não tenho escolha a não ser imitar a postura. O espaço dentro do carro parece tanto infinito quanto pequeno demais, e os olhos dele são tão escuros que eu poderia me perder naquelas profundezas. Ao menos seria algo a fazer, considerando que não consigo decifrá-los. Se isso é uma atração mútua, Adam não está deixando transparecer muito.

Talvez eu devesse voltar a um lugar seguro, ser mais reservadas. Ainda precisamos nos ver *todos* os dias.

— Você sempre se esquece de onde fica o botão de ajuste de texto no Excel — digo, a voz tranquila. — Você é horrível escolhendo hashtags em qualquer mídia social e sempre erra o pedido do café de alguém.

— Nunca ouvi ninguém reclamar.

Dou uma risada.

— Sim, porque Jaime conhece o pedido melhor que você, e aí conserta toda vez.

Escolhas de um verão 163

— Ah. Nossa. Obrigado, Jaime. — Ele sustenta meu olhar. — Já acabou de expor todos os meus defeitos?

Sim. Não. Tenho medo do que vou dizer se não parar agora.

— Acho que sim.

Ele dá um sorriso.

— Que bom. — Então, um silêncio recai sobre o carro, e nós dois ficamos sentados ali, olhando um para o outro. — Vai me dizer no que você está pensando? — pergunta ele, depois de um minuto.

— Não estou pensando em nada — digo, inocente, apesar de provavelmente conseguir ouvir o batuque saudável do meu coração no carro vazio.

Por que eu não coloquei música?

Ah, sim, porque estávamos tendo uma conversa extremamente pessoal.

— Natalya.

Meu Deus, por que a forma como ele diz meu nome me faz tão... *tão*? Agora eu *estou* pensando em coisas, nenhuma delas muito kosher.

— Adam.

— Sabe, se você estivesse pensando em como está imensamente grata pelo jantar caseiro de hoje e em como você quer beijar o cozinheiro...

Meu Deus, *agora* minhas bochechas estão ardendo.

— É bem presunçoso da sua parte. Você acha que eu te devo um beijo só porque você fez o jantar?

— Não, eu acho que você *quer* me beijar, porque está me olhando como se quisesse me beijar.

— É *você* que está me olhando como se quisesse *me* beijar — retruco.

Outro momento de silêncio estrondoso, e então ele diz:

 Dahlia Adler

— Sim. — A voz está baixa, rouca, mas os olhos escuros nunca desviam dos meus. — Eu quero mesmo.

Qualquer vontade que eu tinha de manter aquela paixonite sob controle desaparece na noite banhada a cheiro de jasmim. Puxo Adam pelo colarinho por cima do câmbio antes mesmo de entender o que estou fazendo, beijando-o com tanta força que meus dentes provavelmente vão deixar marcas. Então, eu o sinto sorrindo contra meus lábios, a irritação e agressão se transformam em algo que derrete, em desejo, e ajuda muito ele ter o cheiro e o gosto do lindo jantar que fez para mim e para minha mãe mais cedo.

No fim das contas, Adam não só sabe (mais ou menos) fazer uma planilha ou cozinhar um jantar incrível, mas também sabe *beijar*. As pontas dos dedos dele traçam meu pescoço e meu cabelo, e antes que me dê conta, passo por cima do câmbio para me sentar em cima dele no assento do passageiro. As mãos dele seguram meus quadris com força enquanto ele desce a boca para o meu pescoço, e sinto faíscas por toda a parte, incendiando minha pele e ameaçando me explodir e iluminar a noite escura. Também me ocorre que estamos essencialmente em público, mas aí ele dá uma mordidinha leve no meu lábio inferior enquanto desliza a mão pelas minhas costas e eu entrego meus pensamentos para esse garoto, esse carro, essa noite abençoada com mil possibilidades.

Escolhas de um verão

Capítulo onze,
em que Tal encontra uma vocação

Becca voltou à colônia de férias na segunda-feira, o que significa que eu deveria ficar desempregada, mas não é o que acontece. Aparentemente, o jantar dos Matemágicos na sexta à noite revelou que não só um, mas dois dos colegas nerds do meu pai estão com dificuldade de encontrar um apoio para cuidar das crianças em alguns dias, então agora estou sendo babá da filha de quatro anos do professor Wilhelm Oppenheimer segunda sim, segunda não (começando por hoje), e dos gêmeos de cinco anos do professor associado Yang Zhou nas terças e quintas à tarde, das três às seis.

Felizmente, estou bem descansada depois de passar o dia anterior todo de preguiça tirando cochilos, fazendo um piquenique e tomando sol com Camila no Central Park e escolhendo uma pilha de livros novos para ler na biblioteca.

Ainda assim, um pouco de cafeína não cairia mal.

Depois de deixar as coisas de um jeito meio "estamos juntas ou não?" com Elly no sábado à noite, é claro que fui covarde demais para entrar em contato ontem. Porém, hoje fico preocupada de não falar nada e ela esquecer que eu existo, o que significa encontrar um meio termo e dar uma passadinha para pegar um café no Nevermore. (Além do mais, minha incrível melhor amiga me deu uma sacola de potinhos de creme em sabores diferentes para acrescentar no café, para que eu finalmente possa admitir para mim mesma que não gosto do chá preto com laranja e pedir o café preto em vez disso.) E por que me dar o trabalho de procurar algo inteligente para dizer quando tudo que preciso é "um café médio, por favor"?

Há uma fila inexplicavelmente grande que me impede de ver o rosto de Elly quando chego na porta, mas ainda está silencioso o bastante, com todo mundo encarando os próprios celulares, para ouvir a voz dela e saber que ela está no balcão. Aproveito a chance para passar outra camada de gloss, arrumar o cabelo, alisar a frente da regata, ficar remexendo na barra esgarçada dos meus shorts inquieta e examinar minhas unhas recém-pintadas.

Então, finalmente, *finalmente*, me deparo com os lábios vermelho-sangue, um cropped preto do Bikini Kill e jeans rasgados e cheios de tachinhas.

Imediatamente, fico com a boca seca. Era uma coisa quando Elly ainda era uma estranha, mas como é possível que agora que já saí com ela diversas vezes, troquei mensagens e até mesmo adentrei o tópico da sua vida amorosa, ela ainda tenha esse mesmo efeito sobre mim? E sério, não ajuda que, quando me vê, o rosto dela inteiro se ilumina.

— Foxy!

As duas pessoas na minha frente se viram para ver com quem ela está falando, e não sei se encho o peito ou se me

Escolhas de um verão   **167**

escondo. Fico aliviada que ela esteja feliz em me ver e não, tipo, se perguntando o motivo para essa garota esquisita que fez várias perguntas invasivas para ela no sábado resolver aparecer no seu trabalho. Dou um pequeno sorriso e aceno, e então fico olhando vídeos no celular só para não ficar encarando.

— Só pra você saber — diz Elly quando fico de frente para o balão —, eu dei uma dura no Beckett depois que ele foi babaca com você. Sério, eu ficaria feliz de nunca mais sair com ele, mas ele fornece maconha pra basicamente todo mundo. Eu não sobreviveria a esse racha na amizade.

Solto uma respiração que parece que estou prendendo desde a noite de sábado. Não apenas estamos bem, mas parece que ela distintamente se importa com o que eu penso.

— Queria poder me oferecer como substituta, mas fora tomar bebida de vez em quando, o mais perto que cheguei de uma atividade ilegal foi entrar em um filme para maiores de idade quando eu tinha quinze anos.

— Uma atitude muito punk da sua parte — diz ela, sorrindo. — Olha...

— Desculpa, mas dá pra você ir mais rápido? — pergunta o cara atrás de mim, se inclinando impacientemente e apontando para o pulso, que não exibe relógio nenhum. — Alguns de nós precisam trabalhar.

— Você está literalmente no meu trabalho — responde Elly em um tom monótono. — Alguns de nós estão trabalhando há horas.

Aquilo faz o cara calar a boca o suficiente para ela se voltar para mim e perguntar, com um suspiro, o que vou querer.

— Café preto médio — digo, com um sorriso breve. — Qualquer um. Minhas desculpas a sua tia e aos deuses do café, mas eu genuinamente não sei diferenciar nada.

168 *Dahlia Adler*

— Um corvo médio saindo. — Ela se vira para servir o meu café, dizendo por cima do ombro: — Você vai ficar por aqui? Tenho uma pausa daqui meia hora.

— Bem que eu queria — digo, e estou sendo muito sincera. — Mas vou trabalhar de babá de novo hoje. — Falo alto o bastante para o babaca atrás de mim ouvir o "trabalhar". — Preciso estar lá em dez minutos.

— Você fica de babá mais do que qualquer outra pessoa que eu conheço. — Ela me traz o copo e cobra o valor. — Desde quando você toma café preto?

— Desde que eu descobri que dá pra consertar o gosto com leite de coco sabor caramelo e uma montanha de açúcar — digo, mostrando um dos potinhos que Camila me deu. — Combustível milagroso. — Preciso ir, e o cara atrás de mim vai me matar se eu demorar mais um minuto, mas aproveito minha chance mesmo assim: — Te mando mensagem do trabalho. Talvez a gente possa sair mais tarde, ir jantar ou algo do tipo?

Não sei se estou sendo bem clara em perguntar se ela quer ir a um encontro comigo, mas definitivamente não vou ser mais explícita na frente do cara do "alguns de nós precisam ir trabalhar".

Por sorte, ela não precisa que eu explique mais.

— Parece bom pra mim — diz, dando uma piscadela, e eu sigo para o meu trabalho de babá pisando em nuvens de cafeína e esperança.

Ao meio-dia, Adele Oppenheimer e eu já construímos e destruímos uns mil prédios coloridos de lajotas magnéticas, colorimos pelo menos setecentos arco-íris e brincamos

Escolhas de um verão

de restaurante tantas vezes que eu me sinto qualificada a abrir um.

— Tudo bem! — digo, batendo palmas enquanto vejo ela pegando a bolsa que gosta de usar quando é a vez dela de brincar de ser a cliente. — Hora do almoço!

— Macarrão! — Ela larga a bolsa, dando um pulo e me seguindo até a cozinha, onde me lembro do bilhete que o pai dela me deixou naquela manhã, implorando para que eu desse a Adele qualquer coisa que não fosse macarrão de almoço.

— Que tal nuggets? — ofereço, abrindo a porta do freezer para observar o conteúdo. — Ou palitinhos de peixe?

— Macarrão! — Ela soa mais agressiva dessa vez, e tenho a sensação de que não vai desistir sem lutar.

— Posso fazer ovos. Você quer ovo mexido com torrada? Ou torradas com abacate?

Meu repertório de cozinha não é muito grande, o que me lembra de que preciso falar com Adira para me dar umas aulas e eu finalmente poder fazer um jantar de Shabbos para meu pai e eu. Dito isso, é difícil errar a mão com torrada de abacate.

— Macarrão — insiste Adele, firme, os olhos azuis ficando tempestuosos. — Nada de torrada. Ou ovos. Ou abacate. Só macarrão.

Isso está indo bem. Imagino que não vou ter sorte com hambúrgueres vegetarianos ou atum, mas quando meu telefone toca, ganho alguns minutos para pensar no assunto.

O nome *Melissa* acende na tela.

Fico tentada a ignorar, mas me lembro de que estamos tentando nos falar esses tempos; além disso, ela é uma mãe — e talvez tenha alguns conselhos sobre como alimentar uma criança difícil para comer. (Não que algum dia eu tenha sido uma dessas, pelo que eu saiba.)

— Oi, mãe. — Olho para onde Adele parece me fuzilar com o olhar, o pé batendo no chão enquanto ela gira um cacho loiro no dedo. — Alguma ideia excelente de almoço para uma menina de quatro anos?

— Hummm, crianças gostam de macarrão, né?

Suspiro.

— Deixa pra lá.

— Por que você está cozinhando para uma menina de quatro anos?

— Estou de babá. No momento estou com a adorável senhorita Adele Oppenheimer, e estamos com dificuldade de encontrar algo para comer que não esteja vagamente relacionado a macarrão. — Encontro uma caixa amarela escondida atrás de um saco de brócolis congelado. — Que tal waffles? — ofereço a ela.

— Que tal macarrão?

— Parece que ela sabe bem o que quer — diz Melissa.

— Sim, precisamente o que o pai dela não quer que eu dê de almoço.

Desisto do freezer e começo a olhar os armários, oferecendo diversos tipos de sanduíche que recebem a mesma rejeição.

— Então talvez ele devesse estar aí para dar almoço para ela — diz ela, com a voz de estou-brincando-mas-nem-tanto-assim.

Acho melhor mudar de assunto.

— Talvez. E aí, como você está?

— Queria marcar uma data para o nosso clube do livro.

O que ela diz a seguir é abafado pelo som de Adele sacudindo uma caixa de penne perto de uma orelha e miojo na outra. Considerando que esta é uma casa em que querem manter ela longe do macarrão, o estoque deles está bem

Escolhas de um verão   171

cheio. Pego o penne, suspirando alto, e abro a caixa. Ela ganhou essa rodada, e não adianta fingir que não.

Além disso, eu não me importo de almoçar macarrão com queijo.

— Desculpa, não ouvi — digo.

— Perguntei como está a noite de quarta pra você. Estou livre às seis, o que seria as nove por aí.

Eu praticamente consigo ouvi-la folheando o calendário, tentando achar aquela minúscula janela de tempo. Suspeito de que se eu insistisse, ela me diria que na verdade tem precisamente das 6h00 às 6h18. Sinceramente, se quarta-feira for parecida com hoje, provavelmente diria não, porque já sei que meu cérebro vai estar inútil a essa hora. Só que quarta eu estou livre, o que significa que vou passar algumas horas fazendo pesquisa ou tarefas administrativas para o livro do meu pai. Então aceito.

— Tá, ótimo. — Um suspiro de surpresa ressoa do outro lado do telefone, como se minha mãe esperasse uma discussão, e para ser justa, muitas das nossas conversas acabam com elas. Só que ela também parece exausta, e considerando que é só nove da manhã em Los Angeles, não acho que o que a está incomodando tem a ver comigo.

— Está tudo bem aí? Você parece... que não está bem.

— Só coisas do trabalho.

— Não era pra você estar compartilhando as coisas do trabalho comigo? — eu a lembro enquanto pego uma panela e encho de água. Satisfeita que estou fazendo suas vontades, Adele agora está calmamente sentada na mesinha dela, pintando um livro de colorir do Mickey Mouse inteiro de laranja.

— É verdade. É um problema com os designs de embalagem que uma empresa acabou de nos enviar. O ilustrador que a firma de design escolheu não está acertando, ninguém sabe como consertar e acho que o cliente vai querer encerrar o contrato conosco.

— Posso ver?

— Agora você se interessa por ilustrações?

Eu me interesso por ilustrações desde que você dormia no quarto do lado do meu, penso, mas acho que quero mais ver os designs da embalagem do que brigar com ela, então eu digo:

— Me interesso, sim.

Ela suspira, mas, alguns segundos depois, manda os arquivos.

É verdade que a maioria das opções é ruim mesmo: exageraram demais e forçaram tanto para parecerem chiques e floreadas que fica impossível de ler. Mas acho que dá pra salvar uma delas, que até tem uma fonte boa; só tentaram demais apertar um monte de girassóis para criar a atmosfera de jardim, em vez de manter o foco no produto. Se tirar tudo isso e desenhar um girassol em uma curva do Y...

— Nat?

Opa, minha mãe estava falando comigo e eu estava perdida em meu próprio desenho, tentando imaginar variações diferentes do caule como destaque, usando o espaço negativo dentro das letras para fazer formatos de girassóis...

— Acho que tenho uma ideia, mãe. Me dá uns minutos, tá? Vou mandar alguma coisa que acho que vai ser melhor.

Minha mãe murmura algo que parece "tanto faz", mas desliga a ligação, e enquanto Adele come o macarrão, eu rapidamente desenho umas ideias bem básicas que posso refinar depois se ela autorizar. Apesar de fazer pausas para cuidar de Adele, acabo com um rascunho bem decente na hora que ela termina o segundo prato, e aproveito para mandar para minha mãe.

Escolhas de um verão 173

Não que eu esteja esperando a resposta ansiosa, mas meio que estou, mesmo que saiba que minha mãe não está com expectativa nenhuma. Por fim, meu telefone toca.

— Nada mal, Natalya. Estão meio crus, mas acho que tem boas ideias aqui. Parabéns. Vou avisar para você o que acham.

— Tudo bem — digo, me sentindo um pouco atordoada com a positividade dela, ou ao menos o que eu consideraria ser positivo.

— Preciso dar uma resposta para o gerente da marca assim que possível, mas nos falamos na quarta, né?

Ela desliga sem esperar uma resposta e, pela primeira vez, eu sequer me importo. Talvez eu tenha salvado minha mãe no trabalho hoje, e mesmo se não tiver, provei que minha paixão pela arte às vezes é útil. Eu sou brilhante. Eu sou talentosa. Eu… estou com água escorrendo lentamente pelas minhas costas.

Adele dá uma risadinha, dando um pulo para longe com o copo que estava derramando em mim por nenhum motivo específico, e rapidamente corro atrás dela, transformando aquilo em uma brincadeira de pega-pega. Talvez "brilhante" seja forçar a barra, mas, por hora, estou me sentindo muito bem comigo mesma.

Prof. Dr. Oppenheimer volta às cinco e meia em ponto, no instante em que estou contemplando dar mais uma pratada de macarrão para Adele de janta só para que ela pare de me pedir para jogar mais uma rodada de Candyland pela vigésima vez só naquela tarde. Parte de mim quer ir para casa dormir, mas muitas partes de mim querem cumprir a promessa que fiz para Elly, então mando uma mensagem para ela. Elly diz que está no centro de Manhattan, então combinamos de nos encontrar no Bryant Park.

O tempo está tão bom que fico tentada a andar, mas não quero que ela fique presa lá esperando por mim, então pego o metrô e no fim sou eu que preciso esperar. Não que eu me importe muito; Bryant Park é o lugar perfeito para desenhar.

Consigo pegar uma mesa para duas pessoas e pego meu caderno de rascunhos e o lápis, e escolho um dos quiosques de doces como minha musa. Não consigo resistir às pilhas de doces aparecendo nas vitrines, as trepadeiras do lado de fora, o desenho de um sol sorridente acima do balcão de pedidos... Estou completamente perdida no desenho quando ouço a cadeira na minha frente arranhar a calçada, e, de repente, lá está ela, um pouco de uma linda escuridão em meio ao dia ensolarado.

— Não sabia que você era tão talentosa — diz Elly, indicando o desenho com a cabeça, e imediatamente fico corada. — Eu amei.

— Eu só gosto de desenhar — murmuro, fechando o caderno e cuidadosamente colocando tudo de volta na bolsa carteiro. — Todo mundo precisa de um hobby.

— Sim, mas nem todo mundo é bom assim — diz ela, dando um sorriso de lábios fechados. — Eu costumava tocar música e não só escrever sobre o assunto, mas eu era muito ruim. Meu Deus, como eu era horrível.

— O que você tocava?

— Guitarra, claro. — A unha com esmalte lascado batuca no tampo da mesa, sugerindo que ela tem um ritmo que não se traduzia ali. — Eu tinha uma visão que seria tipo um misto de Lita Ford e Joan Jett, e não preciso dizer que nem cheguei perto. Então tentei passar para o baixo, porque D'arcy Wretzky

Escolhas de um verão   175

e Melissa Auf der Maur eram muito gostosas fazendo isso, e bom, é baixo. Toquei alguns shows com amigos e aí acabou. Vamos dizer que eu não era nenhuma Kim Deal.

Aceno com a cabeça, apesar de Joan Jett ser o único nome que reconheço, mas fico presa ao ouvi-la falando sobre mulheres sendo gostosas, esperando que isso seja alguma dica *queer*. Ou eu só quero que isso pareça que é *queer*? Tenho 98% de certeza de que é uma coisa *queer*, mas seria ótimo chegar nos 100%.

— Agora vou fazer com que seja meu novo objetivo de verão ver você tocar baixo no palco.

— Ah, é? — Ela ergue uma sobrancelha. — E quais são seus outros objetivos de verão?

Percebo que não aguento mais um minuto sem simplesmente deixar tudo às claras. Assim que as palavras saem da minha boca, no entanto, adoraria poder engoli-las de volta. Mas eu preciso *saber*.

— Bom, um deles era finalmente falar com você, então acho que tô indo bem.

Ela se inclina para a frente na mesa, o queixo descansando na palma da mão, as tranças fininhas caindo sobre o tampo da mesa. Os lábios se curvam em um sorriso indecifrável, talvez um pouco convencido, mas não surpreso.

— É mesmo? E por que você queria falar comigo?

— Bom, sabe como é. Eu ficava trombando com você por todo o lugar. Você vê uma garota que gosta de livros, cupcakes, materiais de arte, ir ao cinema no domingo e observar cachorros correrem no Riverside Park... e aí você fica curiosa. — *Especialmente se essa garota é gata o bastante para te deixar quase louca.* — E caso você tenha se esquecido da primeira vez que a gente se encontrou, me pareceu que você sentiu a mesma coisa.

— Bom. É. Óbvio. — Ela tira uma das pulseiras pretas do pulso, o que no fim das contas é um elástico de cabelo, e o estala. — Mas eu não achei que você seria legal de verdade.

— Aiii.

— Eu tô brincando.

Mas ela não está, e nós duas sabemos disso. Eu só sou um pouquinho descolada, na maior parte por ser amiga dos meus amigos, e não dá para saber isso só de olhar para mim. Mas eu me sinto mais legal hoje em dia, expandindo meus horizontes com Elly, e isso faz eu querer me aventurar mais.

— Não está, não, mas não importa, desde que você tenha decidido que sou legal agora. E aí? — Espalmo as mãos entre nós. — Como estou me saindo?

— Você ganhou uns pontos por reconhecer o quanto Strings Out of Harlem é maneiro — diz ela, pensativa. — E por ir comigo no show. E por ter um excelente gosto em sorveterias.

— E é você que distribui esses pontos, já que é inquestionavelmente maneira.

— Ah, não, eu sou uma nerd do caralho — diz ela, e dá uma gargalhada. — Você ganha pontos por ir até o Nevermore. Foi uma surpresa boa.

— Eu só estava lá para tentar conseguir um emprego, levei meu currículo e tudo. Nem sabia que você trabalhava lá até literalmente ver sua cara, e aí eu não podia... — Eu me interrompo, percebendo que não tenho uma explicação normal para não poder trabalhar em um lugar porque ela estava trabalhando lá. — Eu só achei que não estariam querendo gente, no caso — termino, fraca.

Escolhas de um verão 177

— Ah. — Agora ela parece envergonhada, os dedos traçando desenhos na mesa.

Ficamos em silêncio por uns instantes, e sei que tem algo que eu deixei passar.

— Que foi? — pergunto.

Elly dá uma mordida rápida no lábio, mostrando um pouco de branco em contraste com o vermelho.

— Achei que você tinha, tipo, me encontrado. Não que isso importe.

Ah, não, importa, sim. Alguma coisa que importa está acontecendo bem agora, na verdade, tenho certeza.

— Eu teria feito isso — digo baixinho, ainda com medo de não estar interpretando as coisas direito. Coloco as mãos na mesa, minhas unhas verde-esmeralda parecendo bobas perto do esmalte preto dela. — Quer dizer. Você é tão…

— Tão o quê? — ela pergunta, a voz um pouco rouca.

Um milhão de palavras enchem minha cabeça, e eu abro a boca, sem saber qual delas vai sair primeiro.

Só que nenhuma delas sai, porque enquanto nós duas estávamos flertando ou conversando ou seja lá o que for isso, desatentas a todo o resto, o céu estava se transformando sem que nós notássemos. E logo o dia ensolarado parece ser apenas fruto da minha imaginação, porque o céu simplesmente desaba.

A chuva cai violenta e furiosa, e de repente Bryant Park inteiro está cheio de nova-iorquinos em pânico e turistas correndo em busca de abrigo, cobrindo as cabeças com revistas ou jornais e correndo até a biblioteca. Apenas uns poucos — definitivamente nativos — não se mexem, já sabendo que, quando se trata das chuvas de verão de Nova York, não há como lutar e não há como se salvar.

Pelo primeiro minuto, só eu e Elly existimos, rindo incrédulas, a maquiagem cuidadosamente aplicada dela sendo arruinada. Então, ela pega minha mão e começa a correr, minha bolsa carteiro batendo contra meu quadril enquanto eu a sigo sabe-se lá para onde.

Acabamos na linha B do trem, tentando inutilmente nos secar com mangas de blusas e bolsas uma da outra. No fim, eu me jogo em uma cadeira enquanto Elly usa a câmera do celular em modo selfie para tentar consertar o delineador da melhor forma que consegue. Ainda não faço ideia de para onde vamos, mas ela me puxa na parada da rua 72. Não pergunto mesmo enquanto a sigo de volta para a chuva. Elly ainda está segurando minha mão, e não quero fazer nada que faça com que ela me solte.

No fim das contas, não andamos muito dali. Ela me leva até um prédio na frente do edifício Dakota, e a julgar pela forma como o porteiro sorri e a cumprimenta, estamos indo para a casa dela.

Então tá.

É um lindo prédio anterior à guerra, e me sinto nojenta passando por ele na minha regata e shorts ensopados. Porém, no instante em que Elly abre a porta para que eu entre no apartamento dela, todos os outros pensamentos desparecem, exceto por um.

Esse é o lugar mais legal que eu já vi na minha vida.

— Eu estava falando sério quando disse que a música era tudo pra minha família — diz ela, tímida, se sentando em um banco almofadado para arrancar as botas. Imediatamente, eu a imito e tiro meus chinelos, ficando parada para não molhar nada. — Eu sei que é meio demais.

— É *incrível*.

Escolhas de um verão   179

Elly me dá um sorriso rápido, como se aquilo fosse a resposta certa para uma pergunta que ela não fez.

— Vou pegar umas toalhas pra gente — diz.

Quando ela se vai, posso encarar tudo sem vergonha nenhuma. O hall de entrada é uma galeria de retratos, e enquanto olho para as plaquinhas embaixo de cada retrato gravados com os nomes e o período de vida de cada um, vejo que são todos músicos que se foram cedo demais.

Kurt Cobain. Jimi Hendrix. Janis Joplin. Jim Morrison. Amy Winehouse. Whitney Houston. Michael Jackson. Chris Cornell. Chester Bennington. Prince. Taylor Hawkins. Não reconheço todos eles, mas reconheço o bastante. E não são reproduções comerciais, foram todos pintados no mesmo estilo, claramente por alguém que sentiu a perda profunda de cada um. Meu coração se aperta no peito. Há muito amor e dor nesse cômodo.

— Nem todos eram amigos dos meus pais — diz Elly, voltando e me entregando uma toalha, que eu pego, muito grata. — Mas muitos eram. A maior parte do Clube dos 27 foi antes do tempo deles, óbvio, mas meu pai começou seguindo o Nirvana quando ele ainda estava no ensino médio, numa cidadezinha perto de Olympia. Tipo, na época que ainda tinha o Aaron Burckhard. Ele escreveu sobre vários shows quando ainda estavam com a Sub Pop, e aí quando eles estouraram, meu pai fez uma das primeiras entrevistas grandes da banda, que basicamente deslanchou a carreira dele inteira.

— Então seu pai é um jornalista de rock? — pergunto, tirando a água do cabelo. — Você quer seguir os passos dele?

— As pessoas sempre acham isso — diz ela, com um tom que parece quase irritado —, mas não tem nada a ver com ele. Ou acho que é inevitável que tenha um pouco, mas eu genuinamente amo fazer isso. Amo poder aproveitar essas experiências sobre-humanas e encontrar um jeito de compartilhar isso com as pessoas, falar mais sobre novos artistas que não sabem como expandir o próprio público. Além do mais, é uma ótima desculpa pra ir em mais shows. Enfim, meu pai fez isso por um tempo, sim, mas então começou a ser um guitarrista esporádico, e aí começou a fazer turnês igual um doido. Ele deixou a escrita de lado, mas já tocou com algumas das maiores bandas do mundo, então provavelmente foi uma troca válida. Mas tudo parou durante a pandemia, e ele começou a ser coautor de algumas memórias e biografias. É o que tem feito durante os últimos anos.

— E a sua mãe?

— É uma das melhores fotógrafas da área de música no mundo. Ela ficou trabalhando com fotografia de shows durante uma época, você vai ver várias penduradas no apartamento, mas também fez diversas capas de álbum e retratos. Ultimamente ela está trabalhando com documentários de turnês. E ela pintou esses — acrescenta Elly, gesticulando para os quadros. — Parece meio mórbido, mas ela jura que é catártico.

Pessoalmente, eu não poderia imaginar ficar rodeada de tantos fantasmas, mas eu sei que, como um divórcio, o luto é pessoal.

— Seus pais estão por aqui?

— Meu pai está no meio de uma turnê e minha mãe está numa sessão de fotos. Ela só vai voltar bem tarde. Vem, vou te dar umas roupas pra você poder se trocar.

Eu a sigo, passando por outro cômodo que praticamente tem como papel de parede as fotografias da mãe dela, e é tudo incrível. Tem fotos dinâmicas que foram tiradas tão perto dos artistas que dá para ver as gotas de suor voando, e fotos posadas de diversas pessoas, desde Madonna ao BTS ao Lil Nas X. Estou claramente em uma casa que pertence a lendas, e não tenho nem coragem de falar.

Passamos por uma biblioteca lotada de velhos exemplares da *Rolling Stone* e *Spin* ao lado de diversas livros de memórias e biografias — *O contador de histórias*, de Dave Grohl, *The Dirt: confissões da banda de rock mais infame do mundo*, de Mötley Crüe, e a autobiografia de Chuck Berry são alguns dos que chamam mais atenção, apesar de rapidamente minha atenção ser desviada para a enorme prateleira de prêmios, guitarras autografadas e fotos. Mantenho as mãos dentro do bolso para não tocar em nada acidentalmente. Era de se pensar que, depois de todo o tempo que passei no duplex de um bilhão de dólares de Lydia e Leona, eu seria imune a esse tipo de pânico, mas algo nesse espaço parece sagrado.

Tão sagrado que eu sequer processo que estou sendo levada ao quarto de Elly até estar parada no meio dele.

É tão incrivelmente caótico quanto o resto do apartamento. Uma parede inteira está pintada com tinta de quadro de giz, coberto de desenhos e assinaturas; posso distinguir facilmente a de Jaya. O resto do quarto está coberto de pôsteres, artigos de revista e quadros magnéticos preenchidos por ingressos de shows do passado. As estantes contêm mais memórias, biografias e romances, alguns dos quais me lembro distintamente de ter visto ela comprar. Mais do que tudo, Elly também tem velas em todos os formatos, tamanhos e aromas. É tudo muito atordoante, da melhor forma.

— É aqui que a mágica acontece — diz ela, seca, abrindo uma gaveta. Tento não interpretar demais seu tom de voz, mas a minha única outra opção é focar no fato de que ela está procurando roupas para eu usar, e isso é estranho demais para colocar em palavras. Elly é toda magrinha, enquanto eu tenho quadris, peitos e um pouco mais de forma. Não consigo me imaginar dentro de uma das regatas pretas sedosas ou shorts de couro dela.

Claramente Elly também não consegue, porque me entrega uma camiseta gigantesca da Bad Religion que vai até meus joelhos e uma samba-canção que estou torcendo para que não seja de algum convidado que passou uma noite só por aqui.

— O banheiro é ali. — Ela aponta para uma porta coberta por um pôster autografado do show de reencontro do Moonlight Overthrow, no qual Camila teria matado para ir.

Entro no banheiro e me troco, amarrando a camiseta na cintura em um esforço de tentar parecer um pouco mais bonitinha.

Quando volto para o quarto de Elly, ela está parada do lado da escrivaninha, passando os dedos nas lombadas dos livros na estante. Ela também trocou de roupa, vestindo uma regata branca e calças pretas largas, o cabelo dividido em duas tranças que caem sobre os ombros delicados.

— É tão esquisito que a gente ficou se trombando tanto por aí no ano passado e nunca fez nada além de sorrir e acenar — diz ela, tirando um livro e então devolvendo-o ao lugar. — Por que você acha que fizemos isso?

— Eu não sei. Você sempre pareceu tão... — Olho para todo canto, menos para ela, quando digo o resto: — Intocável.

— Intocável? Hum. — Espero que Elly soe convencida, e fico surpresa ao ouvir um pouco de decepção na voz dela. — Não é exatamente o que se quer ouvir de alguém que você esperava, hum, tocar um dia.

Tá, é impossível que eu esteja interpretando *isso* de forma errada, e o rosto corado dela confirma minha suposição. Eu não sou muito da coisa religiosa, mas nesse instante eu tenho certeza absoluta de que Deus existe.

— Bom, se é esse o caso, por que você nunca tentou se aproximar de mim?

Elly se joga na cama e coloca um travesseiro no colo, remexendo a ponta da fronha listrada vermelha.

— Eu, hum... Quer dizer, eu estava bem certa de que gostava de garotas, mas eu não, tipo, *sabia*, entende o que eu tô falando? E daí teve uma vez em que vi você na Barnes & Noble, e eu acho que era a terceira ou quarta vez que a gente estava no mesmo lugar na mesma hora, e notei a sua pilha de livros, que eram todos esses *thrillers* e livros de terror de foder a cabeça, e aquilo foi tão inesperado. Além do mais, você estava ridiculamente gata usando, tipo, uma camiseta bem curta, e eu só... — Ela ri, enterrando o rosto no travesseiro. — Pode apostar que eu não fiquei intocada nesse dia.

A confissão sai tão abafada que eu quase penso que ouvi tudo errado, mas se não errei... Minha nossa.

— Você está me dizendo que... ficou pensando em mim... enquanto... — Não dá para acreditar que estamos falando disso. Cacete, não dá mesmo para acreditar que estamos falando disso.

Ela ergue a cabeça, as mechas ruivas grudando na testa, o delineador, normalmente perfeito, borrado só um pouquinho.

— Dá pra gente fingir que os últimos dois minutos nunca aconteceram?

— Hum, não mesmo? — Eu subo na cama, simultaneamente feliz por ser grande o suficiente para dar espaço para nós duas, mas também irritada por Elly estar tão longe. — Essa foi uma ótima confissão. Eu amei. Vou ouvi-la nos meus sonhos essa noite, provavelmente.

— Bom, se *você* também quiser fazer uma confissão, vai ajudar.

Ela cruza os braços, esperando.

— Não posso fazer a mesma confissão, se é isso que você tá perguntando — digo a ela, puxando meu cabelo molhado para amarrar em um coque. — Quando eu disse que você parecia intocável, isso se estende pros meus pensamentos. Mas...

— Mas? — ela repete, inclinando a cabeça, os aros dourados em sua orelha refletindo a luz.

— Mas posso confessar que quero tocar em você agora, isso vale?

— Essa foi uma ótima confissão — diz ela, a voz cheia de provocação enquanto me puxa pela camiseta. A camiseta dela, no meu corpo. — Eu amei. Vou ouvi-la nos meus...

— Cala a boca — digo, e então minha boca encontra a dela, e Elly se cala.

Capítulo doze,
em que regras são feitas (para serem quebradas?) para Nat

— **Precisamos de regras.**

Inclino a cabeça enquanto tomo o meu mocha de baunilha, olhando para Adam.

— Que tipo de regras?

Depois de passarmos a sexta-feira juntos, passamos o resto do final de semana fazendo nossas próprias coisas — para mim, ir às compras com a minha mãe, conversar com Camila durante uma hora, tomar sol no quintal, falar com meu pai, desenhar fanart de uma nova série de fantasia sombria e ir a uma noite de cinema do Orgulho com Jaime em Cinespia. Só que agora é segunda-feira de manhã, e encontrei Adam no Mocha Rouge para o que eu *pensei* que seria um encontro fofo antes do trabalho, mas aparentemente é uma reunião de planejamento.

— O tipo de regra que impede que uma firma inteira saiba que o estagiário mais descartável está saindo com a estagiária filha da chefe — diz ele, seco, segurando o chá verde grande.

Pisco.

— Então estamos saindo?

— Ah, cale a boca — murmura ele, o rosto corando enquanto olha para o balcão, acho que para se certificar de que Jaime não está ouvindo.

— Olha, eu não sei se me levar pra sua casa conta como sair — continuo, obviamente porque é preciso fazer isso, e não estou nem aí se Jaime está ouvindo ou não. — Especialmente quando na verdade foi ideia de seu irmão. Acho que pra estarmos saindo mesmo, você precisa me convidar para sair de verdade.

—Ah, você acha, é? Por que você não *me* convida para sair?

— Foi você que disse que estamos saindo. Além disso, eu te levei pra minha casa e te deixei na sua depois. Isso meio que conta como eu ter te convidado para sair.

— Eu cozinhei pra você — pontua ele. — Isso deveria contar como se *eu* estivesse saindo com você.

— É mesmo? Você cozinhou pra minha mãe. Você está saindo com ela?

Adam inclina a cabeça, parecendo que quer jogar todo o chá verde dele em mim.

— Eu preciso te chamar para sair.

— Foi isso que eu disse.

— Tá, deixa eu pensar um pouco.

— Pare quando começar a doer. — Bebo um gole do meu café, que está delicioso. Evan pode ser mestre dos tacos, mas Jaime faz as melhores bebidas de Los Angeles. — Sabe, você poderia só ter pago pelo café. E aí poderia ter dito que isso era um encontro.

— Qual parte de dormir no sofá do meu irmão e ter um estágio que paga um salário mínimo sugere que eu tenho dinheiro pra pagar um café cheio de firula, Fox?

Escolhas de um verão

— Justo. Mas olha só que boa notícia: eu sou muito fácil de agradar. Por favor, só me leve na praia. Não dá pra acreditar que estou aqui a semana inteira e ainda não fui à praia.

Ele arregala os olhos castanhos.

— Nossa, isso é um crime. Mas você deu sorte. Tem uma noite de *food trucks* em Marina del Rey toda quinta-feira, e eu vou trabalhar no Bros Over Tacos essa semana. Eu sei que não é uma coisa super romântica, mas...

— Eu vou à praia e ainda ganho tacos de graça? Eu topo.

— Olha, eu não disse nada de graça...

— Shiu. — Coloco um dedo nos lábios dele. — Eu já disse que topo. Encontro marcado.

Ele revira os olhos e delicadamente tira meu dedo dos lábios para tomar outro gole do chá verde, mas eu não me importo, porque *eu* tenho um encontro marcado. Com a praia. E com uns tacos. E com o garoto muito fofo sentado na minha frente, o pé dele encostando no meu de leve, como se ele não soubesse que está lá. (Talvez não saiba, mas gosto de pensar que sim.)

Eu me pergunto se esse é o tipo de aventura no qual meu pai estava pensando. Acho que ele ficaria orgulhoso.

Agora que Adam e eu estamos trabalhando juntos de verdade, é impossível nos parar.

Ele se adapta rapidamente ao treinamento de redes sociais e começa a cuidar de diversas contas, apesar de me deixar fazer as hashtags. Ele também faz a maior parte da manutenção do banco de dados da empresa, o que para mim é um tédio, mas o deixa com uma alegria estranha, e eu faço a preparação das apresentações. Fazemos as tarefas de correio juntos, passando envelopes de um lado ao outro para fechar, colocar os selos e etiquetas, e verificamos os e-mails das campanhas um do outro para corrigir qualquer erro de digitação.

— Estamos ficando assustadoramente bons nisso — digo, quando acabamos uma pilha de envelopes em tempo recorde.

— Estamos mesmo. Acha que temos futuro no marketing?

— É isso que você quer fazer? — pergunto, separando os envelopes em pilhas arrumadas e então colocando-os em uma caixa.

— Quer dizer, fico feliz em fazer isso. Fico feliz em fazer qualquer coisa que seja estável. Qualquer coisa que me dê um futuro que seja o exato oposto da vida em que eu cresci. E agora que estou melhor ainda do que quando entrei...

Ele me lança um sorriso grato em reconhecimento que faz aqueles olhos escuros se fecharem de forma adorável.

— Tá, eu definitivamente entendo. Mas o que você *quer* fazer? Tipo, se dinheiro e estabilidade não fossem uma questão.

— Esse "se" nem existe.

— Mesmo assim...

Ele solta o ar, como se estivesse literalmente expelindo algo do peito.

— Queria ser um chef de cozinha. Que eu *sei* que parece que é só copiar meu irmão, e é por isso que você nunca vai falar nada disso pra ele ou pros amigos dele, mas nós temos visões completamente diferentes do negócio. Quer dizer, não me leve a mal, Evan trabalha pra caramba e ele é um ótimo cozinheiro. Bros Over Tacos nasceu da visão dele, mas ele só conseguiu fazer o que queria porque por acaso é melhor amigo de um cara que tinha dinheiro e ótimas receitas de família, mas não consegue cozinhar nem rezando. Evan fez umas aulas e assistiu a uma caralhada de vídeos do ChefSteps, mas ele não quis estudar gastronomia como eu quero.

— Você ajuda seu irmão no food truck e acha que ele ainda não sabe que você quer ser um chef de cozinha? Você literalmente cozinha pra ele.

— Sim, cozinho as receitas dele e de Mateo de acordo com as instruções. Não é a mesma coisa. Ele ia morrer de rir se soubesse o quanto eu quero fazer isso. Ele vai dizer que eu não sei como dá trabalho, que é impossível ganhar dinheiro com isso, que eu vou odiar tudo depois de passar uma infância inteira nunca tendo dinheiro o suficiente.

— Só que ele está errado. — Queria frasear aquilo como pergunta, mas Adam parece tão firme em sua convicção que varre toda a incerteza da minha voz.

— Não, ele tá certo. Muita coisa ia ser horrível. Não quero trabalhar em horários terríveis e ter um monte de incerteza, fora que toda a estatística de quantos restaurantes fracassam logo no primeiro ano fica rondando minha cabeça.

— Exceto que você quer, sim.

Ele suspira.

— Exceto que eu quero, sim. Mas é por isso que é a resposta do que eu faria nos meus sonhos mais loucos, onde o dinheiro não é uma questão, e não o que eu *vou* fazer de verdade. — Ele gesticula para a caixa de envelopes com uma das mãos e para a tela cheia de dados na frente dele com a outra. — Isso aqui, ou algo parecido, é o plano de verdade.

— Ao menos você tem um plano. — As palavras escapam da minha boca antes que eu consiga impedir, e eu desvio o olhar dele, encarando a mesa, onde estou traçando padrões florais no tampo. — Tipo, acho que vou fazer algo desse tipo também. Não sei. Eu só *sei* que é meio privilegiado sentir que tem um milhão de possibilidades pra mim por aí, e eu só preciso encontrar a certa. Mas também sinto que eu nem tenho dezoito anos ainda, então pra que preciso já ter uma resposta?

— Por *que* você precisa já ter uma resposta? Parece pra mim que você pode se permitir não ter uma ainda.

Não tem nenhum veneno ou julgamento na voz dele, mas sinto que a pergunta carrega esse tom mesmo assim. E entendo, e é por isso que falo tão pouco desse fator estressante em particular. Só que meus pais começaram em suas carreiras bem cedo, e eu vi o que aconteceu quando eles começaram a se apoiar na esperança de que as coisas só dariam certo e fariam sentido uma hora. No fim, não dá para fazer isso com um casamento — ou ao menos eles não conseguiram — e eu não quero tentar fazer isso com um elemento tão crucial do meu futuro e acabar com um fiasco igualmente espetacular.

Mas não quero ter que explicar tudo isso, então digo:

— Porque sim. Todos os meus amigos já sabem o que querem fazer, e eu também queria saber. Meus pais *definitivamente* querem que eu saiba, e eles ficam me lembrando disso. Quer dizer, eles que vão pagar, então eu sei que tenho sorte — acrescento rapidamente, abaixando o queixo nas mãos e desejando poder me enfiar num buraco.

— Enfim.

Nos dias antes do irmão dele desmascarar a babaquice como sendo uma medida de proteção para si mesmo, Adam teria cuspido alguma resposta venenosa para essa fala. Tenho certeza disso. Ele não vai ser escroto comigo agora, mas sei que tudo parece ser uma história de Pobre Menininha Rica, e não importa o quanto eu reconheça meu privilégio, não vai ficar menos frustrante de ouvir para um cara que nunca pode se dar ao luxo de fazer as próprias escolhas.

— Nat.

— Oi?

— Você pode, por favor, olhar pra mim?

Ele soa pelo menos um pouco entretido, o que parece bom sinal. Ergo o olhar, envergonhada, depois de esconder meu rosto inteiro nas mãos.

— Que foi? — pergunto.

— Você pode ficar estressada com as coisas, mesmo se o dinheiro não for uma questão.

— Tá, eu sei — minto, colocando os braços ao redor do meu torso —, é só que...

— Nat. Você pode. Mesmo quando você estiver falando comigo, tá? Quero que saiba disso.

Bom. Essa é uma coisa bem romântica de se dizer, no fim.

— Eu quero que você possa ser um chef de cozinha — é a minha resposta brilhante e inútil.

Ele ri, uma risada gentil, e estende a mão sobre a mesa, esperando que eu coloque a minha na dele. Quando faço isso, ele aperta.

— Eu sei. Eu também quero. Talvez um dia eu consiga dar um jeito. Mas, por enquanto, obrigado por me dar uma oportunidade excelente de praticar.

— Muito de nada. Eu fico tão feliz de ter dado essa oportunidade pra você de forma nada egoísta.

Ele aperta minha mão de novo, e então, porque essa é a coisa mais próxima de um futuro profissional que nós dois temos, voltamos ao trabalho.

* * *

— Juro, algum dia vamos ter um encontro que não seja em um *food truck* — diz Adam enquanto lambe do dedo um pouco de guacamole que escorreu do hambúrguer vegetariano dele. — Quinta-feira é só um dia ridiculamente cheio.

— Hum, sim, acho que você deve ter me confundido com outra pessoa — digo, pegando outra garfada do meu macarrão com queijo vegano. — Primeiro, você me trouxe até a praia, que era literalmente meu único pedido. Segundo, eu não me lembro de ter falado alguma hora que queria uma outra coisa além disso. Sério, você experimentou isso? Como é que fazem queijo com castanha? Não faz nenhum sentido! Mas é tão bom!

Ele ri.

— Chocante, né? Eu evitei todos os *food trucks* veganos da cidade durante uns meses, e aí Evan me disse que eu estava sendo um imbecil e que era para eu experimentar o Chirimoya, e bom, agora você viu que eu como lá pelo menos uma vez por semana. Liani faz mágica.

— Eu sinceramente não sabia que dava pra fazer um bacon falso tão bom assim. É quase uma revelação. — Mordo uma lasca do cogumelo defumado salpicado em cima do macarrão, fechando os olhos e respirando o cheiro salgado do oceano. — Definitivamente não acabei de experimentar todos os *food trucks* daqui. Além disso, fico feliz que você possa ajudar quando Evan precisa. Ele está deixando você dormir na casa dele, o mínimo que você pode fazer é não largar seu irmão na mão por causa de uma garota aleatória.

Adam sorri e se inclina para me dar um beijo rápido.

— Gosto de você.

— Awn, você também é até legal.

Nós voltamos a nos concentrar na comida, já que sabemos que a qualquer instante Evan vai...

— Cara! Preciso de socorro!

Fazer isso.

Adam enfia as duas últimas mordidas do hambúrguer vegetariano na boca e tenta dar um sorriso de desculpas quando salta da calçada onde estávamos sentados, mas é uma visão nojenta e eu começo a rir. Enquanto ele vai ajudar o irmão a lidar com uma fila que ficou grande demais, pego meu tablet e remexo meus últimos desenhos com uma das mãos enquanto como o macarrão com a outra, e pego um pouco dos *patacones* na cestinha que Adam e eu estávamos dividindo.

— O que você tá fazendo?

Ergo o olhar e vejo Jaime em pé atrás de mim, segurando um isopor de algo que cheira muito bem e definitivamente não é do Life Is Buttercream, onde elu estava trabalhando durante as últimas horas.

— Sempre me perguntei no que você ficava trabalhando quando via você desenhando no café.

— Normalmente é alguma fanart sombria de um dos meus livros favoritos — confesso quando elu se senta ao meu lado. Agora vejo que a origem do cheiro é frango com molho do *food truck* de churrasco coreano, o que me dá água na boca. — Mas acho que o Bros Over Tacos iria se dar muito melhor sem o sombrero ridículo, então queria ver o que dava pra fazer. Não que eu espero que Evan ou Mateo usem isso pra alguma coisa — acrescento, rápido —, é só pra me desafiar mais.

— Mas esses são bons mesmo, especialmente esse aqui. — Jamie limpa um dedo no guardanapo e aponta para o que é meu favorito, com o nome do *food truck* curvado acima de um taco cheio de recheios coloridos, emoldurados por uma coroa de milhos, jalapeños e alho. — Eu definitivamente iria atrás desse lugar pra comer até não poder mais. O que Evan achou?

— Ah, não mostrei pro Evan nem nada. Como eu falei, estava fazendo só pra me divertir.

— Parece um trabalhão para uma coisa que é só por diversão. E por falar em diversão... — A covinha aparece na bochecha. — Você vai me contar o que tá acontecendo entre você e o Botão de Rose? Porque fora da central de *food trucks*, eu o vi sorrir um total de três vezes desde que chegou em Los Angeles, e todas as vezes que ele apareceu no café essa semana, incluindo na segunda, ele estava sorrindo igual um idiota.

A observação faz minha pele formigar, e tento, sem sucesso, impedir que o calor inunde minhas bochechas.

— Eu estava lá na segunda. Ele *não* estava sorrindo igual um idiota.

— Estava, sim, quando você foi no banheiro.

Sinto meu corpo formigando, e é possível que tivesse alguma pimenta no meu macarrão sem que eu notasse. Sim, com certeza esse é o motivo.

— A gente talvez esteja... experimentando alguma coisa — murmuro, pegando mais uma garfada para evitar contato visual. — Ele está nervoso de descobrirem no trabalho. Mas sim, tem algo acontecendo.

— Você sabe que agora é você que está sorrindo igual uma idiota?

— Cala a boca.

Elu ri, me oferecendo um pedaço de frango. Balanço a cabeça para dizer não, obrigada. Parece um sacrilégio misturar comida vegana com carne, especialmente quando a comida é tão deliciosa quanto a de Liani.

— Ele é um garoto bom. Meio difícil, mas já que é pra você gostar de um menino cis, ele parece ser um dos bons.

— Parece, né? Além disso, ele vem com um vale-refeição.

— Há. — Jaime pega um frango e dá uma mordida. — Cass diz a mesma coisa sobre mim. Não tivemos o começo mais fácil do mundo, mas acho que os cupcakes de graça realmente motivaram ela a lutar por mim.

— Achei que Grace nunca dava comida de graça.

— E não dá. Foi assim que comecei a ajudar no *food truck*. Não recebia salário, mas tinha direito aos cupcakes que não vendiam até o fim do dia, que eu usei para conquistar minha namorada.

— Isso sim é amor — digo, sorrindo. — Há quanto tempo vocês namoram?

— Vai fazer seis meses agora. A gente se conheceu na internet. Não em aplicativo nem nada. Ela tricota esses gorros incríveis, e faz vídeos mostrando. Eu também tricoto por diversão, aí tropecei na conta dela logo depois que ela começou. Então percebi que estava passando todas as minhas pausas assistindo aos vídeos de novo e de novo e, aí comecei a deixar comentários de vez em quando, até ter coragem de mandar uma mensagem direta, mas, um dia, foi ela que me mandou.

— Só que ela não tinha se assumido ainda, né? — Mordo o lábio quando percebo que talvez Adam não devesse ter me contado isso, mas Jaime assente.

— Isso, e ela foi bem tímida na mensagem, então achei que provavelmente era algo do tipo. Eu já sabia pela bio dela que ela morava em Los Angeles, então sugeri de ela um dia passar no café. Achei que seria menos pressão do que um encontro de verdade. Foi aí que ela me disse que ainda não era assumida, e precisamos deixar tudo na encolha por um tempo.

Espero por mais detalhes enquanto Jaime termina de mastigar, mas a continuação nunca vem. Percebo que é porque chegamos no escudo de Cass; elu está em seu modo mais protetor, e isso aquece ainda mais meu coração.

— Enfim — elu diz enquanto joga o osso de volta no isopor.
— Foi uma jornada, mas chegamos lá uma hora.

Jaime inclina a cabeça na direção do *food truck* de tacos, onde as mãos de Adam surgem na janelinha segurando o pedido de um cliente. São boas mãos, fortes, bronzeadas de sol e levemente queimadas por óleo, exibindo o relógio no pulso que é a única herança que ele recebeu dos avós.

— Ele sabe que você é fã da Vanessa Park?
— Sabe — confirmo, pensando na nossa conversa no carro.
— Não falou muito no assunto, mas não me perguntou se podia me assistir em algum momento, então acho que ele passa no teste.

Jamie riu.

— Eu sabia que ele era dos bons. — Elu olha de novo para a mesa. — E falando nisso...

Quase derrubo uma garfada de macarrão no processo de levar até minha boca quando Jamie parece gritar direto no meu ouvido:

— Ev! Teo! Venham ver isso aqui!
— Estamos meio ocupados, Jaime! — diz Mateo de onde ele está recebendo os pedidos da fila de clientes, anotando uma coisa atrás da outra até parecer que a mão dele vai cair. Considerando que normalmente ele é cara mais tranquilaço do mundo, ver que ele está suando e murmurando xingamentos em espanhol me sugere que agora não é uma boa hora para incomodá-lo com meus desenhinhos.

É *mesmo* uma noite agitada. Evan deve estar suando na cozinha, e Adam está entregando os tacos, burritos e pratos de nacho em uma velocidade relâmpago. Me parece que eu deveria estar ajudando, mas não acho que tenha nada que possa fazer, e alguém precisa ficar olhando a comida de Adam até ele poder voltar.

Pronto, assim eu estou ajudando.

— Tá, mas venham quando der! — Jaime fala. — Precisam ver isso!

Por fim, o movimento diminui o bastante para Adam poder voltar e terminar o jantar.

— O que vocês queriam mostrar pra Ev e Mateo?

— Nada não — digo, me sentindo mais boba diante da ideia de mostrar o design de logos novos para Adam, mas Jaime basicamente rosna para mim e empurra o tablet nas minhas mãos, me forçando a digitar a senha. — Lembra quando falei de desenhar alguns logos novos para o Bros Over Tacos? Estava só mostrando esses pra Jaime.

—Você realmente chegou a fazer? Deixa eu ver.

Solto a respiração e entrego o tablet na mão dele. Nem sempre mostro as coisas que fiz diretamente para as pessoas. Não parece ser a mesma coisa que postar os desenhos online, onde o mundo inteiro pode ver.

— São só uns rabiscos — murmuro.

— Nat. Uau. — Adam amplia um, e então outro, antes de olhar para mim de novo. — Estão incríveis. Fico dividido entre esses dois, mas acho que esse aqui é meu favorito. — Ele aponta para o mesmo que Jaime escolheu, o que parece ser bom sinal. — Vem, traz o tablet. Você precisa mostrar para eles.

— Hum, acho que eles tão bem atolados de trabalho pra ficar olhando uma coisa que eu desenhei.

Aponto para o grupo de pessoas ainda enfileirado na janela, apesar de nenhuma delas parecer impaciente demais.

— Vai valer a pena — ele me reassegura, e o jeito orgulhoso como me olha me faz pensar que talvez valha mesmo.

Então eu me levanto da calçada, termino o resto da minha comida e vou até o *food truck*, Adam e Jaime logo atrás.

No fim, Evan e Mateo acham mesmo que vale o tempo deles.

— Sim, puta merda, *isso* — diz Evan, mostrando seu preferido, sem perceber o quanto estou estremecendo com as marcas de gordura que ele deixa na tela.

(Graças a Deus, Adam nota e imediatamente grita um "Mano!" para o irmão, dando um empurrão na mão dele.)

— É esse — continua Evan. — Esse é o escolhido. Eu quero esse.

— Epa, epa, epa, Ev. — Mateo coloca a mão no ombro do amigo. — Quer pensar mais no assunto?

— O que precisam pensar? — pergunta uma nova voz, e me viro para ver que Grace, do Life is Buttercream, veio se juntar a nós enquanto sua irmã, Lily, leva os cupcakes para a pequena multidão à espera. — Isso é incrível. Isso — diz ela, apontando para o sombrero horroroso nos encarando da lateral do caminhão — não é nada incrível.

— Tá, mas a gente precisa de muito dinheiro para repintar. Vai pelo menos uns três mil pra refazer isso.

— Ainda vai valer a pena — resmunga Grace.

— Vai *mesmo* — concorda Evan —, mas a gente não tem esse dinheiro, essa é a questão. — Agora ele parece meio cabisbaixo, e me sinto horrível de ter tocado no assunto. Mas tão rápido quanto abaixou a cabeça, ele a levanta com outro sorriso. — É, a gente vai dar um jeito. Enquanto isso, acho que podemos fazer um adesivo ou algo do tipo.

— E trocar o sombrero em todas as redes sociais — sugere Adam.

— Isso — Grace, Jaime e eu falamos em uníssono.

— Você não tá esquecendo alguma coisa não? — Mateo pergunta para Evan, estreitando os olhos escuros.

Evan o encara.

— Cara. — Mateo aponta para mim. — Você não tirou esse design novo do éter, sabe. Isso aí também não é grátis.

— Ah, é. — Evan coça a nuca e sorri para mim, tímido.

— Desculpa, eu me empolguei um pouco. Hum, quanto você cobra por uma comissão desse tipo?

Olho para Adam, que me dá um sorriso bobo e exagerado, apontando para o cardápio.

— Me disseram que posso comer tacos até não aguentar mais? E se acrescentarem churros, faço o painel do Twitter e do Facebook também.

Os ombros de Evan relaxam.

— Pra você, namorada do Adam, sempre vai ter tacos. Tacos pra sempre.

E é assim que vendo meu primeiro logo.

— Os outros designs também estão muito bons — diz Grace. — Esse é o vencedor unânime, mas pelo menos uns três já estavam melhor do que o atual. Eu sei que você disse no jantar que não sabia o que queria fazer da vida, mas espero que seja isso. Você com certeza pode fazer isso. Eu definitivamente te contrataria para fazer uns itens da Life is Buttercream, especialmente se eu puder te pagar com cupcakes.

— Você *deve* seguir essa carreira — concorda Evan.

Isso é algo que dá pra fazer? Fico com vergonha demais para fazer uma pergunta para a qual sinto que eu deveria saber a resposta, mas eu já passei tanto tempo me convencendo de que me tornar uma artista profissional não dava futuro. Isso, porém… isso é diferente. Tipo, vai ser usado para vender alguma coisa. Assim como o produto do Sunnyflower Tea. E claramente fazer *aquilo* era um trabalho, considerando que minha mãe tinha contratado alguém que ferrou tudo e cujo trabalho foi corrigido por uma menina de dezessete anos.

Isso *é* uma coisa? Minha mãe deve saber. Ela provavelmente vai rir de mim por perguntar e me dizer que passar algumas semanas como estagiária em uma empresa de marketing não me qualifica para fazer algo profissionalmente, além de me lembrar de que não tenho treinamento formal e que desenhar é só um hobby… O que é que eu estava dizendo?

Enfim, acho que é algo que vou precisar descobrir sozinha.

Capítulo treze,
em que o crush de Tal só aumenta

Tá! Compramos os ingressos, confirmamos que a loja do cinema vende bala Fini e Nicki mandou mensagem avisando que ela, Jaya, a colega de quarto dela e a namorada da colega de quarto estão há cinco minutos de distância. O filme começa em quinze minutos, e logo estaremos com as bundas sentadas na cadeira mais rápido do que alguém pode dizer "gaaaaaay".

Elly está praticamente dando pulinhos com essa informação, o que é meio hilário, já que ela veste uma camiseta do Ramones com as mangas rasgadas, uma minissaia xadrez assimétrica e coturnos. Achei que precisaria implorar para ela vir assistir a um filme romântico como *Bem-comportadas* comigo quando Leona e Isaac me deram um bolo no filme do mês do Sopa de Letrinhas por causa de outros planos (leia-se: dar uns pegas em Dylan e dar uns pegas em um menino fofo que conhecemos na parada do Orgulho, respectivamente). Porém, no segundo que mencionei que queria ver a primeira comédia romântica sáfica de verdade de Vanessa Park, Elly declarou que topava.

De alguma forma, nosso encontro se transformou em um programa em grupo, mas não fiquei com raiva disso. Tem sido divertido conhecer novas pessoas, e eu vou precisar delas quando todos os meus amigos partirem em suas férias com as famílias e meu pai se trancafiar na cidade para terminar o rascunho do livro antes do semestre começar.

Enquanto esperamos, Elly e eu ficamos paradas na frente do cinema, dividindo um fone de ouvido, aproveitando para continuar a atmosfera *queer* ao escutar "Perfect Wife", de Tasha. (É verdadeiramente impossível não dançar um pouco ao escutar a música.) Por fim, o *undercut* lilás de Jaya surge à vista, e então, uma cabeça mais baixa, as tranças prateadas compridas de Nicki. Eu nunca vi nenhuma das meninas que estão com elas, mas eu deduziria que são um casal mesmo se não soubesse disso de antemão — a menina loira levemente bronzeada de sol está pendurada no bíceps de uma garota com cabelo ondulado preto e grosso e pele marrom, vestindo uma regata de crochê rosa que revela alguns centímetros de uma barriga invejável. As duas são lindas e felizes e me fazem querer espremer a mão de Elly de uma forma que diga a ela que quero que sejamos exatamente assim um dia.

Só que eu não faço isso, porque estamos juntas há só uns cinco segundos e não sei se isso é um relacionamento, e eu gostaria de não levar um pé na bunda se ela só achar que eu sou um belo par de peitos.

Dito isso, meus peitos são mesmo belos.

— Elly, Nat, essa é minha colega de quarto, Jasmine. — Ela gesticula para a menina do crochê, que ergue a mão e acena.

Imediatamente, volto os olhos para o colar pendurado no pescoço dela.

— Olha! — digo, tocando o meu pescoço no mesmo lugar, apesar de não estar usando um colar. — Uma colega pedestre do mar Vermelho! Gostei da sua estrela.

A expressão dela fica confusa por um instante, e então sua mão imita o meu gesto, encontrando o pingente de estrela de Davi com um hamsá atrás pendurado no pescoço.

— Pedestre do Mar Vermelho. Achei fofo. Nunca tinha ouvido antes. — Ela inclina a cabeça para a menina segurando o braço dela. — Essa é a Lara. Ela também é judia — acrescenta Jasmine com um sorriso. — É por isso que eu amo Nova York. Nunca encontro judeus aleatoriamente na Carolina do Norte.

— Tá, eu já sei o que vai acontecer agora — diz Nicki para Jasmine rapidamente —, e antes que as duas comecem a discutir quem vocês conhecem em comum da colônia de férias ou sei lá, é bom eu lembrá-las de que a gente precisa assistir a um filme e temos que comprar pipoca antes.

— Ficar conversando sobre todas as pessoas judias que temos em comum é um direito garantido pela constituição! — reclamo, mas eu estou aqui pelas sapatonas, então começo a andar e reclamo ao mesmo tempo.

(E é claro, no fim das contas, que eu *conheço* a prima de Jasmim da colônia de férias que frequentei anos atrás.)

Alguns minutos depois, estamos acomodadas no assento com todos os lanchinhos essenciais, e não consigo parar de olhar para a mão coberta de anéis de Elly. Estamos em um encontro no cinema, certo? Eu deveria só pegar a mão dela.

Ou não estamos? É por isso que estamos em um grupo? Quer dizer, tem outro casal aqui, então não é como se tivesse a total ausência de um elemento romântico no grupo, mas Jaya e Nicki definitivamente *não* são um casal. Seria um encontro se eu estivesse com Camila, Lydia e Leona? Não parece que Leona e Dylan estão em um encontro quando ela aparece para ficar com a gente. Mas talvez isso só aconteça porque conheço Dylan desde quando nós duas usávamos fraldas, e não importa o quanto ela me fuzile com o olhar, eu sempre vou me lembrar dela como a menina que ficou aos berros na nossa primeira e única noite do pijama.

Bom. Talvez seja por isso que ela não goste de mim.

Enfim.

Em todo o tempo que Elly era a Ruiva, eu nunca imaginei o que viria *depois*. Imaginei um trilhão de formas de nos conhecermos — literalmente trombando uma com a outra na padaria, ou encontrando o celular perdido dela na livraria e precisando ir atrás dela —, mas nunca imaginei esses cenários *indo* para algum lugar. Imaginei que Elly teria uma aura legal demais e no máximo um sorriso provocante, e então iria embora marchando nos coturnos, as correntes penduradas no jeans skinny preto tilintando enquanto ela ia embora.

Como é que eu poderia ter imaginado que ela seria calorosa e engraçada e fã de comédias românticas, tímida quanto aos seus sentimentos, e pareceria incrivelmente beijável usando calça de moletom com o cabelo molhado de chuva ainda por cima?

Foda-se. Eu seguro a mão dela. E quando a abertura do filme começa, ela olha para mim, sorrindo, e aperta minha mão de volta.

* * *

— Ah, isso foi tão bom! — exclama Lara quando saímos do cinema duas horas depois, seguindo para um restaurante de falafel que Jasmine assegura que é o melhor em todo o East Village. — Eu vou oficialmente assistir a Vanessa Park em tudo que ela fizer.

— Isso já era verdade antes desse filme — pontua Jasmine, seca, prendendo os cabelos longos castanhos em um rabo de cavalo.

— Como deveria ser. — Ofereço um *high-five* para Lara e ela bate alegre na minha mão antes de colocar de volta os óculos escuro em formato de coração no rosto. — Meu Deus, vou desenhar um monte de fanart quando voltar pra casa.

— Aaah, você desenha? — Jasmine vasculha a bolsa Chloé de macramê e tira de lá o celular, que ela imediatamente entrega pra mim. — Me mostre. Preciso ver imediatamente.

— Ela é talentosa pra caralho, chega a dar raiva — diz Elly enquanto abro minha conta da FanGallery e entrego o celular de Jasmine de volta.

Fico com o rosto corado pelo elogio, misturado à ansiedade de ver que estão olhando meu trabalho bem na minha frente. Eu tento me distrair ao conversar com Nicki sobre a dissertação dela de novo, recebendo uma nova recomendação para escutar Big Joanie. Depois de meia quadra andando, sinto a mão de alguém no meu ombro, me viro e me deparo com Jasmine boquiaberta.

— Hum, seus desenhos são incríveis! Não acredito que você fez arte de *Coven*. Você aceita encomendas? Preciso de algo seu urgente.

Jasmine e eu ficamos conversando sobre desenhar, quadrinhos de fantasia e uma arte que ela quer pendurar na parede durante todo o percurso até o St. Marks, onde o cheiro glorioso de falafel rico em alho e tempero, batatas fritas e cordeiro apimentado girando em um espeto genuinamente parecem me atacar quando eu chego. Estou bem ciente de que comer um prato inteiro vai impedir que alguém queira me beijar durante horas, mas eu nem me importo. Preciso experimentar essa comida com um aroma tão bom.

Entre nós seis, devoramos uma quantidade verdadeiramente absurda de falafel, shawarma, batata frita, e esses copinhos de chá de menta que eles entregam de graça para os clientes, apesar do calor do verão. O sol já está desaparecendo no céu quando terminamos, mas não sinto que me cansei de sair com essas pessoas, então decidimos ir ao Washington Square Park para ficar de boas enquanto o sol se põe. Um guitarrista acústico está tocando um *cover* de "Wonderwall" que faz um grupo de *millenials* dançar muito, e nós nos acomodamos e ficamos escutando enquanto Elly, Jaya e Nicki discutem quais são os melhores *covers* acústicos de todos os tempos.

— Não dá pra argumentar contra "Hurt", do Johnny Cash — diz Elly, firme, o cabelo reluzindo como fogo no crepúsculo. — Não dá. Até o Trent Reznor disse que essa música não é mais dele. Qual é.

— Bom, sim, óbvio. — Nicki revira os olhos castanhos e coloca uma trança atrás da orelha, falando como se estivesse em uma reunião. — Mas eu vou falar a *você*, Elly Knight, para não descartar completamente as performances do Unplugged do Nirvana *e* "Patience", do Chris Cornell.

— Sempre precisa ser rock com vocês? Vamos ter um pouquinho de criatividade. — Jaya se deita, cruzando os

Escolhas de um verão 207

tornozelos e, mostrando os sapatos Oxford de estampa de pele de cobra verde, um contraste excelente com as calças roxas que está vestindo. — Tem alguns covers acústicos de Bollywood que iam explodir o cérebro de vocês se ouvissem. Espera um segundo, vou mandar uma playlist pra vocês.

— Cara, se a gente ainda estivesse na escola, essa seria uma playlist perfeita para ouvirmos no nosso quarto — diz Jasmine, saudosa. — Não dá pra acreditar que estou vagamente sentindo saudades de uma instituição acadêmica.

— O que você vai fazer no verão? — pergunta Jaya.

— Vou pra Outer Banks nesse final de semana. — Os rostos de Jasmine e Lara se iluminam ao mencionar isso, e elas se dão as mãos com a mesma naturalidade com que respiram. — Meu pai tem uma casa lá e vamos todos os anos. Normalmente eu já estaria por lá, mas estou fazendo um curso de fotografia aqui que dura duas semanas.

Meus dedos coçam para desenhar o grupo inteiro — aquela afeição fácil (e sendo sincera, o tesão óbvio que sentem) entre Lara e Jasmine; a paixão ardente em Elly, Jaya e Nicki; os tons variados de peles luminosas e roupas coloridas e bijuterias metálicas brilhando na luz... Eu transformaria essas pessoas em uma banda incrível ou algo do tipo. Só que estou tentando não ser antissocial, então me inclino para trás e engajo na conversa.

O guitarrista começa a tocar uma música original que não é de todo ruim, seguida de um *cover* de "Your Body is a Wonderland", do John Mayer, que é horrível, especialmente porque ele fica olhando para Jasmine como se estivesse silenciosamente dedicando a música para ela enquanto ela evita contato visual a todo custo, com tanta força que fico com medo de que vá ficar com dor de cabeça. Rapidamente começamos a falar dele e dos outros esquisitões que encontramos na cidade e em outros lugares, e então expressamos gratidão por gostarmos de mulheres.

— Exceto Nicki — diz Jaya, carinhosamente, colocando os braços ao redor dos ombros da amiga. — Dá pra imaginar ser tão hétero assim?

— É uma maldição — responde Nicki, seca. — Eu acho que vou me tornar freira. Já vou na missa todo Natal, é basicamente a mesma coisa.

Coço o queixo.

— Eu sei que sou judia, mas isso não me parece verdade.

— Tantos *covers* bons por aí e esse cara escolhe justo o Mayer — murmura Elly.

— Poderia ser pior — diz Jaya, esticando os braços tatuados acima da cabeça. — A gente poderia ter que aguentar outra versão de "Hallellujah".

Nicki e Elly grunhem em resposta, e Jasmine dá uma risada.

— Meu Deus — diz ela, enquanto começam um debate animado sobre quais versões da música de fato merecem ser ouvidas. — Não sei nem contar quantas vezes já ouvi Nicki começar essa discussão. Spoiler: vão acabar concordando que KD Lang tem a melhor versão, mas aplaudem Pentatonix, que no caso é a *minha* versão favorita, aliás, e aí vão concordar que John Cale merece créditos pela inspiração de todos os *covers* bons. Confia em mim, você vai querer dar o fora antes de voltar pro debate de qual é o melhor *cover* de todos os tempos pela bilionésima vez.

— Entendido.

Mesmo assim, fico observando, porque essa é a versão mais intensa que já vi de Elly, e é uma visão gloriosa, o cabelo cor de fogo e as mãos gesticulando no ar.

— Há quanto tempo vocês estão juntas? — pergunta Lara, seguindo meu olhar até os lábios vermelho-sangue de Elly.

— Ah. — Sinto o calor nas bochechas como se tivesse acabado de ser pega vendo pornô em vez de observando a garota que talvez eu esteja namorando. — Nós, hum... A gente ainda está se conhecendo.

Ela e Jasmine trocam um olhar significativo que me confirmam que elas são tudo que eu gostaria de ser como casal.

— Bom, você está com uma cara bem apaixonada — diz ela, um sorrisinho aparecendo nos lábios pintados de gloss rosa. — Vocês duas estão.

Eu nem sei como responder isso, mas sei que gostei de ouvir.

Por sorte, o telefone de Lara toca, e ela olha para a tela e se afasta um pouco para atender. A última coisa que ouço antes dela desaparecer é um "oi, mãe", e isso me lembra de que marquei de conversar com a minha própria mãe amanhã à noite.

Jasmine olha para Lara e, quando decide que a namorada está longe o suficiente, ela se aproxima.

— Tá, então, eu de fato quero te pagar para desenhar aquela arte sobre a qual ficamos conversando, mas na verdade o que eu quero *mesmo* é que você desenhe as personagens desse romance que Lara acabou de escrever. Ela vai começar a procurar um agente agora e está bem nervosa, e eu quero que ela saiba que eu acredito no potencial dela e tudo o mais. Eu sei que não é o que você faz sempre, mas isso por acaso é algo que você poderia fazer?

— Nossa, é tão fofo que acho que vou morrer. — Trocamos as informações e concordamos em discutir os detalhes mais a fundo depois. — Então vocês duas estão num relacionamento bem sério, hein?

Ela olha para onde Lara fala no telefone, dançando um pouco com a música (agora um cover de "The Sound of Silence") enquanto ela conversa com a mãe.

— É. — A voz de Jasmine tem um quê sonhador que faz meu coração dar um sobressalto ao pensar que algum dia alguém pode pensar em mim dessa mesma forma. — Acho que sim.

— Legal — digo, mas não estou mais olhando para Lara ou Jasmine.

Porque Elly está olhando para mim, mostrando os dentes de leve em um sorriso preguiçoso, e, simples assim, Washington Square Park, Manhattan e Nova York desaparecem, e só existem duas garotas que já se beijaram antes e planejam fazer isso de novo.

De preferência assim que possível.

A adrenalina e a felicidade de sair com Elly e o resto do pessoal desaparecem logo pela manhã, que fico brincando de boneca, médico, tomar chá, supermercado e todos os outros jogos de imaginação com Jenny e Julie Zhou, as gêmeas de cinco anos que amam boás, me chamar de *senhora* e pintar o braço uma da outra. Normalmente eu não tomo mais do que uma xícara de café por dia, mas estou tão exausta depois de horas de brincar, colorir e responder perguntas que, enquanto elas almoçam, eu aproveito para fazer uma xícara de café sabor mirtilo. (O sabor é melhor do que parece, juro.)

Depois do almoço, vamos em uma excursão ao parquinho no Riverside Park, e fico desenhando as estátuas de hipopótamos enquanto as meninas sobem nelas, fingindo que são bichinhos de estimação. Julie fica "colocando comida" para um deles, enquanto Jenny declara que vai levar o seu hipopótamo para passear, e eu me maravilho diante da ideia de ter o cérebro de alguém de cinco anos. Em certa altura, minha mãe manda uma mensagem para perguntar se ainda vamos fazer nosso clube do livro, e eu confirmo que sim.

Considero mandar uma mensagem para Elly, mas não faço isso.

Em vez disso, mando mensagem para Adira, perguntando como estão as crianças na colônia de férias e mandando um oi. Eu de fato sinto falta dos pirralhos, mesmo que tenha adquirido novos. Ela não vai poder responder por algumas horas, então abro a câmera do celular e tiro fotos fofas das meninas para mandar para o pai delas.

Eu sou até boa com crianças. Sei disso. Sou boa em muitas coisas. Nos dias que trabalho na biblioteca, sou boa em organizar as estantes e responder perguntas e seja lá quais outras questões relacionadas a clientes surgem. Minhas notas são boas — matemática, espanhol, física, tudo isso. Só que não tem nada que amo da forma como Elly ama música, como Lydia ama ler e Leona ama moda, ou Camila ama bebês. Bem, nada a não ser desenhar, que já me disseram um milhão de vezes que não vai me levar a lugar nenhum em termos de carreira. E todos os dias que passo trabalhando de babá me fazem pensar que meu futuro está em alguma coisa na qual eu sou apenas *boa*. Uma coisa que eu *consigo* fazer.

O problema é que isso é tão deprimente.

Preciso pensar para onde vou a partir daqui. Todo mundo na minha vida já sabe o que vai fazer, exceto por mim, e esse verão não me deixou nem um único passo mais próximo de entender o que eu quero, além de beijar Elly Knight. Talvez ficar em Nova York tenha sido um erro. Talvez Los Angeles tivesse a resposta para todas as minhas perguntas.

Acho que nunca vou saber.

Porém, tem uma experiência de Los Angeles que concordei em ter, e é conversar com a minha mãe hoje à noite. Estou estranhamente nervosa. Tipo, e se ela pensar que tudo que eu tenho a dizer sobre o livro é idiota? E se entrarmos no assunto do futuro e começarmos a brigar sobre como o meu só parece um enorme vazio? Ou se a gente não tiver nada para dizer, e esse experimento para se reconectar acabar antes mesmo de começar?

Balanço a cabeça para afastar os pensamentos negativos e foco de novo nas meninas. Estão competindo para ver quem consegue se balançar mais alto no balanço, e isso me faz lembrar de quando eu fazia a mesma coisa com Camila quando éramos só um pouco mais velhas do que as gêmeas são agora. Como é que a vida pode ser tão simples em uma época e aí simplesmente... não ser mais?

As meninas estão se divertindo sozinhas, então fico sentada na grama e coloco fones de ouvido enquanto as vigio. Um dia tranquilo no parque pede para que eu ouça Mumford & Sons, e aceno para as meninas e mando mensagens para Lydia enquanto ela aproveita seu horário de almoço.

Ficamos no parque por mais uma hora, então elas começam a reclamar que estão com fome, com tédio, cansadas e todos os outros sentimentos possíveis, então vamos tomar sorvete e nos demoramos para voltar ao apartamento enquanto o sorvete de morango rosa e o chocolate escuro escorrem pelas mãozinhas.

Enquanto eu as limpo e começamos a nos preparar para jogar um jogo de tabuleiro, não posso evitar sentir certa inveja das gêmeas, que já nasceram tendo uma outra criança para brincar, enquanto eu precisei passar os anos desenhando sozinha no quarto com a música ligada para não ficar ouvindo meus pais brigarem. Teria feito uma enorme diferença ter alguém para vestir boás comigo e pintar flores. Teria feito uma enorme diferença ter uma segunda voz implorando para ir ao parque ou para me ler uma história, uma voz que faria diferença e não poderia ser ignorada da mesma forma que uma única criança poderia.

— Tally — reclama Julie. — Quero a menina com as presilhas, mas *ela* está com a menina com as presilhas.

— Fui eu que peguei primeiro! — insiste Jenny.

Tá, tem certas vantagens de ter os brinquedos só para mim, mas ainda assim. Enquanto tento chegar a um acordo, prometendo que vamos jogar duas rodadas — para que cada uma delas tenha a chance de ficar com a pecinha desejada —, penso no quanto é estranho que, depois de dez anos de divórcio e da mudança, vou ter a atenção da minha mãe inteira só para mim pela primeira vez.

Bem agora que não preciso mais disso.

Agora que estou rodeada de pessoas o tempo todo, que, mesmo que Camila vá para Porto Rico e Lydia e Leona vão para a Itália, ainda assim terei bastante gente com quem sair.

E uma parte pequena, mas bem mesquinha de mim gostaria de cancelar — ou melhor, dizer "desculpe, mas tenho que trabalhar hoje à noite". (Para ser justa, eu preciso *mesmo* fazer os desenhos que Jasmine me pediu.) Porém, já ouço Camila no meu cérebro dizendo para não fazer isso, que só se tem uma família.

Por mais que eu não concorde com ela que é preciso abrir espaço na sua vida para pessoas simplesmente porque elas têm o seu sangue, ela *está* certa de que minha mãe está tentando. Então hoje à noite vamos falar de livros. E trabalho, provavelmente. E se a gente falar sobre outra coisa, bem... Vou manter as expectativas lá embaixo, onde sempre estiveram.

Planejamos nossa ligação para às seis da tarde no horário dela, o que me dá tempo o bastante para jantar com meu pai o delivery de comida chinesa que pedimos, assistir a uma hora de um reality show ruim com Adira e começar o primeiro desenho que Jasmine me pediu para fazer. Mais tarde, vou me acomodar com um arquivo do manuscrito do romance de Lara para entender mais as personagens, mas por enquanto, nos últimos minutos antes da ligação com a minha mãe, estou dando uma olhada no *thriller*, me preparando para compartilhar comentários afiados o bastante para fazer ela se arrepender de ter se mudado para o outro lado do país.

Ou algo do tipo.

Estava tentando não ficar comendo os lanchinhos que separei para comer durante a ligação, mas fiz a minha própria mistura de amendoim, uva passa, chips de chocolate branco e três porções de M&Ms para equilibrar, e é difícil não comer um pouco enquanto fico esperando.

Estou tão fixada em escolher os M&Ms azuis para comer que de alguma forma fico sobressaltada quando o celular toca, apesar de literalmente estar ali sentada esperando só para isso.

— Alô? — atendo, como se não soubesse quem está do outro da linha, e, sério, não sei por que faço isso.

— Oi, querida. Está pronta para a nossa primeira reunião oficial do clube do livro de mãe e filha?

Parece algo tão fofo saindo da boca dela, como se fôssemos a um evento juntas aqui perto, e não como se estivéssemos tentando consertar algo enquanto estamos a cinco mil quilômetros de distância uma da outra.

— Estou com o meu lanche e o livro, nessa ordem, então acho que sim!

— Ótimo!

Nós duas ficamos em silêncio.

Por fim, minha mãe dá uma risada constrangida que interrompe aquele vazio.

— Acho que isso vai ser uma coisa nova para nós duas. Bom, vou começar dizendo que você escolheu um ótimo livro. Eu não costumo ler muitos *thrillers*, mas esse não foi o que eu esperava. Foi mais... intelectual.

— É um *thriller* social — digo automaticamente, como se eu soubesse o significado disso quando comprei o livro. Como se eu soubesse agora. Mas preciso dizer uma coisa, ou vou ficar implicando com o fato de que ela acabou de sugerir que meu gênero de literatura favorito é para idiotas.

— Sim, eu lembro de você dizer isso, mas não entendi o que significava até ler o livro. Achei bem fascinante a forma como o racismo institucional aparecia para fechar o enredo. Me fez olhar para as coisas de forma bem diferente, especialmente quanto às ações afirmativas.

— Eu também! — Deixo uma uva passa escapar da boca ao declarar aquilo e rapidamente a enfio de volta, feliz que essa conversa está acontecendo só por áudio. — Aquela frase que diz que a Aliyah fica olhando para as caixas de cereal de novo e de novo...

— Nossa, aquilo acabou comigo. Eu estava gostando do livro antes disso, mas, assim que cheguei nessa parte, soube que ia me lembrar disso por um tempo. Adoro essa sensação, sabe? Quando você ainda fica pensando nos personagens do livro depois que o livro acaba?

— É meu sentimento favorito — confirmo. — E nem dá pra acreditar em como a autora ainda consegue colocar um romance fofo no meio. Eu tinha certeza absoluta de que ia acabar mal, mas...

— Eu também achava! Foi quase uma reviravolta porque *não foi* uma reviravolta em um livro bem cheio delas. — Ela dá uma risada que juro que nunca ouvi antes. — Claramente esse livro me marcou.

— Me marcou também — digo, e percebo com certa vergonha que estou abraçando o livro enquanto conversamos, mas minha mãe não pode me ver, e ela não precisa saber que não são só os personagens, mas essa também é a conversa mais fácil que ela e eu temos em anos, e isso me faz sentir coisas. — Eu também amei a irmã dela! Tipo, eu sei que a relação era meio complicada e bagunçada, mas acho que achei melhor por isso.

— Ah, ela me lembrou muito a Lauren. A coisa toda das Barbies, sabe? A Lauren fez *exatamente* a mesma coisa comigo quando éramos mais novas. Fiquei encontrando cabelo de plástico nos sapatos semanas depois disso.

— Que nojo.

— Foi mesmo. Mas quando ela disse que só queria ser notada... isso também me lembrou a Lauren. Ela sempre ficava desesperada pela minha atenção e da Jessica, e queria fazer tudo que nós fazíamos. Foi um pouco por isso que eu queria que você fosse filha única. Eu gostava da ideia de você não precisar competir pelas coisas.

Sim, em vez disso você e meu pai fazem isso, penso. Ser filha única em um divórcio é definitivamente uma das três maiores reclamações que eu tenho na vida, mas nós estamos nos dando tão bem e eu não quero falar isso, especialmente já que minha mãe nunca se abriu sobre nada antes comigo. Eu quero saber mais, mas isso também significa que não posso irritá-la.

— Bom, eu definitivamente tenho meu próprio espaço — digo em vez disso. — Eu não iria me dar bem dividindo as canetinhas.

— Na verdade, você era mais possessiva com o seu giz — divaga ela. — Você tinha esse giz de glitter que um dos seus amigos da pré-escola te deu de presente no seu... quarto aniversário, acho? Você era *obcecada* por ele. Nós te levávamos para o parque e você desenhava em todo lugar que podia, mas se eu ou seu pai tentássemos pegar um deles, você começava a gritar alto o suficiente para derrubar as árvores. Na época eu já sabia que ou você se tornaria uma artista, ou uma rainha do drama.

— *Por qué no los dos?* — provoco, aproveitando uma das frases favoritas de Camila.

Quase consigo ouvir o sorriso dela pela ligação.

— Não existe uma resposta certa para essa pergunta.

Finalmente, ela está aprendendo.

— Melhor a gente voltar a falar do livro.

Capítulo catorze,
em que Nat tem uma surpresa

— **Prova isso aqui?** — Adam ergue a colher de madeira para eu poder experimentar, e ou eu gosto muito dele, ou Los Angeles só me tornou uma pessoa que confia em tudo, porque eu experimento mesmo que já faça mais de uma hora que parei de prestar qualquer atenção no que ele está fazendo.

Depois que todo mundo viu meu novo logo para o Bros Over Tacos, Grace foi falar comigo sobre fazer alguns desenhos para ela vender em itens no *food truck* dela e Lexi perguntou se eu poderia fazer um logo para a empresa de *catering* que ela está começando em meio período; de repente, estou cheia de trabalho.

Quer dizer, é um trabalho que na maior parte paga em panini e macarons, mas eu é que não vou reclamar.

No entanto, Adam tem sua própria preocupação hoje: é o primeiro dia que o grupo permitiu que ele participasse com seu próprio prato no Jantar. Ele contou para Evan sobre o jantar de Sabá, e o irmão ficou tão impressionado que ele contou para o resto do grupo, e enquanto eu tenha bastante certeza de que na maior parte foi para poder encher o saco de Adam por cozinhar para a *namoradaaaa* dele, eles decidiram que era hora de ver o que "Botão de Rose" poderia fazer.

Adam não cala a boca sobre o assunto desde então.

E sei que gosto dele mesmo, porque não consigo evitar de achar isso muito fofo.

— Tá, eu não estava esperando — confesso, quando o conteúdo da colher chega às minhas papilas gustativas —, mas isso é *muito* bom. Acho que nunca experimentei amendoim em uma sopa quente antes. Ou é um ensopado? Qual a diferença entre uma sopa e um ensopado?

— Isso é de fato um ensopado — diz ele, virando-se para mexer na panela. — É Mafê. Ensopado de amendoim senegalês. Peguei o frango daquele supermercado kosher que fomos há semanas atrás. Eu ia fazer cordeiro, mas no fim não estou operando com um orçamento para cordeiro kosher. Ou carne de vaca kosher.

Tá, o fato de ele ter se dado o trabalho de comprar frango kosher para o ensopado é muito sexy de um jeito esquisito. O que parece ser um requisito mínimo, mas é um que pouquíssimas pessoas cumprem. Se ele não estivesse levando essa tarefa de cozinhar tão a sério agora, eu sugeriria que nós fôssemos para qualquer outro lugar da casa que não seja a cozinha da minha mãe. Porém, não quero que a contribuição dele para O Jantar fique uma droga por minha causa, especialmente agora que sei que cozinhar é um sonho dele.

Vou só ficar olhando para a bunda de Adam até ele acabar.

Nós nos beijamos muito desde aquela primeira sexta-feira. *Intensamente*. Lábios saíram rachados, camisetas foram arrancadas e as marcas de nós deitados no sofá dele e na minha cama parecem ser quase permanentes.

Enquanto não estamos nos pegando, estamos ou trabalhando juntos (e brincando de ficar pisando no pé um do outro embaixo da mesa), ou comendo juntos (normalmente nos *food trucks* enquanto ele ajuda Evan, mas às vezes ele testa algum prato novo e me usa de cobaia, ou, nas sextas à noite, um jantar de Sabá na minha casa — algo que eu não sabia se ia continuar por ele *ou* pela minha mãe, mas que rapidamente se tornou minha parte favorita da semana), ou saindo com Jaime, Cass e algumas outras pessoas que eles conhecem. Em certa altura, Adam Rose se tornou a presença mais constante na minha vida, o que é aterrorizante, porque: a) ele nunca se encontrou com Camila, Lydia, Leona ou Isaac fora das chamadas de vídeo; e b) nós não vamos estar mais na presença um do outro de forma nenhuma depois do verão.

Não falamos sobre esse assunto, sobre como eu vou voltar para Nova York no fim de agosto e ele ainda vai ficar aqui em Los Angeles, em um estágio pago pela máxima duração possível. Não falamos sobre como ele está estagiando em uma área cujos empregos frequentemente pedem diplomas de faculdade nem que ele não quer frequentar nenhuma. Não falamos sobre o fato de que ele quer muito fazer aulas de gastronomia, mas não tem ideia de como poderia arcar com os custos disso. E em apenas uma noite, quando estávamos na praia e Adam tomou cervejas demais (leia-se: duas), nós falamos sobre o medo dele de que Evan um dia queira a sala dele de volta e sobre como Adam vai estar verdadeiramente fodido quando isso acontecer.

É uma ironia horrível, na verdade, que eu não tenha nenhuma ideia do que quero fazer, mas espaço o bastante para explorar, enquanto Adam está muito certo e não sabe como fazer isso acontecer.

Um cara que consegue fazer tanto sopa com bolinhas de matzá quanto um ensopado de amendoim incríveis deveria poder frequentar aulas de gastronomia, sabe?

Fico observando Adam enquanto ele experimenta o mafê uma última vez e sorri, satisfeito.

— Ficou *mesmo* bom. Toma essa, Petey.

— O que Petey fez pra você?

— Você não ia querer saber. Vamos dizer que...

— O que é que está cheirando tão bem?

Nós dois damos um sobressalto, nossa conversa e o som do rádio tocando em volume baixo mascarando o som da minha mãe entrando em casa. Pela primeira vez, fico aliviada que não estávamos nos beijando.

— Adam está cozinhando — digo, alisando minha camiseta, culpada, mesmo que ninguém tenha amassado ela. — Praticando para um jantar que o irmão e os amigos dele vão fazer amanhã à noite. Você deveria experimentar. É ensopado de amendoim senegalês.

— Não sabia que você era um chef de cozinha tão gourmet. — Fico esperando que ela rejeite a colher que Adam oferece, mas ela experimenta e fecha os olhos, apreciando. — Nossa, delicioso. Inesperado. Os sabores, sabe, não o fato de que está bom — ela acrescenta dando uma piscadinha para mim, porque é exatamente o tipo de coisa que eu já corrigi nela milhares de vezes.

— É uma receita bem fácil — confessa Adam —, mas não vou tentar nenhum desafio dessa vez. Só queria tentar fazer algo que nunca tinha comido antes. É um jantar temático. Todo mundo precisa fazer dois pratos representando um

 Dahlia Adler

continente diferente, e eu fiquei com a África. E não podia ser nada do norte. Estamos em oito, e Lexi ficou com o Oriente Médio e a África do Norte. Ainda estou tentando encontrar um segundo prato que não seja da Etiópia ou só jollof.

— O que tem de errado com pratos da Etiópia ou jollof? — pergunta Melissa. — Os dois são ótimas opções.

— Um dos outros chef é etíope, não posso passar vergonha na frente dele — responde Adam, fazendo uma careta. — E já me avisaram que eu não quero entrar na batalha para discutir qual versão de jollof é a melhor. Pensei em tentar fazer um smalona, mas não quero dar uma desculpa para essa aqui não experimentar minha comida. — Ele aponta pra mim com a cabeça. — Enguia não é kosher, né?

— Definitivamente não.

— Então fica pra outra hora.

— Há quanto tempo você cozinha, Adam? — Melissa vai até a geladeira e pega uma garrafa de água com gás antes de se acomodar em uma cadeira no balcão. — Preciso admitir que não percebi que era um hobby que ia além dos jantares de Sabá.

— É mais que um hobby — falo antes que ele possa responder. — Adam é bem apaixonado por isso, e muito talentoso. Sinto que ele poderia cozinhar profissionalmente.

— Nat... — Tem um tom de aviso na voz dele, e eu calo a boca, porque tá, não é como se Adam não soubesse o que ele quer ou com o que sonha. Talvez eu esteja só esfregando sal na ferida.

Mas enquanto eu estou só esfregando, minha mãe resolveu fazer uma crosta de sal:

— Você já considerou aulas de culinária? — pergunta ela, inocente, as mãos com manicures perfeitas segurando

Escolhas de um verão

a garrafa. — Com toda a experiência no negócio do seu irmão e na nossa cozinha, imagino que seja algo que você possa gostar.

Ele dá um sorriso tenso, me fazendo desejar que eu só tivesse ficado de bico fechado.

— Considerei, sim — diz ele —, mas é muito caro. No caso, eu preciso trabalhar uns anos antes e guardar dinheiro.

— É bem responsável da sua parte — diz minha mãe, aprovando, e ela não está errado, mas fica claro pelo músculo tenso do maxilar de Adam que ele já está de saco cheio de fazer as escolhas responsáveis.

Adam nunca teve escolha quanto a isso. Parece ironia que eu passei tanto tempo da minha infância desejando que eu tivesse pais normais que gostassem um do outro, como os pais de Camila, mas aqui estou eu descobrindo que dá para crescer de uma forma mais estável com um único responsável que cuida relativamente das coisas, em vez de dois responsáveis casados e felizes que não cuidam de nada.

Os dez minutos que se seguem são para limpar a cozinha, seguido de um "Preciso ir logo para casa" de Adam. Nem posso prolongar mais a noite, porque ele está de carro e não precisa de carona. De forma sutil, minha mãe sai do cômodo, mas trocamos um beijo casto mesmo assim. Quando ele vai embora, fico observando-o se afastar.

— Você encontrou um dos bons — diz Melissa quando me junto a ela na sala, enroscada embaixo de um cobertor de pele falsa, assistindo a uma série sobre casinhas minúsculas.

— Tecnicamente foi você que encontrou — respondo, me juntando a ela e enterrando os pés naquela textura macia.

— Então obrigada por me conceder um menino extremamente fofo e *responsável* que sabe cozinhar.

— E ele beija bem? — pergunta minha mãe, levantando as sobrancelhas.

— Não vou responder essa pergunta. Você já ganhou por me apresentar a ele, então vamos deixar por aí.

Os lábios dela estremecem e ela descansa a cabeça no sofá, o cabelo cor de palha se esparramando ao redor de sua cabeça.

— Você vai ficar bem quando for a hora de dar adeus?
Não.
— Estou tentando não pensar nisso.
— Você gosta mesmo dele, né?

Eu me viro para olhar para ela, mas sempre chorei fácil. Se eu abrir a boca para responder, agora que ela me fez pensar em ir embora, é exatamente o que eu vou fazer. Então assinto, travando os dentes, impedindo as lágrimas que ameaçam cair.

Um momento depois, sinto um aperto no tornozelo, e fica lá por uma boa meia hora enquanto camas em plano mais alto, armários escondidos embaixo das escadas e banheiros onde a privada fica no box aparecem na TV. Quando o episódio acaba, eu nem noto mais, como se sempre estivesse ali.

Com todo o tempo que Adam passou treinando os pratos para o Jantar, o jantar de Sabá é cancelado naquela semana, e apesar da minha oferta de pedir alguma coisa, minha mãe diz que precisa fazer uma coisa de trabalho. Adam me convida para comer pizza na casa dele em vez disso, e quando chego lá, descubro que Evan e Mateo decidiram ficar em casa e comer com a gente também. O que é legal, exceto que estão agindo de uma forma super estranha o tempo todo, trocando olhares, palavras não ditas pairando no ar. Mateo fica remexendo a argola dourada na orelha esquerda, o que eu já o vi fazer quando está estressado, e Evan fez bem menos piadas que o de costume sobre Adam. Alguma coisa definitivamente aconteceu.

Quando vejo Evan e Mateo trocarem o quinquagésimo Olhar da noite, dando uma espiada em Adam, eu não consigo mais me segurar:

— Preciso ir lá fora pegar um ar — murmuro para Adam enquanto ele limpa a gordura dos dedos após a terceira fatia. — Vem comigo?

Ele joga o guardanapo na mesa e se levanta, me dando a mão enquanto passamos pelas cadeiras e vamos até a varandinha.

— Tudo bem? — pergunta ele, franzindo as sobrancelhas.

— Eu ia te perguntar a mesma coisa — digo enquanto ele se acomoda em uma das cadeiras e me puxa para ficar em seu colo. — Achei que você estaria ansioso com todos aqueles sinais silenciosos entre Evan e Mateo. O que tá rolando?

— Não faço ideia.

Adam não parece preocupado com isso, focando em passar a ponta dos dedos pela barra da minha camiseta para acariciar minha pele enquanto observamos os últimos raios de sol se afundarem no horizonte. E não é que eu queira que ele pare, especialmente quando coloca meu cabelo atrás do ombro e beija minha nuca, mas não consigo acreditar que Adam não esteja ao menos um pouquinho curioso sobre o que está acontecendo.

 Dahlia Adler

— Provavelmente estão reclamando da pizza. Os dois são esnobes. Sempre foram, desde criança — diz ele carinhosamente.

— Hum, eu não acho que seja isso, não. — Olho para Adam, admirando o queixo dele até ele olhar para mim.

— Então o que pode ser? — Ele observa meu rosto, e não sei o que vê ali, mas os lábios formam um pequeno sorriso.

— Você acha que eles estão juntos como um casal, né. Eles *não* estão juntos.

— Eu nem falei nada! — protesto, apesar de que sim, isso é exatamente o que estou pensando. — Mas, sabe, hum, eles são bem próximos, né?

— Sim, eles são melhores amigos desde, tipo, a terceira série, e agora trabalham juntos. É claro que são próximos.

Eu dou uma tossida delicada.

— Não é esse tipo de proximidade que eu estou falando, Adam.

Ele solta o aperto na minha cintura, as sobrancelhas erguidas.

— Eu sei bem, mas você está sendo ridícula. Acho que eles se matariam de rir se te ouvissem.

— Quer testar essa teoria?

Agora ele parece mais irritado.

— Cara, eu saberia se meu irmão fosse gay.

— *Cara*, não estou falando que seu irmão é gay. Estou falando que ele está muito apaixonado por um único cara, e é um sentimento mútuo. — Ele começa a protestar, mas ergo a mão. — E tudo bem, você obviamente conhece seu irmão melhor do que eu, mas eu conheço o arco-íris melhor do que você. Só estou te falando para você não ser pego de surpresa quando eu estiver certa sobre isso.

— Anotado — diz ele, revirando aqueles olhos castanhos que fazem meus joelhos tremerem.

Estou tentando manter a voz casual, mas a verdade é que Adam e eu não falamos sobre eu ser bissexual desde que nós começamos a namorar. Estou genuinamente curiosa sobre como ele se sentiria em relação a Evan, mas estaria mentindo se dissesse que não é só por egoísmo meu.

— Seria tranquilo por você? Se eu estivesse certa?

Ele bufa.

— Evan é o único motivo de eu não estar morando em uma sarjeta. Ele poderia literalmente começar a comer carne de uma vaca viva na minha frente e eu ainda o defenderia.

— Nossa, que descrição mais... gráfica.

— Você me entendeu. Eu só não acho que você conheça meu irmão melhor do que eu. Dito isso... — Ele se inclina, tocando a testa na minha. — Não sou um babaca, e Mateo é praticamente minha família. É claro que eu quero os dois felizes. Igual sou com você.

Ufa, ele definitivamente passou no teste. Fecho o pouco espaço entre nós e pressiono meus lábios contra os de Adam, me deliciando com ele, os calos nas mãos que seguram meu rosto e a forma como ele me segura sempre um pouco mais forte do que precisa, como se estivesse determinado a não me deixar escapar por entre seus dedos.

É fácil me derreter nele, me perder na segurança firme dos músculos e do cabelo macio que é do comprimento perfeito para eu passar os dedos entre as mechas. Sentir ele se mexendo para esconder o quanto gostou do beijo, e então desistindo e me puxando para mais perto, até eu querer arrastá-lo de volta para a sala e chutar todo mundo dali para que eu possa aproveitar o sofá com Adam.

Meu cérebro está tão bagunçado pelos hormônios que, quando a porta se abre, eu de alguma forma acredito que foi minha vontade de jogá-lo no sofá-cama que fez isso. Precisamos de alguns segundos intermináveis para perceber que Evan entrou na varanda, e parece ele parece tão constrangido quanto estou me sentindo.

— Meu Deus, foi mal — diz ele, o rosto corado enquanto cobre os olhos. — Eu só queria falar com o meu irmão e achei que isso seria seguro, já que, sabe, vocês estão em público.

— A gente, hum, só se empolgou — consigo dizer, começando a sair do colo de Adam, até que ele me puxa rapidamente para baixo. Ah, verdade. — Eu já vou embora — acrescento rapidamente. — Só... um minutinho.

A vergonha no rosto de Adam é substituída por um sorriso espertinho, e não é a primeira vez que vejo os irmãos Rose interagindo de uma forma que me deixa feliz por ser filha única.

— Aposto que sim. — Então ele fica sério, e é tão esquisito para Evan que de fato a situação fica preocupante. — Você pode ficar. Adam provavelmente vai te contar mais tarde.

Adam dá de ombros, e eu me acomodo, desejando que estivesse com uma camiseta do Orgulho ou algo do tipo para que ele saiba que sou definitivamente uma pessoa segura para quem se assumir. Quer dizer, *se* for isso que ele vai fazer. Quem sabe! (Eu sei, claro, mas, por Adam, vou fingir que fico surpresa.)

— Você está me expulsando de casa? — ele pergunta antes que Evan possa dizer uma única palavra, e eu imediatamente quero me esganar por sequer ter pensado nessa possibilidade.

Adam mantém a voz em um tom cuidadosamente neutro, mas deve estar apavorado de pensar na resposta para essa pergunta. Inferno, até *eu* estou apavorada com a resposta, porque se for um sim, a única solução em que consigo pensar é implorar para Melissa deixar que ele fique com a gente até conseguir economizar dinheiro o suficiente para morar em outro lugar. A outra opção — ir atrás dos pais dele e voltar para o estilo de vida que ele odeia, colocando quilômetros entre a gente no processo — é horrível demais para pensar, se é que isso é uma opção.

— Ad, não, claro que não. — Apesar da convicção das palavras, há uma fraquejo na voz de Evan. Ele olha para mim. — Quer saber, Nat, na verdade, posso ter um minutinho a sós com meu irmão?

— Sim, claro. — Começo a voltar para dentro, mas Adam coloca a mão no meu braço.

— Se for sobre você e Mateo, ela já sabe.

Evan franze as sobrancelhas grossas.

— Já sabe?

— Bom, eu tinha um palpite. Uma pessoa reconhece outra — digo, mal conseguindo conter minha presunção para sorrir para Adam. — Eu me assumi como bissexual aos treze anos. Acho que vocês dois formam um casal bem fofo.

— Você... — Evan solta uma gargalhada. — Não, não é isso... Mateo e eu não somos um casal. Eu não... — Ele respira fundo, me dá mais uma risadinha entretida e se vira para Adam. — Temos uma oportunidade de abrir o Bros Over Tacos como uma taqueria em Nova York. Tipo, uma loja de verdade. Sem precisar ficar lembrando de colocar gasolina ou achar lugar para estacionar ou umas cinquenta licenças diferentes. O tio do Mateo quer ser sócio, e se tudo correr bem, podemos até fazer uma franquia. Estamos falando nisso há um tempo, fazendo planos, achando lugares e apartamentos, e agora que o contrato aqui do apartamento e do caminhão na casaa mão delea mão dele está chegando ao fim em agosto... é hora de fazer essa mudança. E a gente adoraria que você viesse com a gente. Só que você tem dezoito anos, e a decisão é sua. Petey disse que você pode ficar com ele se ajudar no *food truck* dele.

É muita coisa para absorver, e imediatamente sinto o corpo de Adam endurecer e ficar frio com a declaração. Pego a mão dele e aperto, mas ele não aperta de volta. Adam não está falando nem se mexendo, e certamente não responde o irmão. Apesar de Evan ter o direito de fazer o que bem entender da vida dele, nesse momento eu o odeio por bagunçar a vida de Adam justo quando ele acabou de se assentar.

E então eu finalmente compreendo as palavras. Ele não está só se mudando, mas se mudando para *Nova York*. Onde eu moro. Onde Adam poderia morar se quisesse. Poderíamos continuar o namoro, ver onde isso vai dar, e ele finalmente poderia conhecer meus amigos em pessoa em vez de ocasionalmente estar presente quando alguém me liga por chamada de vídeo.

Então por que ele não está respondendo? Por que não está apertando minha mão? Se essa não é a decisão mais fácil do mundo, o que isso significa para nós?

Eu não deveria levar isso para o pessoal — óbvio que é uma mudança gigante, não importa o que aconteça —, mas... como não poderia?

Por fim, Adam dá um sorriso fraco.

— Posso pensar no assunto?

— Claro, cara. E, olha, se não funcionar, pode ser que eu me arraste até aquela merda de estacionamento e implore de joelhos para voltar. Mas eu quero tentar, e espero que você entenda.

— Eu entendo.

Os dois batem os punhos fechados, e eu preciso desviar o olhar. Não importa o que aconteça, eles ainda vão ter um ao outro.

Mas e eu?

Capítulo quinze,

em que Tal dá o próximo passo

— **Vem.** Você *tem que* ver.

— Ah, eu *tenho que*, é? — Enrolo uma mecha do cabelo suado de Elly, roçando-o contra o ombro branco exposto pela regata. — Eu nunca pensei muito no formato de minha marca de nascença, muito menos que tipo de bateria se parece. Você sempre tá pensando em música, não é?

— Nem sempre — diz ela, sorrindo contra meus lábios enquanto encosta a boca na minha, e caímos de volta em cima da cama dela, onde estamos nos pegando há duas horas enquanto uma playlist com Pretty Reckless, Billie Eilish e Garbage toca no fundo.

Aprendi que ninguém pode deixar Elly solta tanto quanto Shirley Manson, que sob as mangas pretas compridas está a pele mais macia e pálida do mundo e que a marca de nascença na minha costela aparentemente tem o formato exato de um bumbo.

— Prometo que estou muito, muito focada em outra coisa agora — relata ela.

— É mesmo? — provoco. — No solo de guitarra?

— Não.

— No cara que veio no café hoje de manhã com um pássaro no ombro?

— Bom, *agora* vou ficar pensando nele. — Afasto o cabelo dela para beijar seu ombro, seu pescoço, o lugar atrás da orelha que faz ela estremecer, e então Elly sussurra: — Piu, piu.

Eu perco todo o controle, caindo de costas ao lado dela e rindo em cima do travesseiro.

É nossa primeira vez no apartamento dela desde que nosso encontro foi arruinado pela chuva há algumas semanas, e embora o plano de nos encontrarmos aqui depois do trabalho do turno da manhã tivesse nascido como uma forma perfeitamente inocente de escapar do calor, entramos no quarto dela com uma rapidez intensa.

Não que eu esteja reclamando.

— Você é muito esquisita, Eleanor.

— É isso que eu estava tentando avisar pra você. — Ela encontra a marquinha no formato de bumbo, o que não é difícil, porque já faz uma hora que eu tirei a camiseta, tamborilando nela com os dedos. — Você deveria fugir correndo.

Eu me viro até estar com as pernas ao redor do quadril dela, absorvendo toda aquela beleza gloriosa. Como sempre, Elly está de rímel e delineador, mas já foi sumindo conforme suávamos, e o batom vermelho dela já era. O cabelo está esparramado nos travesseiros, as bochechas coradas, e um milhão de coisas parecem passar pela minha mente, todas seguindo a mesma linha.

Se é verdade que eu fui o despertar *queer* dela mesmo, pode ser que eu seja a primeira garota com quem ela já esteve assim. Eu não sei até onde ela se sente confortável de ir, e realmente não quero estragar as coisas. Não é como se a gente estivesse juntas há tanto tempo. Mas, pela forma como estávamos lidando com essa coisa da atração mútua, parece que estamos assim há uma eternidade.

— Deveria?

Apesar de eu ter me livrado da minha camiseta faz um tempo, Elly ainda está usando uma regata branca e um bralette preto que consigo ver por baixo. Gostaria de ver mais de perto, mas definitivamente estou sendo cautelosa.

— Deveria, mas por favor não faça isso. — O olhar dela abaixa para o meu sutiã, que é consideravelmente mais preenchido (sem bralettes para mim, nunca), e então desce mais. — Você já parece estar longe demais. Mas a vista é boa.

Ouvir essas palavras não deveria causar esse efeito em mim; são só um flerte, bem no meio de uma pegação. É claro que ela vai me elogiar. Só que como uma menina que não é pequena, atualmente sentada em cima de uma menina que é, às vezes é bom ter uma confirmação.

— Você acha?

— Acho mesmo. — Ela se senta, me abraçando pelo pescoço. — Você... — Ela fecha os olhos e dá uma risada envergonhada. — Por favor, não saia correndo quando eu disser isso, mas eu meio que... não declarei a extensão do meu crush em você. Nem um pouco. Eu ainda nem consigo processar que você está aqui na minha cama, muito menos só de sutiã e shorts. Eu literalmente já sonhei com isso.

Agora é minha vez de rir, e ela se encolhe por dois segundos antes de eu puxá-la de volta.

— Elly. Meus amigos todos te chamam de Ruiva porque eu passei anos falando sobre você sem parar antes de descobrir seu nome. Você é... — Gesticulo no ar com a

Escolhas de um verão   235

mão, sem conseguir encontrar as palavras. — Eu nem sei. Às vezes parece impossível. Tipo, eu teria dado qualquer coisa pra ter ficado escutando aquele quarteto no metrô com você. Qualquer coisa pra ir em um show com você. E qualquer coisa pra ver um filme com você. E nem vou falar o que eu faria ou daria pra poder te beijar. E aí eu só... ganho você? Posso fazer todas essas coisas *sem* ter que vender meus rins?

— É ótimo, né?

— Excelente — murmuro, começando outro beijo.

Quero que seja rápido, mas ela me puxa de volta para a cama e eu não consigo me afastar, não consigo fazer nada a não ser beijar, experimentar, tocar. Passo as mãos pelo corpo dela e, quando chegam na beirada da regata, deslizo meus dedos para dentro, sem hesitar.

Ao menos até Elly se afastar, a respiração ofegante enquanto ela me tira da nuvem de tesão em que estou.

— Desculpa — ofega ela. — Eu só...

— Não precisa pedir desculpas — digo rápido, erguendo as mãos. — Esse é o limite. Já entendi. Você não precisa explicar.

— Não, eu preciso, sim. E não é o limite, confie em mim — diz ela, mordendo o lábio. — Eu não quero parar. É só que você vai ver e vai querer saber. A resposta é sim, eu tô bem, e não, eu não faço mais isso.

Ela engole em seco, dando um tempo para recuperarmos o fôlego. Os dedos dela começam a se revirar enquanto ela sustenta meu olhar.

— Eu achava bem difícil quando meus pais viajavam o tempo todo. O emprego dos dois fazia com que ninguém estivesse em casa, e isso complicou as coisas por um tempo.

Comecei a me medicar, e ajudou bastante, e aí fomos pra terapia de família e eles começaram a fazer um esforço para não estar longe ao mesmo tempo. As coisas ficaram melhores e eu parei. Não estou mais tomando os remédios, mas talvez eu precise voltar uma hora. Quem sabe. Enfim. — Ela abre os braços. — Pronto, é tudo. Aposto que você ainda está super com vontade de continuar agora.

Ah. *Ah*. Preciso de alguns segundos para entender do que ela está falando, e aquilo me faz querer abraçar Elly com força e ficar segurando ela durante horas. Porém, é claro que essa não é a resposta que ela quer, e eu não preciso de nenhum convencimento para voltar ao que estávamos fazendo.

— Tenho certeza de que consigo me concentrar de novo — digo, confiante, pegando a mão dela e entrelaçando nossos dedos, o bronzeado contra a pele pálida, unhas verde-esmeralda contra unhas pretas lascadas. — Me conte de novo sobre aquela vez em que você se tocou pensando em mim?

— Meu Deus do céu.

Ela bate no meu braço, mas ri, e em pouco tempo estamos nos beijando de novo, nos deitando mais uma vez, e meus dedos chegam na regata dela novamente, empurrando o tecido para ela tirar, passando em cima de cicatrizes delicadas. Cicatrizes que provam que ela é uma pessoa de verdade, e não uma fantasia idealizada com que sonhei na minha cabeça. Melhor do que isso. Elly — Eleanor Stevie Knight, na verdade —, e não só a Ruiva.

Ela está aqui, ela é real e ela é minha, pelo menos um pouco.

— Nunca deixei outra pessoa ver — diz Elly, sem fôlego enquanto beijo a clavícula dela, o pescoço, a pintinha. — Meio que é bom.

Escolhas de um verão 237

— Se isso é apenas meio bom, eu claramente preciso me esforçar mais — provoco, passando o dedão mais uma vez sob o elástico do sutiã dela.

— Você é tão...

Eu a beijo para calar seja lá qual elogio ela ia fazer a seguir, e então não falamos mais nada exceto por perguntas de até onde podemos ir e instruções dadas na linha de "meu Deus, *isso*, aí". Francamente, parece melhor do que qualquer música soaria, mas quando ela grita na mesma hora que Courtney Love, preciso admitir que acho que encontrei minha nova música favorita.

— Ei, El! Nós... *ah*.

A porta bate e então segue um silencio e uma risada que fica progressivamente mais distante, e meu cérebro precisa de quinze segundos inteiros para perceber que Elly e eu acabamos cochilando e os pais dela acabaram de entrar no quarto e nos flagrar.

— Meu Deus. — Escondo o rosto nas mãos. — Por favor me diga que tem uma saída de emergência do lado da sua janela para eu ir embora e não precisar encarar seus pais.

Elly dá uma gargalhada, e eu não sei como ela pode estar rindo da coisa mais humilhante que já aconteceu comigo em toda minha vida, mas ela continua:

— Meus pais passaram a vida toda com roqueiros. Minha mãe literalmente fez um ensaio de uma orgia pós-Grammys, não que você consiga encontrar essas fotos em algum lugar. Eu não acho que eles vão ficar escandalizados de ver nós duas dormindo embaixo de um cobertor.

— Meu sutiã está no chão!

238   *Dahlia Adler*

— Foxy. — Ela beija meu beicinho. — Eles estão pouco se fodendo. Mas vão ficar irritados se você não sair daqui e for conhecer eles. Então pode se vestir.

— *Como* você está tão tranquila com isso? — eu exijo saber enquanto saio da cama e pego o sutiã do chão. — É a primeira vez que você transa e seus pais te pegaram logo depois!

Ela ergue a sobrancelha enquanto veste a regata.

— Falei que era a primeira vez que deixava alguém me ver nua, não minha primeira vez transando. Eu já fiz sexo extremamente medíocre com dois meninos, só pra você saber. Não precisa ficar com ciúmes nem nada. — Abro a boca para responder, mas antes de conseguir, ela se aproxima de mim e coloca os dedos sobre o meu lábio. — Você vai fazer uma piada sobre se sentir menos especial agora. Não faça essa piada. Não vou deixar você estragar isso.

Em vez disso, mordo o dedo dela. Preciso fazer alguma coisa para extravasar o um milhão de quilos de sentimentos que pesam sobre mim. Ela ri, e então voltamos a nos vestir. Logo chega a hora da verdade.

Os pais de Elly estão sentados na mesa da cozinha quando entramos, o pai segurando uma xícara de café e a mãe, uma garrafa de chá verde. Os dois têm tatuagens cobrindo os braços, mas fora isso, parecem tranquilos e bem mais como pais de uma adolescente do que agregados de estrelas do rock.

— Talvez a gente devesse voltar à regra de bater antes de entrar — sugere Elly, incisiva, inclinada contra a geladeira.

— A que eu não sabia que tinha parado de existir.

— Talvez a gente devesse fazer uma regra sobre não fechar a porta do quarto quando você está com convidados — diz a mãe dela, de uma forma igualmente incisiva, e com uma ênfase em *convidados*, mas dá um sorriso agradável na minha direção. — E qual é o seu nome, convidada da Elly?

Engulo o pedido de desculpas que parece querer sair, já que tenho a sensação de que não seria apreciado por nenhum dos presentes.

— Natalya. Fox. Eu, hum... Elly e eu temos saído bastante juntas.

— Estou vendo — diz o pai, radiante, e leva uma cotovelada da esposa. — Bom, Natalya, eu sou o pai de Elly, Max, e essa é a mãe de Elly, Ava. Mas você pode nos chamar de senhor e senhora Knight.

— Pai.

— Ele está zoando — diz Ava, seca. — Não ouse. É bom te conhecer, querida. Elly, vá pegar uma bebida pra sua amiga.

— Ah, eu...

— Elly vai pegar uma bebida pra você — diz Ava, firme, empurrando uma das outras duas cadeiras da cozinha com o pé para eu me sentar. — Sente aí.

Meu Deus. Eles estão prestes a me perguntar quais as minhas intenções com a filha deles. Eles acham que eu tirei a virtude dela e agora preciso me casar? Quer dizer, não que eu não me casaria, mas não quero pensar em casamento com essa idade... Tá, estou surtando. Eu me sento, e Max imediatamente se inclina para a frente, descansando o queixo nas mãos.

— Três melhores guitarristas de todos os tempos.

Ah. Ai, essa não. Essas perguntas são bem piores. Dou um olhar desesperado para Elly, cujos olhos se arregalam. Ela começa a dar uma resposta com os lábios, mas Ava a interrompe e diz para ela ir cuidar da própria vida e pegar uma bebida.

Ok, respira fundo. Eu consigo.

Espera, eu *consigo* mesmo.

— Jimi Hendrix — digo de imediato. Não dá para errar com Hendrix. Tem só outros dois guitarristas que poderiam ser tidos como potenciais rivais rivais de Hendrix, mas, por sorte, me pediram três. — Eric Clapton. Jimmy Page. Não necessariamente nessa ordem.

— Não é a lista mais inovadora — diz Max —, mas é aceitável. Teríamos concordado com Chuck Berry, David Gilmour...

— Eu teria concordado com vocês não fazendo uma prova com a minha "convidada" no instante em que conhecem ela — diz Elly, colocando uma garrafa de chá gelado na minha frente. — Mas acho que a gente só tem que aceitar algumas coisas.

— Tudo bem me chamar de Natalya, agora que todo mundo sabe meu nome. Ou Tally. Tal. Nat. Qualquer um. — Abro a garrafa do chá e tomo um gole longo, apesar de ter quase certeza de que vou passar o resto da vida com a boca seca.

— E do que você gosta, Natalya? Além da nossa filha, claro. — A voz de Ava é tão seca que eu acharia que ela estava sendo fria se não fosse por um sorrisinho de canto de boca nos lábios. Fica claro que ela gosta de provocar Elly, então ao menos é uma coisa que temos em comum.

— Desenhar, no geral, e ler. Elly está me apresentando mais músicas, mas acho que ainda não estou no nível da família Knight. E por falar nisso... — gesticulo na direção da galeria — suas pinturas são incríveis.

— Uma mulher de bom gosto — diz Ava para Elly em tom de aprovação. — Boa escolha. — Ela se vira de novo para mim. — E está pensando em ir para uma faculdade de artes?

Escolhas de um verão 241

Não sei se isso é mais um teste e preciso ser mais criativa do que o esperado com a minha resposta ou se ela está genuinamente querendo saber. "Meus pais não concordam em nada exceto que nenhum dos dois pagaria por isso nem em um milhão de anos" não me parece uma resposta original.

— Ainda estou descobrindo o que eu quero — é o que digo em vez disso, o que ainda parece um fracasso. — Eu amo desenhar, e eu mataria para ganhar a vida com isso, mas não acho que fazer isso como profissão é meu futuro. Por enquanto, é só um monte de desenhos em um site de fãs.

— Posso ver?

Alerta de perigo — eu *definitivamente* vou fracassar nesse teste —, mas a vida é assim. Tem bem mais trabalho na minha conta da FanGallery do que quando mostrei para Jasmine há algumas semanas. O design da embalagem que fiz para ajudar minha mãe inspirou uma série de monogramas florais que vendeu algumas reproduções, incluindo um grupo de seis para uma mãe grávida cuja filha vai se chamar Kaavya. Um desenho rápido de Elly em um show de rock que fomos juntas na semana passada, os olhos fechados curtindo a música, brilhando com o suor e glitter, radiante. Rabiscos do Central Park e dos prédios da cidade, uma série de mãos de crianças brincando que fiz enquanto estava trabalhando de babá e, claro, mais fanart, incluindo uma particularmente sangrenta de um livro de terror que peguei para ler na última visita a livraria que fiz com Elly.

É definitivamente… variado.

— São ótimos — murmura Ava, passando por elas. — Você precisa trabalhar um pouco mais em perspectivas, e as sombras não estão todas certas, mas gosto do seu estilo. Você realmente não planeja seguir com isso?

Dessa vez, hesito antes de responder. Estou falando com uma mulher que está vivendo o sonho — ela conseguiu consolidar uma carreira séria em arte *e* conseguiu manter um pouco para si como hobby. Ela faz *algo* parecer possível; eu só não sei ainda qual seria o meu equivalente.

— Eu ajudei a minha mãe com um design de embalagem outro dia, e foi legal. Ela trabalha com marketing — ofereço como resposta, porque é a coisa mais próxima que tenho de fazer algo profissionalmente com minhas habilidades de desenho. — E eu faço desenhos para autores e tal de vez em quando. Eu só... não sei como organizar tudo isso de uma forma que me encaixe no mundo corporativo, e não acho que quero fazer isso como profissão, mesmo se milagrosamente conseguisse. Acho que uma hora ia acabar sugando toda a diversão.

Ava coloca a mão no queixo, estreitando os olhos como um pássaro que acaba de avistar sua presa.

— Tenho uma amiga que é uma designer gráfica brilhante. Você deveria conversar um pouco com ela uma hora. — Ela bate a ponta dos dedos na mesa. As unhas são simples e sem esmalte, um contraste forte com as cores perpetuamente escuras de Elly. — Pronto, ótimo — ela continua como se eu tivesse dito alguma coisa ou assentido. — Vou mandar uma mensagem para Ainsley, e aí falo para Elly te passar o número dela.

— Hum. — Sou só eu ou tudo está indo rápido demais essa tarde? É como se o tempo se movesse de forma diferente para os Knight. — Eu nem sei o que os designers *fazem* ou se...

— Sim, querida — diz Ava, já digitando no celular calmamente. — É por isso que você vai conversar.

— Tá bom. — Elly passa o braço no meu e me puxa. — Temos planos, então a gente só vai... A gente vê vocês depois. *Eu* vejo você depois — esclarece ela. — Vem, Tal.

Eu mal consigo falar tchau antes de Elly me arrastar porta afora.

Elly pede desculpas no segundo em que a porta do elevador fecha atrás de nós.

— Meu Deus, me desculpa por isso. Era de se imaginar que meus pais seriam maneiros considerando tudo, mas são tão invasivos e toscos quanto o resto dos pais do mundo.

— Em primeiro lugar, isso quer dizer que eles se importam, então confie em mim, não é a mesma coisa que os outros pais. — Até esse último verão e nossa tentativa de nos reconectarmos, minha mãe nunca saberia nada sobre a existência de Elly, que aperta minha mão, concordando comigo, e também para me reconfortar. — E segundo que eles são ótimos, e me ajudou de verdade. Sério, eu estava meio perdida com toda a coisa da faculdade, e talvez seja idiota, mas eu nunca pensei que dava para fazer algo com arte que não era, tipo, ser uma artista.

— Não é idiota — insiste Elly quando o elevador se abre e saímos no saguão iluminado e ventilado do prédio. — A gente ter que decidir o que fazer para o resto da vida aos dezoitos anos ou arriscar desperdiçar dinheiro em uma faculdade absurdamente cara é ridículo. E não é como se as escolas fossem ótimas em falar que a gente tem opções. Se eu não quisesse fazer uma coisa sobre a qual eu já tenho muito conhecimento por causa dos meus pais, eu também estaria perdida.

— Mas você sabe — rebato. — Você sabe que quer ser uma jornalista do rock, e Lydia sabe que quer trabalhar com o mercado editorial, e Camila sabe que quer ser enfermeira, e Leona sabe que quer trabalhar com moda e criar uma empresa de lingerie dedicada a pessoas trans. Quer dizer, ela já ganha um dinheiro ridículo trabalhando de influencer. Com o que eu poderia influenciar pessoas?

— Com seus peitos — diz Elly, sem pestanejar. — Eu sou profundamente influenciada por seus peitos.

— Você é profundamente influenciada por perversão — respondo, mas estou encarando os lábios dela quando falo isso, então não tenho muita credibilidade. — Onde a gente vai?

— Bom, está um tempo ótimo. Quer pegar uma comida e levar pro parque?

É uma sugestão excelente, então fazemos isso, indo para a taqueria UWS para pegar nachos, guacamole e tacos veganos para levar ao gramado do Central Park. Sinto uma pontada rápida de saudades de Camila, que foi para Porto Rico com a família hoje de manhã, e Elly tira uma foto minha com toda aquela extensão verde esplendorosa atrás de mim para eu poder mandar para ela.

— Então você está mesmo pensando nisso? — pergunta ela, passando um nachos pela guacamole antes de esmagar entre os dentes. — Um curso de design gráfico?

— Talvez? Eu não tive nem tempo de olhar direito.

Pego um nacho, querendo que fosse mais gostoso. A Taqueria UWS nunca é tão boa quanto eu gostaria que fosse, e nenhum outro restaurante de tacos é bom nesse bairro. Eu mataria por um *food truck* de taco excelente aqui perto do parque.

— Então vamos fazer isso. — Elly tira o celular do bolso e começa a vasculhar os melhores cursos de design gráfico em Nova York.

— Eu não *preciso* ficar na cidade — digo, apesar de não ter nenhuma vontade de ir para outro lugar. Elly vai para a Universidade de Nova York, e Isaac também está se candidatando para lá. Camila ainda não sabe onde vai, mas definitivamente está planejando ficar perto da família. Lydia e Leona vão para Columbia e para a faculdade de moda da Universidade Estadual de Nova York, respectivamente, e mesmo se não fossem muito qualificadas (o que elas são), só Deus sabe quanto dinheiro o pai delas já doou para essas instituições para garantir uma vaga. Adira está torcendo para ir para Barnard, e, é claro, ficar em Manhattan significa que não vou ficar *muito* longe do meu pai. Ou das lojas que abrem vinte e quatro horas, de mais opções kosher do que em qualquer outro lugar no mundo e do metrô. Por mais que eu *saiba* dirigir, eu não quero. — Bom, mas acho que faz sentido olhar por aqui primeiro.

— Foi o que pensei — diz ela, convencida. — Tá, vamos ver.

Nós nos inclinamos sobre o celular para ver os resultados na tela. No fim, eu *não* preciso sair da cidade.

— Uau — diz Elly, ecoando meus pensamentos. — Tem diversos cursos que são aqui perto da Universidade de Nova York.

— E esse é um lugar onde você gostaria que eu ficasse? — Pisco, fazendo charme, ou talvez só pareça uma louca. Eu nunca sei.

—Ah, cala a boca. — Ela encosta o joelho no meu, e juntas devoramos os tacos enquanto lemos sobre os programas na Escola de Artes Visuais, Parsons, Pratt e outras mais. — Eu nunca nem ia pensar em olhar para a Faculdade de Moda e Tecnologia — digo, voltando para os nachos. — Seria bem divertido, eu poderia morar com Leona. E Matrix, provavelmente.

— Você poderia. — Ela abraça os joelhos, erguendo o olhar para mim. — Você poderia morar nos dormitórios com ela, ou ir pra Escola de Artes Visuais ou a Parsons e dividir um apartamento, e eu ficaria por perto aqui na NYU, morando no dormitório de calouros ou dividindo um lugar com Nicki e Jasmine, como a gente já conversou... Não seria ótimo?

— Ridiculamente ótimo — digo, sendo sincera.

Agora que a imagem está na minha cabeça, não consigo mais parar de pensar nisso. Os cenários começam a repassar na minha cabeça como uma montagem de sonhos digno de filmes. É quase perfeito demais, e a coisa mais louca é que não existe um único caminho para a perfeição. Só existem... possibilidades. Tantas possibilidades. E pela primeira vez na vida, quando imagino meu futuro, consigo ver exatamente o que vou fazer nele.

E tá, tudo bem, talvez eu esteja colocando a carroça na frente dos bois, mas é a primeira vez que quero imaginar o futuro, e, nesse instante, esta — e os dedos de Elly enroscados nos meus — é a melhor sensação do mundo inteiro.

Capítulo dezesseis,
em que Nat ainda pode ser surpreendida

O problema de namorar o cara com quem se divide a mesa é que quando ele precisa de um momento só para ele, você começa a ficar cronicamente consciente de todos os minutos agonizantes de cada dia.

— Não é você — Adam me assegura quando, depois de dois dias que Evan deu a notícia sobre Nova York, finalmente falo que ele está agindo estranho. — Ou talvez seja um pouco você.

Apesar de estarmos dividindo um banco a uma quadra do escritório, ele parece estar a milhares de quilômetros de distância quando diz aquilo, especialmente quando não consegue fazer contato visual.

— É só que preciso pensar em muita coisa.

— Tá bom.

Eu sei que é verdade. Só pensei que talvez ele viesse me pedir ajuda para decidir em vez de me dar um gelo. Não tenho muita experiência com relacionamentos, mas parece que, depois de um mês, nós provavelmente deveríamos poder conversar sobre grandes decisões de vida. Só que talvez eu esteja levando isso mais a sério do que ele. Talvez para ele eu seja apenas uma garota em quem ele dá uns beijos e com quem aproveita para praticar suas habilidades culinárias. Ele não seria o primeiro cara a me dizer que eu tenho peitos ótimos, mas que nosso relacionamento não vai a lugar nenhum.

— Então acho que vou deixar você pensar nisso sozinho — falo.

Eu me levando do banco sem pensar em nenhum destino específico. Não quero voltar ao trabalho depois que o dia acabou só para ter um lugar onde ficar, mas também não estou com vontade de ficar sozinha com meus pensamentos. O que preciso mesmo é ouvir a voz de Camila, me acalmando ao me lembrar de que não importa se meu romance de verão acabar mal, porque Los Angeles e as pessoas aqui não são minha vida de verdade. Nova York, sim.

É o que eu pensei enquanto vinha para cá, mas agora não parece mais que é verdade.

Independentemente disso, preciso ir para algum lugar para me afastar desse banco, então vou na direção do Mocha Rouge, mas só consigo dar alguns passos antes de uma mão forte e quente envolver meu pulso.

— Nat.

— Que foi? — Mantenho minha voz gélida, apesar de o toque dele ser o exato oposto.

— Pode olhar para mim, por favor?

Então eu me viro e obedeço, e cacete, ele está com uma cara *exausta*. Quer dizer, ele está um milhão de coisas, e uma delas é despenteado de um jeito sexy, mas é nítido que a situação toda o incomoda e eu não estou ajudando em nada. Por instinto, estico a mão e afasto o cabelo de Adam dos olhos, e ele suspira, dando um sorriso suave que eu não vejo há algum tempo.

— Não é que eu não me importe com o que você pensa — diz, a voz áspera, afrouxando o aperto no meu pulso, mas sem soltar. — É que eu me importo demais. Não posso tomar uma decisão grande dessas baseado no fato de que você vai estar em Nova York e eu também, e *porra*, a ideia parece tão incrível toda vez que penso nela que acabo me esquecendo de todos os motivos pelos quais me mudar é uma ideia horrível. E não posso perder a razão. Eu preciso tomar a decisão correta, porque literalmente não consigo arcar com os custos de errar.

Bem, isso é definitivamente melhor do que me dar um gelo.

— E se eu prometer ser objetiva se você quiser falar comigo sobre o assunto?

— Você se *sente* objetiva a respeito disso?

— Claro que não, mas você claramente precisa de alguém para conversar. — Eu me endireito, jogando o cabelo por cima do ombro. — Vamos. Quais são os motivos pra mudança ser assim tão horrível?

— Bom, vamos ver. Eu não tenho um emprego, vou precisar ficar morando de graça com meu irmão de *novo* e o aluguel lá é astronômico. Na melhor das hipóteses a gente alugaria uma quitinete, o que tem o potencial de ser um desastre. Pelo menos aqui eu conheço gente, e estaria com a noite livre pra arrumar outro emprego. Poderia dormir no sofá de alguém enquanto guardo mais dinheiro pra alugar minha própria casa...

Ele para de falar, suspirando fundo, e consigo ver o motivo de estar tão exausto.

 *Dahlia Adler*

— As duas opções parecem bem difíceis — reconheço com a voz baixa.

— É. Alguns de nós não têm pais ricos dos dois lados do país. Ou talvez eu tenha. Mas não é como se eu soubesse onde eles estão.

Ai.

— Desculpa. — Ele esfrega a mão no rosto. — Porra, desculpa. Eu não quero descontar a frustração em você. As opções *são* mesmo difíceis, e eu não sei o que escolher, e isso me transforma em um babaca.

De repente, estou sentada mais uma vez no cobertor no Central Park com Camila, repassando os prós e os contras de escolher entre Nova York e Los Angeles. É como uma versão espelhada da escolha que precisei fazer no começo das férias. Agora estou a poucas semanas de voltar para minha vida antiga e começando a me apaixonar rápido demais por alguém que faz eu me sentir completamente despreparada para isso.

A não ser que ele vá ficar comigo lá, claro.

Só que não posso pensar nisso quando prometi que eu seria neutra.

Eu pelo menos devo estar na coluna dos "prós" quanto à mudança para Nova York.

Né?

— Por que você não vai lá para casa, a gente pede comida chinesa e aí conversamos de verdade sobre isso? — sugiro, silenciosamente implorando para ele aceitar a oferta.

Odeio me sentir tão carente, mas se Adam vai tomar essa decisão sem minha opinião, quero pelo menos poder encará--lo enquanto tento inutilmente decifrar para qual opção está pesando mais com base no queixo dele ou na frequência com que ele remexe na barra da camiseta.

Adam suspira profundamente, e eu sei que não terei yakisoba nenhum hoje.

— Não posso. — Ele franze o cenho e coloca uma mecha do meu cabelo atrás da orelha, como se a decisão não dependesse nada dele, e eu sinto uma irritação e uma determinação repentina de comer uma dúzia de rolinhos primavera sozinha. — Eu preciso fazer isso sozinho.

— Bom, se você prefere assim, tenho certeza de que vai curtir a sua noite e o seu final de semana — digo, irritada, me afastando do toque dele.

Sinto imediatamente falta do toque dele, e também percebo que acabei de desconvidá-lo do jantar de Sabá, que se tornou praticamente uma coisa fixa na nossa casa, minha coisa favorita na semana. Porém, talvez seja uma boa coisa eu praticar um pouco, considerando que claramente vou precisar me acostumar a fazer isso sem ele.

Droga, eu realmente vou precisar que Adira me ensine a cozinhar.

— Nat.

— Te vejo no trabalho amanhã — vocifero sem nem olhar por cima do ombro.

Afinal, manter os olhos no futuro parece ser a ordem do dia, e não vou ficar parada olhando para alguém que não me vê no futuro dele.

Alguma coisa deve estar no ar, porque quando aproveito para jantar com Camila (em San Juan, por chamada de vídeo), ela me conta que ela e Emilio também brigaram.

Eles *nunca* brigam.

— Agora ele ficou nervoso com a distância — ela me conta, a voz afiada e áspera de uma forma que nem parece a Camila que eu conheço. — Nós estamos juntos basicamente a vida toda, a gente sabia o ano inteiro que tínhamos planos diferentes para depois da escola, e de repente esse único mês em Porto Rico está fazendo ele entrar em pânico por causa da distância, mesmo que eu venha visitar minha família todas as férias? Mas que p... — Ela se interrompe, e eu me pergunto se a abuela dela está no quarto enquanto ela conversa comigo. — Enfim, é ridículo, e a gente não está se falando, e eu preciso fazer algo divertido, mas só eu e Abuela estamos aqui, então você vê um filme comigo?

— Me dá cinco minutos pra eu pegar comida.

Estou estranhamente empolgada para uma noite com Camila que não vai ser nem pessoalmente, mas entre o estresse sobre o futuro e essa coisa do Adam, é o melhor remédio do mundo. Já estou com os shorts mais confortáveis e regata, então coloco pipoca no micro-ondas, faço minha mistura de doces de sempre, vasculho a geladeira em busca de uma Coca Zero da minha mãe e volto para o sofá com os braços cheios e com um minuto de sobra.

— Eu já separei algumas opções — declara Camila, mastigando o que provavelmente são salgadinhos de milho sabor churrasco. — Spoiler: três deles são com o Liam Holloway.

— Estou chocada — brinco, apesar de não reclamar.

Nós concordamos em assistir a uma comédia romântica sobre um casal que noivou e percebe que se odeia, mas fica junto porque ninguém quer perder o grupo de amigos ao se afastar do outro. É claro que eles se apaixonam novamente no fim, mas ainda assim é satisfatório ver os dois brigando. Considerando nosso humor, ficamos felizes em encorajar a protagonista feminina, mesmo que seja contra a o ator favorito de Camila.

— Não é incrível como eles esquecem de todas as coisas ruins? — pergunta Camila, bocejando um pouco. Fiquei tão distraída com o filme que nem me lembrei da diferença de fuso horário, mas já passou da meia-noite por lá. — Tipo, eles foram horríveis um com o outro e basta um "na verdade, eu te amo" pra tudo volta a dar certo. Imagina se a vida fosse assim.

— Ah, qual é, sem chance que Emilio e você foram horríveis um com o outro.

Com pais como os meus, acreditar no amor não é uma coisa fácil, mas se alguém consegue manter minhas esperanças, é Camelio. Emilio é o tipo de cara que corta o próprio cabelo quando Camila está chorando por causa de uma ida ao salão que deu errado, e ela é o tipo de garota que é tão acolhedora por natureza que carrega lenços e pastilhas de garganta quando ele sofre com rinite. Eles poderiam estrelar a própria comédia romântica, exceto que eles nunca têm drama e conflito nenhum.

Pelo menos até agora.

— Bom, não foi horrível, mas não foi nenhuma discordância tranquila. — Ela suspira pesadamente, se jogando contra o travesseiro. — É assim tão impossível acreditar que as coisas vão funcionar? Mesmo com a distância e tendo outra vida e... — A conexão cai por um segundo, e na tela, mesmo na penumbra do quarto parcialmente aceso, consigo ver o rosto dela se iluminar. — Ele está me ligando. Preciso ir, tá? Eu te ligo amanhã.

Sopro um beijo e desligo a ligação, as palavras de Camila ainda revirando na cabeça. Será que *é* tão impossível acreditar que Adam e eu possamos ficar juntos mesmo que ele escolha ficar enquanto eu preciso ir embora? Quanto a decisão dele importa se a gente decidir que quer fazer dar certo de qualquer forma? Pegando o celular, penso em seguir a ideia de Emilio e consertar as coisas, não importa que horas são. Obviamente, a briga deles estava mantendo-o acordado, assim como estava atormentando Camila, assim como espero que nossa briga ainda esteja ocupando espaço na cabeça de Adam. Porém, quando estou prestes a apertar o botão para ligar para ele, penso em como a única coisa que ele me pediu foi espaço. Ele não queria falar sobre isso. Ele não vai atender o celular com os olhos iluminados como Cam. Se ele resolver atender, vai ficar irritado que estou tentando me intrometer quando ele precisa pensar nas coisas de cabeça fria. E eu posso dar isso a ele. Eu deveria fazer isso. Eu *vou* fazer isso, especialmente se eu quiser continuar brincando embaixo da mesa com nossos pés, ou experimentar mais uma vez o macarrão com queijo perfeito que ele faz, ou sentir as mãos fortes e com alguns calos passarem protetor solar na minhas costas na praia, ou me maravilhar abertamente com a expressão alegre e boba que ele faz quando joga pimenta e cebola na panela sem deixar nada cair para fora.

Com um suspiro pesaroso, guardo o celular. Pego o controle remoto e encontro outro filme bobo para preencher o espaço na cabeça que não posso dar a Adam Rose.

Acordo atordoada, e preciso de um minuto para entender duas coisas:

1. Dormi no sofá.
2. Acordei com o som de alguém se esgueirando para entrar na casa.

O meu coração acelera e eu puxo o cobertor para me cobrir como se fosse um tipo de escudo, mas minha exclamação se extingue quando vejo que a culpada é ninguém menos que Melissa, fazendo seu melhor para se mover silenciosamente usando um par de saltos altíssimos.

— Mãe, que porra é essa?

Agora é a vez dela de se sobressaltar, em pânico, e levar a mão ao peito.

— Poderia perguntar a mesma coisa a você, senhorita. Apesar de que eu usaria um linguajar mais apropriado — acrescenta, dando branco. — O que você está fazendo na sala?

Aponto o controle remoto, ainda na minha mão, na direção da TV, que faz tempo que desligou por falta de uso.

— Estava assistindo a um filme com Camila, e aí ela precisou desligar e eu fui assistir a outro e... acho que eu dormi. — Pontuo o argumento com um bocejo. — E você? Por que você está chegando às... — Olho para a caixinha da TV a cabo, mas não tem um relógio, então olho para o celular. — À uma e meia da manhã?

— Você acreditaria se eu dissesse que é uma coisa do trabalho?

— Vestida desse jeito?

Ergo as sobrancelhas o máximo que consigo. Além dos saltos, o vestido que minha mãe está usando é mais apertado do que qualquer coisa que eu conseguiria vestir e tem uma fenda ousada na lateral, o que é uma escolha excelente, já que até eu posso reconhecer que minha mãe tem o tipo de pernas que as pessoas param na rua para olhar. (Não herdei nada disso, claro, ou qualquer outra coisa além da cor original dos cabelos dela.) Além disso, minha mãe é adepta fiel de usar acessórios mais sóbrios no trabalho — brinquinhos pequenos de pérola, diamante ou ouro o tempo todo, no máximo um anel e um colar *ou* uma pulseira —, e os lindos brincos de safira pendurados nas orelhas agora definitivamente estão longe disso.

— De jeito nenhum — declaro.

Ela suspira, guarda o lenço no armário de casacos e coloca a bolsa na mesinha perto da porta.

— Tá. Então. Eu estava querendo evitar isso.

— Me contar que você está namorando alguém? — pergunto, procurando pelos restos do meu doce. — Por quê?

— Chego a um entendimento. — Aaaah, você não está namorando? É só um peguete? Você está bem chique pra um encontrinho casual.

— Natalya! — Minha mãe tenta parecer irritada, mas ela acaba rindo em vez disso, segurando a cabeça nas mãos. — Meu Deus, até mesmo com você aqui eu me esqueço de que você já está mais velha. E não, não era um "peguete", e sim, estou namorando alguém. Eu só não sabia como você ia reagir.

— Hum, eu odeio falar isso, mãe, mas não tenho nenhuma ilusão que você e meu pai vão voltar a se casar. Eu poderia dizer que o bonde andou, mas eu não acho que nenhum de nós embarcou, pra começo de conversa.

— Sua única reação com a notícia do divórcio de fato foi pedir sorvete — concede ela. — E, uma semana depois, você perguntou se teria dois Chanucás, porque Dylan disse que uma amiga dela tinha dois Natais quando os pais dela se divorciaram.

— Eu ainda fico irritada que isso significou dividir um Chanucá ao meio em vez de ganhar dois.

— É um feriado de oito dias, amor.

— Minha opinião continua a mesma. — Eu me aconchego em um canto do sofá e gesticulo para ela sentar. — Então me conte sobre o cara. É um cara? Eu estou tão perdida assim?

Ela ri.

— Sim, é um cara. O nome dele é Daniel Bloom e ele é médico.

— Cirurgião plástico?

— Oncologista pediátrico.

— *Uau.*

— Eu sei. — Ela pega um pouco da mistura de doces e eu entrego a tigela, me perguntando se já vi minha mãe comer chocolate antes. Tenho quase certeza de que não. — E você acharia que ele é uma pessoa estressada e triste o tempo todo, mas ele é um raio de sol. Não sei como, e não sei por que isso não me faz querer estrangular ele, mas ele é um cara bom.

— Há quanto tempo vocês estão saindo?

— Não faz muito tempo. Começamos umas semanas antes de você chegar, e por isso também fiquei de boca fechada. Não sabia se essas saídas dariam em alguma coisa. — Ela franze a testa para o doce na mão. — Acho que ainda não sei, mas espero que sim.

— Bom, isso é promissor. — Fico em pé para pegar mais M&Ms da cozinha, sem me importar com o resto da mistura, e viro o saco inteiro na tigela. — E isso já faz uns dois meses. É significativo, né?

Ela dá um sorriso.

— Às vezes sim, às vezes não. Eu acho que todos os dias parecem mais significativos quando você é jovem, principalmente se vocês se veem o tempo todo. Adam parece uma coisa significativa? Vocês dois parecem que são significativos. Um cara que cozinha para você e passa as sextas-feiras com você e a sua mãe, que por acaso é a chefe dele, é definitivamente significativo.

— Engraçado você tocar nesse assunto — murmuro, olhando para o cobertor nas mãos, puxando um fio solto. — Eu achei que era. Não sei como ele se sente. O irmão dele quer se mudar pra Nova York com o melhor amigo-barra-parceiro-de-negócios, e Adam não sabe se quer ir com os dois.

— E você quer que ele vá?

Ergo o olhar para ela, surpresa.

— É claro que eu quero. Por que não ia querer?

— Bem, nem todo mundo planeja que os romances de verão continuem para além dele, especialmente se acontecem quando se está viajando. Você poderia sentir que ele não se encaixa no mundo que você tem por lá, ou que você não quer um namorado no último ano da escola, ou um milhão de outras coisas.

— Bom, ele já falou com Camila diversas vezes em chamada de vídeo, gosta dos mesmos filmes favoritos que Isaac, deixa comentários perfeitos nos vídeos de Leona, já ouviu falar da maioria dos autores favoritos de Lydia e consegue fazer um jantar de Sabá pelo menos tão bem quanto Adira, então não estou preocupada se meus amigos vão gostar dele. E Camila consegue namorar e ainda ter uma vida, e Leona tem, tipo, umas trinta pessoas babando em cima dela, então eu acho que a gente tem espaço para ter alguém novo. Enfim, Adam vai trabalhar ou frequentar as aulas de gastronomia ou sei lá, então não é como se ele tivesse muito tempo pra mim também. Eu só... queria que ele estivesse lá. Mesmo que eu não o veja todos os dias. Não é que ele só deixa tudo melhor. É que ele deixa tudo *bom*.

Tá, talvez isso seja um pouco demais, porque minha mãe está me olhando com aquela cara de "você está *apaixonada*" e, para meu horror, acho que é possível que eu esteja. Estou soando como uma menina que tem uma paixonite gigante, mas... bom, é o que eu sou. Por mais que minha mãe não saiba muitas coisas sobre mim, essa é uma coisa que eu claramente não consigo esconder.

Não consigo lidar com a forma como ela está olhando para mim, e estou prestes a estragar o cobertor de tanto puxar os fios, então é hora de dar o fora dessa conversa.

— Enfim, ele vai escolher o que ele quiser, acho. E eu provavelmente deveria ir dormir. — Dobro o cobertor e limpo as migalhas de doce, ávida para provar que não deixo nenhum tipo de bagunça. — Boa noite, mãe. Fico feliz que você me contou do Daniel.

— Boa noite, Nat. Fico feliz também.

Demoro tempo demais para dormir naquela noite, em partes por estar obcecada pelo que significaria se Adam se mudasse, e por outro lado me preocupando demais se ele vai fazer isso. Acordo irritada de manhã, me lembrando de que minha vida não depende da decisão de um carinha, mesmo se eu gostar muito, muito dele.

Então decido que no dia de hoje vou focar em mim. Visto meu vestido favorito — azul cobalto, realçando meus olhos — e alpargatas e me sento para tomar um café da manhã com minha mãe, determinada a focar em mim e no meu futuro.

— Tenho uma ideia — digo a ela quando ela me entrega uma xícara de café, nós duas surpreendentemente alertas considerando que são seis e meia da manhã. — Ou acho que é mais um pensamento? Não sei. — *Cala a boca e não pense em gramática, Natalya.* — Eu estava pensando em design gráfico. Para estudar na faculdade, no caso.

Minha mãe segura a xícara com as unhas peroladas de rosa, absorvendo o calor.

— Só para me certificar, você sabe que os designers geralmente não desenham eles mesmos as ilustrações, né?

— Contratam ilustradores, eu sei disso. — Só Deus sabe que já passei tempo demais pesquisando o assunto. — Mas acho que pode ser bom pra mim. Deixar a coisa que eu mais amo fazer ser só um hobby. E acho que eu trabalharia bem *com* a arte. A maioria das coisas de marketing, os dados e tudo mais, parecem longe demais do que eu quero fazer, mas design gráfico poderia ser o equilíbrio perfeito.

— Bom, eu acho que é uma ótima ideia, e certamente concordo que você tem um bom olho para esse tipo de coisa. Já tem algum curso específico em mente?

Minhas próprias unhas, pintadas de azul-claro e lascadas, tamborilam no balcão de quartzo.

— Achei que talvez a gente poderia fazer isso juntas. Escolher algumas boas opções. Você provavelmente tem mais noção do que eu de quais cursos vão ser bons.

— Eu adoraria — diz ela. — Vamos marcar um dia. E eu posso falar com alguns dos designers com quem trabalho. Tenho certeza de que eles ficariam felizes em responder suas perguntas.

— Se você pedir, eles lá têm opção de dizer não?

— Não — admite Melissa, antes de tomar um gole do café. — Mas acho que eles vão ficar felizes de falar com você mesmo assim.

— E falando em coisas que as pessoas ficariam felizes em fazer, quando é que eu vou conhecer esse tal de Daniel? Não preciso fazer algum tipo de teatrinho irritante e perguntar quais são as intenções dele com você?

— Depende — responde ela, calma. — Você quer que eu faça a mesma coisa com Adam?

— Você venceu. — Acrescento mais açúcar no café, e então tomo um gole da bebida adoçada e quente. — Mas eu realmente quero conhecer ele. Por que você não o convida para o jantar de Sabá? — Assim que a sugestão sai da minha boca, eu percebo: — Ah, nossa, eu fiz você dar bolo nele toda sexta-feira sem nem perceber. Tá, você *definitivamente* precisa trazer ele.

Ela ri.

— Tenho certeza de que ele adoraria vir. Não sei quando foi a última vez que ele comeu uma comida caseira, e sair comigo não melhorou a situação dele.

— Combinado.

Agora eu só preciso consertar as coisas com Adam, convidar ele de novo e convencê-lo a cozinhar uma refeição para mais uma pessoa em um encontro duplo com a minha mãe ou aprender a cozinhar sozinha imediatamente. Vou pensar nisso depois. Agora — vejo o horário no relógio do micro-ondas — estamos atrasadas para o trabalho.

Capítulo dezessete,

em que Tal meio que vê Elly no Sinai

— **Só isso?** — Olho para a travessa coberta de frango e couve-de-bruxelas, com um molho de mostarda e mel por cima, e depois para Adira. — É só isso que precisa para fazer frango assado?

— Só isso — confirma ela quando colocamos a travessa no forno. — Esse é o jeito que minha mãe prefere fazer, ou às vezes faz com fatias de batata e cebola e mais temperos, sem molho. Só que ela gosta desse e faz tempo que eu não faço, então achei melhor aproveitar. Enfim, coxas de frango, vegetais e algum tempero ou molho em uma travessa, e aí você já tem metade de um jantar de Sabá pronto.

— Incrível — falo, admirada.

— Óbvio que tem várias outras formas de fazer frango, mas esse é o jeito mais fácil e ainda leva alguns legumes. Seu pai vai apreciar, acho.

— Ele vai.

Com sorte, ele vai apreciar minha surpresa dessa semana, de fazer o jantar de Sabá para ele e as Reiss. Decidi que era finalmente hora de parar de falar em pedir para Adira me ensinar e simplesmente pedir. Passamos a noite de ontem depois do trabalho fazendo as compras no Empório Kosher, e agora é quinta à noite e hora de cozinhar de verdade.

— É legal você querer aprender. Nenhum dos meus amigos quer aprender a se virar antes de precisar, mas já que minha mãe trabalha o tempo todo, eu teria que pedir comida toda semana, então achei que valia a pena aprender também. No fim, eu amo preparar essas refeições.

— Hum. — Eu pego um descascador para que possamos passar para a próxima receita, kugel de batatas. — Eu meio presumi que era uma *coisa* Ortodoxa. Que vocês todos aprendiam a cozinhar jantar de Sabá ou sei lá.

Ela ri.

— Não, definitivamente não. Acho que nenhuma das minhas amigas da escola saberia fazer peixe gelfite mesmo que precisassem.

— Não é a coisa mais difícil? Você não precisa amassar as coisas e tirar a espinha? — Estremeço só de pensar.

— Você acha que a gente ainda está na antiguidade? — Adira pergunta, dando uma risada ainda mais alta. — Sabe como eu faço essa receita? Compro o peixe congelado, tiro a embalagem, coloco em uma travessa e cubro de salsa, e aí cozinho por duas horas. Sai tudo perfeito e bem mais fácil do que ferver com cenouras, cebola e sei lá mais o quê. Enfim, eu nem gosto muito de raiz-forte.

— Eu estou *fascinada*. Acho que só comi aqueles de conserva em uns eventos aleatórios na sinagoga.

— O tipo em conserva é um crime contra Deus — informa Adira, descascando as batatas duas vezes mais rápido que eu. — A gente pode fazer, se você quiser tentar. Geralmente se come no almoço de sábado, não na sexta, mas...

O meu celular toca e a interrompe, e vejo que Elly — com a língua de fora e fazendo chifrinhos de diabo — ilumina a tela. Era para ser uma piada, mas quando Adira olha para a foto do contato, não consigo evitar pensar no que ela acha.

— Quem é Elly? — pergunta ela.

Mordo o lábio, demorando um segundo antes de responder. Adira sabe que sou bi — eu uma vez dei um jeito de mencionar o assunto em uma conversa da forma mais esquisita, sem saber como contar para ela —, mas a gente nunca fala disso, e eu certamente não menciono beijar meninas ou encontrar com meninas para ela. Adira é legal, óbvio, e, na minha experiência, os judeus ortodoxos modernos são bem tranquilos com pessoas *queer*, mas às vezes eu me preocupo que ela ache mais tranquilo no conceito da coisa do que na realidade.

Ou talvez eu só esteja preocupada com algumas histórias horríveis que ouvi nas reuniões do Encontro da Juventude Judaica LGBTQIAPN+ em que vou de vez em quando.

Mas então eu me lembro de que existe mais histórias boas do que ruins, que vários pais especificamente levavam os filhos ao centro para esses eventos e que o casamento gay e muito judeu do meu primo foi muito alegre e espiritualmente gratificante. Então, decido me arriscar.

— Minha namorada. Bom, acho que posso chamar ela de namorada? Eu sinto que já faz tempo o bastante pra poder chamar ela de namorada.

— Agora estou morrendo de curiosidade pra saber como ela responderia essa pergunta — fala Adira com um sorriso, pegando outra batata, e meus ombros relaxam. — Talvez você devesse convidar ela pro jantar amanhã.

— Ah, tá. Até parece.

— Eu tô falando sério! Eu gostaria de conhecer ela, e você sabe que minha mãe sempre fica feliz de ter mais convidados. Ela já conheceu seu pai?

Balanço a cabeça.

— Então tem uma hora melhor? Atende esse celular e faça o convite antes que a ligação caia.

Não consigo imaginar nem em um milhão de anos Elly, toda punk, as orelhas cheias de piercing e com várias ideias para desenhos aleatórios a serem perpetuamente desenhados na pele quando ela tiver dezoito anos, sentada na mesa do jantar de Sabá com meu pai, Adira e a Dra. Reiss. Porém, imaginar isso me faz sorrir. Eu até posso convidá-la mesmo, não é como se ela fosse dizer sim. Ela provavelmente tem algum show para ir. É sexta à noite. Elly vai querer fazer algo legal, não ficar conversando sobre os pontos altos e baixos das nossas respectivas semanas enquanto comemos chalá e tomamos caldo de frango.

Saindo da cozinha, atendo o celular com um "Oi" e recebo um "Oi pra você" em resposta.

— Onde você tá? — pergunta Elly.

— Eu tô na casa da Adira. A amiga que mora do outro lado do corredor. Ela está me ensinando a fazer um jantar de Sabá.

— É a sua amiga que assiste *Real Housewives de O Caralho a Quatro* com você pra eu não precisar assistir, né? Ela é a minha favorita.

— Há, há.

— Enfim, acho que é mais importante do que me encontrar pra comer cupcakes, especialmente já que ia ser coisa rápida. Eu já tô bem atrasada com um prazo. Como está a aula?

— Boa! O caldo de frango está na panela, e eu queria que você sentisse o cheiro porque é literalmente divino. O frango com a couve-de-bruxelas está no forno, e agora vamos fazer kugel de batata e depois uma coisa chamada rocambole deli que aparentemente envolve só frios, mostarda e massa folheada. Adira me garantiu que está me ensinando a experiência asquenaze do Upper West Side completa.

— Delícia. Vocês duas fazendo o trabalho do Senhor.
— Foi uma piada?
— Um pouco? É herege?
— Parece que eu sou alguém que pode determinar o que é herege?

Não sei por que estou tão nervosa de fazer esse convite, mas espera aí, eu sei, sim. Significa que Elly vai encontrar meu pai. Significa que Elly vai entrar nessa parte do meu mundo que ela ainda não tocou. Ela sabe que tem coisas que eu não como e que encontrá-la em shows na sexta à noite precisa ser depois do jantar com meu pai — o que resultou em nós dois jantando um pouco antes do pôr do sol, já que ele não queria que eu saísse no escuro —, mas as coisas como ouvir o kiddush, lavar as mãos, ouvir hebraico e ver todos os rituais... Isso faz eu me sentir estranha. Ou melhor, fico preocupada que ela vai achar que *eu* sou estranha. Talvez estranha demais. E, de repente, entendo por que meus pais estavam tão determinados a se casar com outro judeu.

— Você já convidou ela? — Adira grita da cozinha, tão alto que Elly ouve, e eu só dou uma risada constrangida, já que não posso fazer mais nada.

— Adira quer que eu te convide para o jantar de Sabá. Ela estava gritando comigo por não ter feito isso ainda. Mas você não precisa vir. Eu sei que você provavelmente tem um show pra ir ou...

— Tally. — Eu me calo imediatamente. Ela nunca me chama de Tally. — Você quer me convidar pro jantar de Sabá?

— Quer dizer, eu sempre quero te ver, óbvio. Eu só não quero que...

— Tal.

— Sim, eu quero.

— Tá bom. — Ouço o sorriso na voz dela, lento, mas definitivamente presente. — Eu vou.

Encaro o celular incrédula por um minuto inteiro depois que desligamos.

— Era um osso de galinha! Quem é que faz isso com um osso?

O resto de nós dá uma gargalhada. O rosto da Dra. Reiss ainda é a imagem perfeita de perplexidade, apesar de ser ela compartilhando uma história sobre o seu período de residência, há mais de vinte anos. Nunca a escutei ser nem um pouco gráfica — ela sempre é tão culta —, mas tanto a Dra. Reiss quanto meu pai, que pensam que humor escatológico é para "a camada mais baixa da sociedade", estão chorando de rir.

Elly também. Até agora, está sendo assustadoramente bom. Ela compareceu na hora, trazendo uma garrafa de vinho kosher e usando uma roupa chocantemente apropriada, um vestido de veludo preto com mangas de sino bordadas de renda e sapatos de boneca de plataforma de couro, que ficam tão incríveis nela que me engasguei com meu chiclete na hora que ela entrou. A maquiagem está mais leve, mas ainda está a cara dela — o delineador um pouco mais fino do que ela costuma usar, mas ainda presente, acompanhado dos lábios vermelhos de sempre. Eu não diria que Elly se mistura com facilidade exatamente, mas parece que ela fez um esforço, e essa é a coisa mais atraente nela.

Não, espera, ainda é a boca. Só que o esforço ainda está no top três, junto com como as pernas dela ficam com aqueles sapatos.

Meu pai não é o homem que mais gosta de conversar. Ninguém escolhe passar tanto tempo assim com números se gosta de pessoas, mas ele ficou bem impressionado quando eu disse que ia trazer alguém para o jantar, e só fez duas perguntas de problemas matemáticos. No fim, além de tudo, minha namorada (sim, eu de fato confirmei que poderia apresentar ela assim no jantar, e sim, ela riu horrores antes de dizer que eu podia) é muito boa em matemática. Então entre isso e o fato de que ela está disposta a experimentar tudo na mesa (exceto a carne, porque ela não come carne vermelha), meu pai está satisfeito.

— Nem acredito que você ajudou a cozinhar tudo isso — diz Elly baixinho enquanto a Dra. Reiss começa a contar outra história, apertando meu joelho embaixo da mesa. — Eu tô muito impressionada.

— Ela foi ótima — concorda Adira, que desconhece a ideia de um momento particular, como de costume. — Ela basicamente fez o kugel inteiro sozinha, fora descascar a batata.

— E fora a hora que você precisou me impedir de colocar tudo no processador.

Ela abre um sorriso.

— Estava tentando fazer você parecer bem na fita. — Ela se vira para Elly. — Você cozinha?

— Literalmente nada — confessa Elly. — Somos uma família que acredita muito em delivery. Mas meu pai iria amar. Ele se converteu ao judaísmo nos anos 1990, depois de fazer uma turnê com o Lenny Kravitz.

Ela procura algo na bolsa durante alguns segundos enquanto eu processo esse fato completamente novo e louco. Elly tira o celular de lá e procura algo nele enquanto tento não ficar nervosa. Dra. Reiss e Adira seguem estritamente o Shabbos — não usam celular durante as vinte e cinco horas (a não ser que seja uma emergência de trabalho para a Dra. Reiss, mas é uma exceção exclusivamente para médicos) ou computadores ou televisão — enquanto meu pai e eu não seguimos a regra, mas nunca pegamos o celular na mesa de Sabá.

Então, fica pior.

— Está vendo? — diz ela, mostrando o celular na mesa para todos podermos ver a foto do pai dela, sem camisa, com uma tatuagem em hebraico no peitoral definido. Ela parece um pouco confusa quando todo mundo só assente ou diz "legal" sem tocar o celular, e já que todos nós *também* cumprimos o mandamento bíblico de não fazer tatuagens, fico cada vez mais constrangida. — Esqueci o significado, mas é o nome hebraico dele.

Adira olha mais de perto, ainda tomando cuidado para não tocar o celular, e eu a amo por isso.

— Akiva.

— Isso, isso. — Graças a Deus, Elly guarda o celular. — Ele nunca seguiu muito, mas definitivamente se orgulha disso. Sempre que ele me conta uma história sobre uma turnê que acha muito legal, ele me diz para me certificar de contar essa no shivá dele.

Seja lá por qual motivo, meu pai decide que essa é a coisa mais hilária que ele já ouviu na vida, e passa um minuto inteiro rindo, parando apenas para me dizer que ele sente muito que a melhor história que eu vou ter para compartilhar quando precisar fazer o meu shivá por ele é a vez que ele acidentalmente mandou um artigo para uma revista matemática com o próprio nome escrito errado. Definitivamente não é estranho para nós fazer piada com a morte, mas nunca ouvi meu pai rir tanto disso.

O sorriso bobo de Elly com a reação só completa a melhor cena que já vi.

— Em sua defesa — digo ao meu pai, quando o ataque de riso finalmente cessa —, é muito difícil ser tão legal quanto um cara que já fez uma turnê com o Lenny Kravitz. E entrevistou o Mick Jagger. E — acrescento, sabendo que é o que vai mais impressionar meu pai — tocou com o Bob Dylan.

— Não. — Meu pai dá um tapa na mesa, arregalando os olhos. Percebo então que ele já tomou diversas taças de vinho, o que é incrível. Olho rapidamente para a garrafa na mesa, a que Elly trouxe, e vejo que está quase vazia. Isso é novo. Nunca temos vinho na mesa quando somos só nós quatro. Talvez devesse ser uma tradição. — Seu pai tocou com o mestre?

— Você é fã do Dylan? — Elly imediatamente se anima, e não acredito que não pensei antes em levar a conversa para um tópico em que ela é especialista. Ela está se dando bem a noite toda, então eu nem precisei. — Qual seu álbum favorito?

— *Blood on the Tracks* — respondo na mesma hora que meu pai.

Já ouvi esse disco sendo tocado no nosso apartamento pelo menos uma vez por semana durante toda minha vida.

— Vi o Dylan em um show em 1988 e isso mudou minha vida — adiciona ele, inclinando a taça de vinho na minha direção. — Quando a mãe de Tally e eu estávamos conversando sobre nomes, eu queria Johanna por causa de "Visions of Johanna", mas Melissa disse que ela não queria dar um nome de música porque não queria que a música ficasse na cabeça dela o tempo todo.

— Meio irônico para alguém que se chama Melissa — diz Elly, pegando o copo para beber água.

Meu pai a encara, incrédulo.

— Sabe que eu nunca tinha pensado nisso?

— Está brincando. Ela provavelmente ouviu gente cantando essa música para ela a vida toda. — Elly olha para mim, mas eu nem sabia que tinha uma música chamada "Melissa", o que claramente fica evidente no meu rosto. — Você não conhece? Allman Brothers?

Ela cantarola alguns versos.

— Espera, tá, achei que eu sabia quando você mencionou os Allman Brothers, mas achei que não tinha nenhuma letra.

Meu pai, Elly e até mesmo a Dra. Reiss olham para mim como se eu tivesse machucado um animalzinho. Eles falam todos ao mesmo tempo, como se fossem um coro grego de "bem, na verdade":

— Essa é "Jessica".

Do canto do olho, vejo que Elly vai pegar a bolsa e percebo que ela está prestes a tocar a música no celular. Dessa vez, cubro a mão dela com a minha e digo a Adira:

— Vamos precisar ouvir depois do Shabbos. Talvez o problema só seja alguém extremamente desafinado cantando.

Dahlia Adler

— Ei! Eu não estou desafinada! — protesta Elly, e não é mesmo, mas sei que depois de um instante ela entendeu a mensagem de "nenhum celular durante o Shabbos", e aperta minha coxa de leve embaixo da mesa.

— Talvez essa seja a nossa deixa para pegar a sobremesa — diz a Dra. Reiss com uma piscadela, e Adira, Elly e eu imediatamente damos um pulo para ajudar a limpar a mesa enquanto ela vai pegar uma tigela de salada de frutas e os brownies que Adira e eu fizemos de tarde.

Não é a coisa mais impressionante no quesito cozinha, mas o único outro tipo de bolo que Adira sabe fazer é de banana, e meu pai se recusa a tocar qualquer coisa que tenha estado a quinze metros de uma banana.

— Elly, vou colocar um pouco da comida em potes pra você levar para o seu pai.

— Ah, uau, eu diria que você não precisa fazer isso, e claro que não precisa, mas ele *amaria*, obrigada — diz ela da cozinha.

É claro que Dra. Reiss apareceu com tanta comida que Elly vai precisar voltar para o apartamento dela de táxi para conseguir levar tudo, mas as duas parecem alegres com esse acordo, então quem sou eu para impedir?

Alguns pedaços de brownies e frutas depois, a noite desacelera, e Elly agradece profusamente pelo jantar. Eu a ajudo a levar os potinhos até a portaria e espero enquanto os carros passam acelerados pela Broadway, meu coração tão ridiculamente cheio que eu sei que se eu abrir a boca, talvez diga algo muito idiota.

— Isso foi bem divertido — diz ela com um sorriso, tão surpresa quanto eu. — Obrigada por me convidar.

— Obrigada por querer vir. Eu realmente não achei que você ia querer passar por isso.

— Eu posso passar por quase qualquer coisa por você — diz ela, charmosa, e é para eu rir, mas tudo que consigo pensar é no quanto eu queria que estivéssemos sozinhas em vez de em uma das ruas mais movimentadas de uma das cidades mais movimentadas do mundo. — Você achou que eu não viria? Isso é importante pra você, eu sei disso. E você vem comigo nas coisas importantes o tempo todo.

— Tá, mas... — Mas o quê? As coisas dela são mais legais? Mas eu não posso fazer esse tipo de pedido? Mas eu não posso pensar no que eu quero? — Mas eu estava falando sobre conhecer meu pai.

— Você conheceu o meu primeiro. E precisou responder perguntas.

— Você também — rebato.

— Sim, e eu mandei mó bem. — Ela joga aqueles cabelos ruivos para trás e os lábios vermelhos mostram um sorriso. Não tenho escolha a não ser balançar a cabeça e rir.

— Eu realmente sou louca por você. — Eu não queria falar isso, mas falei, e agora quero engolir as palavras de volta, até ver como o rosto dela se suaviza.

Elly se inclina para me beijar, e ela tem gosto de Coca zero e chocolate, e eu não estou nem aí se a porra da cidade inteira de Manhattan está aqui para ver.

Uma buzina irritante e um assobio arruínam o momento alguns segundos depois, mas Elly diz:

— É mesmo. — A voz dela é lenta e sonhadora, e nada mais no mundo importa.

Um táxi para rápido demais, e apertamos as mãos rapidamente mais uma vez antes de ela entrar e fechar a porta. Eu não faço ideia de como vou conseguir voltar para casa sem me despedaçar.

* * *

Sendo bem realista, eu sei que ninguém lá em cima poderia ter visto eu e Elly nos beijando na rua, mas as minhas bochechas ficam coradas quando volto para o apartamento das Reiss de qualquer forma.

— Sinto muito pelo lance do celular — eu me desculpo imediatamente enquanto me junto para ajudar a limpar o resto da mesa. — Eu deveria ter dito pra ela não trazer. E eu não sabia que...

— Tally — interrompe a Dra. Reiss, de forma suave, porém firme. — Ela parece ótima. E nossas regras não são as regras dela. Além disso, ela foi bem respeitosa.

Ela foi mesmo, e eu não estava esperando que fosse, o que faz eu me sentir horrível, mas isso é um problema meu e não preciso reclamar disso com a Dra. Reiss. Elly constantemente conseguir superar minhas expectativas é surreal, mas provavelmente também diz que minhas expectativas são bem baixas para começo de conversa.

— Fico feliz que vocês tenham gostado dela — digo em vez disso, olhando para meu pai para ver se consigo interpretar algo na expressão dele.

Sua boca se curva em um pequeno sorriso.

— Eu também fico feliz.

Alguns minutos depois, a mesa está limpa e os restos foram guardados, e meu pai e eu desejamos boa noite e voltamos para o nosso apartamento do outro lado do corredor. Já está bem tarde — o Shabbos só começou depois das oito —, mas ficar deitados no sofá e ler alguma coisa juntos em silêncio faz parte do nosso ritual semanal, então voltamos direto para a sala depois de trocar de roupa e colocar pijama.

Minha nova escolha do clube do livro está em cima da mesinha esperando por mim, mas quando meu pai endireita a postura no sofá em vez de se largar com um livro pesado sobre matemática na antiga Babilônia, eu percebo que estou prestes a ter uma Conversa.

— Você não gostou dela? — pergunto, sentando no sofá perpendicular, nós dois nos assentos costumeiros, mas não tem nada de costumeiro nessa situação. — Parecia que estava gostando. Os olhos iluminados eram só pelo Bob Dylan?

— Tally — diz ele, balançando a cabeça, de olhos fechados, claramente sem entender de que lado da família sua prole puxou. — Eu gostei dela. Só estava curioso para saber um pouco mais sobre como estão indo as coisas entre vocês, longe das Reiss. Por mais que eu tente não saber de nada sobre sua vida romântica — acrescenta, seco —, eu sei que você está interessada nela há um tempo. E apesar do quanto nós *queremos* que as coisas funcionem, nem sempre isso acontece. Mas vou dizer que parece que vocês aproveitam muito uma à outra.

Eu fico tão aliviada que ele não está prestes a começar uma sessão de críticas (o que, sim, ele já fez no passado — Gavin Unterson não passou no teste Ezra Fox de forma alguma) que não sinto minha pele formigar pelo sentido duplo nada intencional da frase.

— Olha, eu tinha o mesmo medo. Acho que às vezes ainda tenho. Tipo, era só para ser uma quedinha obsessiva que ia durar a vida toda, e aí quando eu chegasse na sua idade, ia ficar toda "uau, lembra daquela menina?". Parece que ficar com ela não era pra ser possível, muito menos pra ser bom. — Eu não consigo acreditar que estou falando isso para o meu pai, de todas as pessoas, mas preciso colocar isso pra fora, e Camila dorme cedo e levanta cedo, especialmente quando está em Porto Rico. — E é tão bom, pai — termino em um quase sussurro, me sentindo boba e supersticiosa por ter colocado isso em palavras.

— Isso me deixa bem feliz, Tal. — Ele parece sincero, e é estranho ouvir meu pai falar com qualquer sentimentalismo romântico (ao menos não quando o assunto não são novos teoremas brilhantes). — A única coisa que eu e sua mãe sempre concordamos, fora o divórcio, é que não queríamos que você não gostasse da ideia do amor só porque as coisas não deram certo com nós dois.

— Quando foi que você ficou tão manteiga derretida? — pergunto, levando os joelhos ao peito. Mesmo que minha permanência em Nova York devesse significar zero mudanças entre mim e meu pai, estou sentindo que ele está cada vez mais sentimental desde que decidi não ir para Los Angeles.

— Desde que percebi que ano que vem vou estar oficialmente com um ninho vazio — responde ele, acenando pesaroso com a cabeça, mais para si mesmo. — Primeiro uma namorada séria, e aí a faculdade. Está ficando mais difícil ignorar o fato de que você está crescendo.

— Mas você ainda vai tentar.

— Claro que vou. Eu sou seu pai. É isso que pais fazem. — Ele coça a barba, que ainda é mais preta do que grisalha. — Mas falando em faculdade, fez algum progresso nessa parte? A época de se candidatar vai chegar antes do que você imagina, e da última vez que a gente conversou, você não tinha uma lista ainda.

Agora é a minha vez de me revirar no assento, e flexiono os dedos, esperando que isso não seja um golpe duro.

— Então, eu conversei com a mãe de Elly sobre talvez ver mais coisas de design gráfico? E ela disse que tinha uma amiga que falaria comigo sobre isso? E Elly e eu fomos olhar as graduações e tem umas ótimas bem aqui perto?

Não sei por que estou falando todas as frases como se fossem perguntas, especialmente porque é uma das coisas que mais irrita meu pai. Para ser justa, ele mal estremece, e não sei se a reação dele é por causa da minha fala ou do meu plano.

— Tente de novo com afirmações, Natalya, e não perguntas.

Bom, com sorte isso significa que é a primeira opção.

— Estou interessada em design gráfico — corrijo. — Tenho alguém para discutir o assunto comigo, olhei cursos e vou visitar algumas faculdades no outono, e eu gostaria muito de ver sobre o que é esse curso e se isso é certo para mim. A combinação de arte e negócios parece uma boa opção, né? — Franzo a testa. — Isso era uma pergunta de verdade. Posso fazer uma pergunta, certo? Quer dizer, eu posso falar isso como se fosse uma pergunta. Ponto final.

— Ótimo. E sim, parece que é uma boa opção. Estou orgulhoso de você, Tal. Mas sabe com quem você deveria conversar sobre o assunto? Sua mãe. Uma grande parte do trabalho dela é lidar com designers. Ela vai saber muito mais sobre isso do que eu. Se você tem certeza de que não quer estudar matemática.

— Certeza absoluta.

Ele dá um suspiro profundo.

— É como se todos os meus genes tivessem sido descartados.

— Pai. Olha só a minha cara. Seus genes não foram descartados. Ninguém que olha pra mim e pra minha mãe e acha que somos parentes. Para de sorrir.

Ele para, e depois começa de novo, dizendo:

— Estou falando sério. Fale com a sua mãe. Essa conversa é feita para ela.

E então ele se deita no sofá, coloca os óculos de leitura e se concentra nos babilônios.

Meu próprio livro me chama da mesinha de café, mas eu finalmente estou começando a obter respostas sobre meu próprio futuro, então me levanto e vou até o quarto pegar o celular.

> Oi. Você acha que a gente poderia ter uma conversa que não é sobre o clube do livro amanhã de manhã?
>
> É sobre a faculdade

Acrescento essa última frase rapidamente, porque por mais que ela seja distante de mim e não seja dedicada a crenças religiosas, ainda assim ela é uma mãe judia dada a imaginar o pior.

Eu não espero ter uma resposta por um tempo — pelo horário em Los Angeles, ela provavelmente ainda está no trabalho —, mas os três pontinhos aparecem imediatamente.

> Adoraria fazer isso.

Apesar da diferença do fuso horário, meu celular toca exatamente às nove horas, o que normalmente me incomodaria, mas parece genuíno o fato de que Melissa quer mesmo conversar. Isso basta para eu tirar minha bunda da cama. (Metaforicamente, claro. São só nove da manhã de sábado, eu vou ficar deitada na minha cama enquanto tenho essa conversa.)

Conto tudo que já fiz até aquele ponto e juro que consigo sentir o quanto minha mãe está feliz e orgulhosa do outro lado da linha.

— Ah, Nat, isso é tão bom. Eu amo essa ideia. Design gráfico é perfeito para você, apesar de que agora é mesmo uma pena que não tenha aceitado o estágio aqui. Seria ótimo no seu currículo para uma candidatura.

— Mãe.

— Eu só estou dizendo...

— Por favor, não diga. Eu não aceitei, e não posso aceitar agora. Tudo ainda vai dar certo. — Espero. Claro que agora vai me assombrar para sempre que eu poderia ter uma experiência de trabalho relevante no meu currículo e se eu não conseguir entrar na faculdade, vou saber o motivo. — Dá pra gente só seguir a conversa?

— Claro que sim — responde ela, apressada. — Eu trabalho com diversos designers que tenho certeza de que ficariam felizes de responder perguntas. Pelo menos um se graduou na Pratt, e *acho* que outro foi para a Escola de Artes Visuais. — Ela respira fundo, o que significa que vai me perguntar algo que ela acha que vai me deixar brava. Uma coisa de ter um relacionamento quase só por telefone é que você aprende muito com a forma como as pessoas respiram na ligação. — Você consideraria sair de Nova York?

— Eu... prefiro que não — respondo com cuidado, sabendo que estou rejeitando a ideia de morar perto dela pela segunda vez nesse verão. — Tem diversos cursos bons aqui, meu pai está aqui, a maioria dos meus amigos planeja ficar aqui... — Sei que nada disso suaviza o golpe, mas posso pensar em algo que funciona. — E *não* que eu ficaria só por causa de uma garota, mas... também tem uma garota.

Como eu suspeitava, isso funciona imediatamente, e o momento de decepção desaparece. Minha mãe constantemente pergunta se eu estou "conhecendo alguém", o que não achei que era uma frase que uma pessoa desse século usaria, então sei que essa é a notícia que ela estava esperando. (Depois que Gavin Unterson fracassou no teste Ezra Fox, não me importei de tentar fazer ele passar pela versão de Melissa Farber do teste).

— Ah, é? E essa garota vai ficar em Nova York?

— Ela vai começar a NYU no outono, estudando jornalismo do rock e a indústria musical. O nome dela é Elly. Ela veio ontem para o jantar de Sabá com as Reiss.

Eu sei que essa última parte vai doer — não só que meu pai já conheceu Elly, mas que foi durante o jantar de Sabá, uma das muitas coisas que minha mãe deixou para trás mesmo antes de meus pais se divorciarem. Apesar de odiar que eu e meu pai continuássemos nossa tradição sem ela nas noites de sexta-feira, minha mãe odiava ainda mais a expectativa de um jantar religioso em família em uma noite tradicionalmente dedicada a encontros. Ainda assim, é uma coisa significativa para mim, e se ela quer me conhecer melhor, essa é outra faceta minha que ela vai precisar entender.

Mesmo se for uma coisa que nunca mais vamos fazer juntas de novo.

— Isso é bom. Como vocês se conheceram?

— Ela trabalha como balconista na cafeteria nova da 84. Chama Nevermore, e o tema é todo de Edgar Allan Poe. Você ia gostar.

Eu não sei por que digo isso; literatura gótica sempre foi mais minha praia do que dela, mas minha mãe concorda que soa legal, e então há outra pausa na conversa. Espero uma pergunta, mas nunca chega, então é a minha vez.

— Você queria falar algo? — pergunto, me preparando para outra rodada de julgamento. Não sei como vai ser, só sei que vai vir.

Escolhas de um verão 281

— Bom, sendo sincera sobre nossas vidas amorosas, eu deveria contar que também estou conhecendo alguém.

— Ah, é? — Agora *isso* é interessante. Tenho certeza de que minha mãe namorou bastante ao longo dos anos, ou pelo menos presumo que sim, mas ela é casada com o emprego, então vai saber. De qualquer forma, ela nunca mencionou algum cara antes. — E como vocês se conheceram?

— Uns amigos nos apresentaram — diz ela, sem entrar em detalhes, e eu entendo que isso significa que eles provavelmente se conheceram em algum aplicativo de namoro judeu. — O nome dele é Daniel e ele é médico. Oncologista pediátrico. Só faz uns dois meses, mas eu acho que gosto dele.

— Acha?

Ela ri.

— Eu gosto. Já faz um tempo. E ele me lembra muito do seu pai algumas horas, mas, para ser justa, os dois são homens judeus na área de exatas. Elly é judia?

— Bom, eu descobri ontem à noite que o pai dela se converteu quando ele estava fazendo uma turnê com o Lenny Kravitz, então...

— Tá, eu vou precisar que você me explique *muita coisa* dessa frase imediatamente.

— Né? — Eu me acomodo no travesseiro e conto a minha mãe tudo sobre o encontro com Max e Ava, sobre a galeria de retrato e até o choque e admiração do papai com Bob Dylan. Ela me conta diversas histórias sobre namoros que nunca ouvi falar e, pelo tempo que passamos conversando, não há mais nenhuma pausa. Finalmente desligamos depois das onze, e ela promete que vai entrar em contato de novo para me informar mais sobre design, e claro que nos falaremos na quarta à noite, no encontro marcado do clube do livro.

Assim que me despeço, mando mensagem para Elly.

> Bom dia, flor ❤
>
> Acho que estou finalmente pronta para seguir em frente com a coisa do design gráfico
>
> Você acha que pode pedir pra sua mãe aquela ligação com a amiga dela?

Tomo um banho enquanto espero Elly responder à mensagem, e então considero se vale a pena me vestir ou se eu quero só ficar em casa e assistir TV. Estou mais inclinada para a TV quando uma série de mensagens chega.

> Claro.
>
> Tô aqui no Nervermore, aliás.
>
> Quer vir dar um oi?
>
> Acho que provavelmente consigo um café grátis pra vc

Eeeee, a TV pode esperar.

O Nevermore está relativamente tranquilo quando apareço por lá quinze minutos depois, então vou até o balcão para dar um beijo rápido em Elly.

Escolhas de um verão

— Acho que nunca vi esse café tão vazio — admiro, olhando para as mesas sem ninguém. — Isso é normal?

— Só espere. Em meia hora começa a aparecer o pessoal do almoço, mas eu não diria que é um lugar de *brunch* muito popular. Pode ser porque nossa única opção de café da manhã é o Duque de L'Omelete, que é literalmente uma omelete à francesa queimada. Eu não recomendo.

— Então o que as pessoas pedem pra almoçar?

— Normalmente o Gato Preto, que é aquele bagre assado. Esse é bem bom. Ou a Queda da Casa de Cogumelos, que é macarrão com um monte de cogumelos, como você deve ter imaginado. Também temos opções de salada, com a Salada Roubada. É mais... um monte de trocadilhos do que um cardápio coerente.

— Compreensível, e eu respeito isso. Acho que vou tomar um café, aproveitar as mesas vazias para terminar o desenho que preciso fazer para Jasmine e aí fico com o macarrão na hora do almoço.

— Eu também recomendaria a Torta Reveladora. É de laranja, mas mais delicioso que o chá. Minha tia não economiza na manteiga.

— Ótimo.

Coloco minhas coisas na mesa enquanto Elly faz o café, mas quando tiro a carteira para pagar, ela estica a mão e cobre a minha.

— Tá, você pode dizer não, mas estou meio desesperada para alguém mais ler esse artigo, e o café sai de graça se você ler.

— Então, se eu me recusar a ler seu trabalho, pago meu próprio café.

— Correto. Bem-vinda ao capitalismo.

— Eu não acho que... bom, tá, claro que eu vou ler. Nunca li nenhum dos seus artigos antes de eles serem publicados. Eu me sinto extremamente chique, tipo uma celebridade.

— Você é — ela me assegura, enquanto me manda o artigo por e-mail. — Com certeza. E você com certeza é minha pessoa favorita no mundo por ler isso, obrigada. Só acho que está soando meio truncado por algum motivo, e eu já li vezes demais. Mas também, enquanto estiver lendo, lembra que eu sou uma escritora melhor do que isso.

— Eleanor. Eu já li uns cinco mil artigos seus. Eu sei que você é uma escritora excelente. — Pego o café e ergo a xícara para ela. — Mas definitivamente aceito o café grátis.

Estou seguindo para a minha mesa quando Elly grita para que eu espere.

— El, sério, não vou julgar sua escrita só por esse artigo — digo, prometendo.

— Não, não é isso. Uma coisa nada a ver que eu queria te perguntar antes de eu receber o lembrete do prazo e entrar em pânico. O que você vai fazer no próximo sábado à noite?

— Hum, alguma coisa com você? — chuto.

— Essa *é* a resposta certa, mas não é qualquer coisa. Meus amigos vão fazer uma festa de aniversário para mim na Harlow e eu quero muito que você vá. Sei que está em cima da hora, mas era pra ser surpresa, e aí eles foderam isso também, enfim, essa parte não é importante. Você pode ir? Era na sexta-feira, mas fiz eles mudarem a data.

Eu teria ido de qualquer forma, óbvio, mas sabendo que ela especificamente adiou o dia da comemoração do aniversário dela para não coincidir com o jantar de Sabá definitivamente encerra o assunto.

— Vou estar lá. Agora me deixa tomar meu café em paz e destruir o seu artigo.

Ela mostra a língua e eu sopro um beijo, me sentando com a bebida enquanto um grupo se aproxima do balcão pedindo a Torta Reveladora.

Tendo lido literalmente tudo que ela já publicou, vejo imediatamente por que Elly não está contente com a qualidade desse artigo. Ela claramente odiou a banda e está se desdobrando nas formas de falar isso sem parecer cruel. Ela já me falou antes que a *NoisyNYC* sempre se certifica de incluir pelo menos uma coisa positiva na crítica, mas, a julgar pelo artigo, ela não conseguiu encontrar uma.

— Oi, Tal. Achei que era você. Posso sentar?

Ergo o olhar para ver Jaya carregando um chá aromático nas mãos, o cabelo recém-raspado pintado de azul.

— Claro. — Empurro a cadeira com o pé enquanto elu se senta.

— O que você tá lendo? — Jaya olha por cima do meu ombro. — É um original Elly Knight?

— É, sim! Só estou editando rapidamente antes de ela mandar. Você foi nesse show? Parece horrível.

— Nem, me avisaram que era uma merda, então fiz Elly ir sozinha. Parece que fiz uma boa escolha de vida. — Elu toma um gole lento da xícara, as unhas curtas pintadas de roxo tamborilando na superfície da mesa. — Mas olha, uau, ela está deixando você ler algo antes de publicar? Ela gosta *mesmo* de você. Tentei ler um artigo antes uma vez e Elly quase me deu um piercing novo grátis.

— Acho que isso só mostra que ela está precisando desesperadamente de ajuda.

Jaya revira os olhos castanhos e pega o celular.

— Claro que é.

Olho de volta para o artigo, um sorriso lento se espalhando nos meus lábios antes que eu possa impedir.

Capítulo dezoito,

em que Nat nutre uma esperança cautelosa

O cheiro de baunilha quente chega às minhas narinas um segundo antes de o copo contendo um latte ser depositado na mesa à minha frente na segunda-feira de manhã.

— Podemos conversar? — pergunta a voz presumivelmente acompanhando o copo, a voz que eu estava esperando ouvir dizer essas palavras pelo que parece ser um milhão de anos.

Porém, agora que as ouvi, elas embrulham meu estômago com um peso igual chumbo. Se eu tivesse comido algo no café da manhã, estaria sentindo o gosto ainda na boca. Ainda assim, digo:

— Claro. — Aponto para o outro lado da mesa, um teatrinho dramático, porque esse assento já é dele.

Foco no café enquanto Adam se senta, deixando o aroma doce me acalmar e fazer meus pensamentos pararem de girar. É só quando ele se inclina por sobre a mesa, claramente pedindo pela minha atenção, que enfim encontro aqueles olhos escuros injustamente lindos.

— Eu ainda estou pensando nas coisas, e não tenho respostas, mas não quero brigar com você. A sensação é uma merda, e eu fico com saudades mesmo quando você está sentada na minha frente, e só quero aproveitar o tempo que de fato temos juntos. A gente pode fazer isso? E só... concordar que a conversa sobre o futuro não está aberta a debate por enquanto?

Não é nem perto do que eu estava esperando, mas gosto dessa coisa de não brigar. E ele definitivamente tem um bom argumento sobre passar o tempo que temos de uma forma melhor, considerando que só Deus sabe o que nos aguarda. (Apesar de talvez Adam saber! E eu ser a única que não sabe! É esse o problema! Enfim!)

Minha hesitação deve transparecer no rosto, porque Adam resolve passar para o armamento pesado.

— Eu não queria ter que fazer isso, mas fui no *food truck* da Grace ontem e... — Ele coloca uma caixa de papelão biodegradável na minha frente, e eu sei que ele ganhou essa rodada.

— É o que eu acho que é?

— Depende. Você acha que é um rolinho de canela recheado com caramelo de banana?

— Espero que seja isso com todas as minhas forças. — Abro a tampa, e ali está o doce mais delicioso que a humanidade já inventou, o que significa que não posso mais ficar irritada com nada por pelo menos uma hora. — Tá, tudo bem. Vou deixar o assunto de lado. Tudo bem. Agora quietinho pra eu poder comer esse lindo café da manhã em paz.

Um sorriso satisfeito aparece no rosto dele, e Adam se reclina orgulhoso na cadeira.

— Isso significa que eu estou convidado para o jantar de Sabá?

— Suponho que eu possa abrir um espaço. Eu deveria avisar, porém, que vai ser um encontro duplo. Minha mãe vai levar um rapazinho.

Ele estreita os olhos.

— Por favor me diga que ele é um homem adulto e você só está sendo uma otária.

— Se você insiste em não deixar eu me divertir, então sim, é isso mesmo.

— Uau. Então sua mãe tem um namorado. O que você está achando disso?

— Normal, acho? — Pego um pedaço do rolinho e lambo o recheio de caramelo antes de enfiar uma mordida na boca.

— É esquisito que ela aparentemente tenha escondido isso o verão inteiro, e acho que esteve mentindo sobre onde estava, mas até aí eu não perguntei. Eu só espero que ele não seja um babaca. Então, você ainda topa? Quer conhecer o oncologista pediátrico que está comendo minha mãe?

— Achei que você nunca perguntaria — diz Adam em tom sonhador, e eu só sorrio e bebo meu café.

Daniel Bloom é bem o epítome de um bom médico judeu — inteligente, educado, desajeitado e às vezes engraçado, mas nem sempre de propósito. Ele fica incrivelmente impressionado que o jantar dele vai ser preparado por crianças, que não é a palavra que ele usa, mas claramente é o que pensa. (Eu ficaria mais brava com ele por isso, mas para ser justa, ele é pediatra, e eu tenho, de fato, uma idade que estaria figurando entre os pacientes dele.)

De vez em quando, ele me lembra exatamente do meu pai — uma versão mais magra, com mais cabelo e mais paciência com pessoas — e em outras, eles não poderiam ser mais diferentes. Como quando a conversa muda o foco para Adam querer fazer gastronomia e, em vez de um "acho que isso parece uma ideia excelente, depois que você terminar uma graduação de quatro anos em uma universidade de renome", Daniel só diz:

— Isso parece bem legal. — E aí ele elogia a comida de novo.

Ele é um homem que tem muitas perguntas — se estamos gostando do estágio, como foi o dia de Melissa, o que vai em cada prato, o que eu tenho lido ultimamente, se eu desenhei algo novo que ele pode ver, o que fiz em Los Angeles até agora, etecetera etecetera etecetera, e me ocorre enquanto observo minha mãe o observando durante o jantar que isso é uma coisa que ela gosta nele. Meu pai se lembra de perguntar como foi o dia de alguém aproximadamente uma vez por semana. Apesar de sermos próximos, todas as nossas mensagens são ou eu mostrando as comidas que estou comendo (ele ficou contente em saber que Adam, Jaime, Cass e eu fomos ao restaurante persa comer ghormeh sabzi) ou ele dizendo "Tudo bem por aí ainda?".

Se tem uma coisa que eu aprendi com as brigas barulhentas dos dois, é que minha mãe sempre se preocupava que meu pai não achava que ela ou o trabalho dela era interessante. E se tem uma coisa que posso supor sobre meu pai, é que ela estava certa.

Porém, ali está Daniel, sendo um oncologista pediátrico e coisa e tal, perguntando sobre uma propaganda de cerveja como se nós estivéssemos, bem, curando câncer.

Faz sentido que ela goste disso.

— Então, Nat, você faz esses jantares de Sabá regularmente?

Olho para minha mãe, sabendo que essa conversa vai nos fazer entrar no território do meu pai, mas a expressão dela é neutra.

— Bastante — digo. — Meu pai e eu tentamos fazer toda semana...

— Exceto quando ele está com os Matemágicos — interrompe Melissa, seca, como se tivesse algo de errado em ter amigos.

— Os Matemágicos? — Adam me encara, confuso, enquanto ele corta a carne (perfeitamente assada).

— Os amigos dele — esclareço —, e sim, às vezes ele sai com os amigos dele e eu saio com os meus. Mas normalmente a gente passa as noites de sexta juntos, ou só nós dois ou com as nossas vizinhas, as Reiss.

Minha mãe faz um gesto que quase parece que ela estremeceu, e eu finco a mão na coxa para me impedir de falar alguma coisa. Até onde sei, ela não tinha nenhum problema com Adira, mas ela odiava ter que aderir às regras delas sempre que comíamos juntos, especialmente já que significava que ela estaria longe do celular do trabalho, que é basicamente a coisa mais importante de sua vida. Eu definitivamente não sinto saudades dos comentários impacientes nesses jantares, e tenho certeza de que ela faria a mesma coisa aqui se não tivesse a permissão de ficar com o celular na mesa, como se fosse um órgão externo e vital.

— Fico impressionado que você convenceu sua mãe de voltar com essa tradição — diz ele com um sorriso. — Eu distintamente me lembro de ela dizer no nosso primeiro encontro que os Sabás estavam fora de questão.

Fico surpresa em ouvir isso, porque é um tópico horrível de conversa para o primeiro encontro, mas conhecendo o passado da minha mãe com seus pais super-religiosos, não é uma coisa inesperada.

— Então acho que também não é uma noite de sexta-feira típica pra você.

— Eu geralmente trabalho nas sextas, para falar a verdade. A outra médica pediatra do departamento é ortodoxa e prefere ficar em casa com a família dela. Em troca, ela se certifica que eu tenha folga nos dias bons para jogar golfe. — Ele estica o braço e pega a mão de Melissa, e ela suaviza com o toque. — E para ver sua mãe sempre que eu puder.

— Acho então que não fui a responsável por deixar ela longe de você nas noites de sexta — digo, constrangida, empurrando a salada no prato. — Se você já estava trabalhando mesmo.

Eles trocam um olhar que não consigo decifrar, e meu garfo faz um arranhão tenebroso quando passa no prato no lugar errado. Largo o garfo e olho para Adam, em busca de ajuda, e ele imediatamente começa um monólogo sobre o quanto ele adora cozinhar nessa cozinha, e logo voltamos a conversa para os jantares, o constrangimento praticamente esquecido.

Estamos terminando a sobremesa quando o telefone do Dr. Daniel toca e, com um sorriso de desculpas, ele diz:

— É do hospital. Preciso ir. Mas foi bom finalmente poder conhecer vocês dois.

Ele aperta a mão de Adam, e então hesita sobre o que fazer comigo. Eu decido poupá-lo e estendo a mão, e ele a aperta, dá um beijo na minha mãe e sai.

— E então? — ela pergunta assim que ele vai embora. — O que vocês acharam?

— Ele é bem legal — diz Adam, e eu assinto.

— Eu gosto dele — acrescento, e eu nem tinha percebido que os ombros da minha mãe estavam tão encolhidos até vê-los relaxados.

— Que bom — diz ela, e então repete como se estivesse falando para si mesma. — Que bom. Já que vocês fizeram o jantar, eu posso limpar tudo. Obrigada mais uma vez por uma refeição deliciosa, Adam.

— Obrigado por financiar e providenciar a cozinha — responde ele com um sorriso.

— Falando nisso. — Melissa gesticula para que nos sentemos novamente, e ela faz o mesmo. — Eu queria mesmo conversar sobre isso com você. Falei com alguns colegas meus e, para resumir, se você estiver interessado, eu teria uma oportunidade de um emprego com bolsa de estudos em Manhattan que pode ajudar a cobrir os custos da escola de gastronomia. — Adam abre a boca para responder, mas minha mãe ergue a mão. — Eu também tenho um amigo que tem uma fundação que dá bolsas para escolas técnicas, e eu o convenci de que o curso de gastronomia se encaixa nisso. É preciso preencher uma candidatura, e não é 100% garantido, mas, bem, definitivamente é um amigo que me deve um favor. Eu sei que você ainda não se decidiu sobre ir, mas achei que era melhor ter todas essas informações antes de se decidir — diz ela com um sorriso breve. — Pronto, é isso.

É muita coisa, e nem eu nem Adam sabemos como reagir, especialmente quando fica claro que minha mãe está tentando dar espaço para ele. Considerando que é para eu estar fazendo a mesma coisa, nós optamos por ajudar na limpeza para estender o silêncio ainda mais. Ainda assim, espero que minha mãe consiga sentir a minha gratidão do outro lado do cômodo.

Quando terminamos de embrulhar os restos e a máquina de lavar louça está cheia, ainda não estou pronta para encerrar a noite, e espero que Adam também não. Se estivéssemos na casa do meu pai, todas as telas estariam desligadas para deixar tempo para lermos juntos no sofá da sala, mas como não é o caso, ofereço:

— Quer ficar mais um pouco e ver um filme?

Ele dá de ombros.

— Claro. — Então, como o jovem educado que é (ou talvez porque ela é a chefe dele; fico tentando esquecer essa parte), ele se vira para minha mãe e pergunta se ela quer acompanhar.

Minha mãe me encara, e coloco um sorriso no rosto.

— Sim, mãe, venha assistir com a gente.

— Obrigada a vocês dois pelo que tenho certeza de que é um convite muito sincero para que a sua mãe-barra-chefe se junte a vocês, mas estou exausta. Hora de pegar uma taça de vinho, tomar um banho e ir dormir cedo. Divirtam-se, crianças.

Nós desejamos boa noite e ela vai ao quarto dela enquanto seguimos para a sala, fechando a porta atrás de nós, e então somos só eu e Adam, o elefante voltando para o ambiente em toda a sua gloriosa abundância cinza. Enquanto eu estou explodindo de vontade de falar sobre o futuro e os planos de Adam ou ao menos saber o que ele está pensando da sugestão da minha mãe, ele está evitando contato visual com tanto afinco que fico preocupada de, de repente, meu cabelo ter se transformado inteiro em cobras.

Se tem uma coisa que eu definitivamente *não* quero fazer hoje é brigar, então engulo um milhão de perguntas que ameaçam sair da minha boca e vasculho as opções nos serviços de *streaming*.

— O que você está a fim de ver?

— Você vai mesmo assistir ao filme se eu escolher — pergunta Adam, os olhos fixos na TV — ou vai ficar me encarando na esperança de que vou ceder e falar sobre a coisa que eu absolutamente não quero discutir?

— Ei. Eu não tô falando nada. Você não pode me forçar a não pensar no assunto. Eu não prometi isso.

— Tá, certo. — Adam se vira para mim, um calor brincalhão nos olhos que me informa que ele não está tão bravo.

— E se eu disser que faço qualquer coisa pra te distrair?

— Nossa, Adam Rose. — Pisco. — Bem dado da sua parte.

O som de um pato sendo estrangulado escapa da garganta dele.

— Eu estava falando que você podia escolher o filme, ou podemos fazer cupcakes ou sei lá.

Ops.

— Ah.

— Mas, hum, eu definitivamente não me oponho a ser dado.

Ah.

— Ah.

Nós dois olhamos para a porta ao mesmo tempo, como se para confirmar que está mesmo fechada, e então a boca dele se encaixa na minha, ou a minha na dele, e nossas línguas não parecem se importar quem é quem.

As mãos dele seguram meu rosto e descem pelo pescoço, os dedões pressionando de leve minha clavícula, e eu rapidamente pego o controle remoto e coloco qualquer coisa para disfarçar a situação e fingir que ainda estamos aqui vendo um filme. Adam sorri nos meus lábios, as mãos descendo mais, e eu me inclino contra o toque dele, que se abaixa para beijar meu pescoço.

É muita coisa, e é muito bom, quase bom demais, e eu caio de volta no sofá, e nós continuamos a nos beijar sem hesitar.

— Eu gosto de você bem dado. — Ofego enquanto ele afasta a gola frouxa do meu vestido e pressiona mais beijos em cada centímetro de pele revelado. — Gosto do Adam mais dado. Por favor. Sempre.

A risada rouca deixa um sopro de calor na minha pele, e então as mãos dele desaparecem e reaparecem na barra do meu vestido.

— Você pediu mais?

Mesmo se eu fosse capaz de raciocinar no momento, não precisaria sequer pensar na resposta.

— Sim, mais. Eu falei bem isso.

Adam continua, em tom de provocação, tanto na voz quanto com a mão que lentamente sobe por minha coxa.

— Mais?

— Adam. Vou fazer você ir embora e eu mesma termino o serviço.

A ameaça funciona, mesmo enquanto a risada sopra contra meus lábios, e então ele me beija de novo, fazendo seu melhor para engolir qualquer um dos sons indignos que escapam da minha boca e que não consigo segurar enquanto me esfrego na mão dele como se tivesse sido possuída por um demônio. Por fim, acabo pegando uma almofada e coloco contra meu rosto, porque por mais que eu tenha quase esquecido meu próprio nome, definitivamente não esqueci de onde estou nem de quem mais está em casa.

Era para isso ter me feito esquecer do futuro, mas também não ajuda; na verdade, tudo parece pior. Tudo que consigo pensar enquanto meu corpo perde a adrenalina é em quantas vezes ainda vamos poder fazer isso. (Bom, e se a gente pode fazer de novo logo.)

Só que não quero pensar no assunto. Eu não quero pensar em nada a não ser no quanto estou me sentindo bem e no quanto eu quero fazer com que *ele* se sinta bem. Então eu o beijo, e puxo o cinto dele, e me lembro de que o tempo que ainda temos pode ser marcado por essa sensação, se ao menos a gente permitir.

Capítulo dezenove,

em que Tal vê seu futuro (e gosta dele)

Posso dizer uma coisa sobre Elly e seus amigos: eles realmente sabem fazer uma festa. Harlow não é um lugar grande, para começo de conversa, mas nessa noite o interior glamoroso e folheado à ouro está cheio de pessoas que conhecem Elly da escola, da *NoisyNYC*, através de Nicki e Jaya e de shows aleatórios na cidade. É intimidante ver o tamanho do mundo dela, e estou tentando muito não me preocupar de que talvez eu seja um pedacinho bem menor do que eu imaginava.

Essa sensação diminui um pouco quando ela volta depois de falar com um cara que nunca vi antes e coloca os braços na minha cintura.

— Está gostando?

— Muito — meio que minto, tentando pensar em como eu *poderia* gostar muito mais se eu não ficasse tão insegura com coisas desse tipo.

Elly parece uma deusa gótica vestida com um macacão de renda preta e mangas boca de sino que quase escondem as mãos pintadas com esmalte de glitter preto e uma gola em V profunda que planejo traçar assim que ela permitir, quando estivermos sozinhas. Os lábios dela estão pintados com um batom escuro, cor de cereja, e brincos em formato de espada estão pendurados nas orelhas. Ainda fico confusa que dentre todas as pessoas que estão aqui presentes, fui eu quem ela escolheu.

Lá no fundo de minha mente, ouço Beckett perguntando se sou a "nova fangirl" da Elly, e apesar de saber que ele só estava sendo um babaca amargo, não consigo parar de pensar nisso.

Estou muito perto de me apaixonar completamente por ela. Já sei disso. Só que quando estamos assim e ela parece maior que o mundo inteiro, não consigo evitar ser a minha pior inimiga.

— Desculpa por ficar sumindo pra falar com as pessoas. Juro — diz ela, se inclinando — que esqueci que a maioria delas existe. Eu nem sei de onde Jaya e Nicki tiraram essa lista de convidados. Prometa que vai comemorar comigo sozinha depois.

— Feliz aniversário pra mim — provoco, gentilmente dando um puxão em uma mecha do cabelo dela. Elly ri contra o meu pescoço, e meu Deus, como eu queria que o resto desse povo todo desaparecesse. — Vem. Vamos dançar.

A banda pop-punk no palco tem uma energia contagiante, e não são muito mais velhos do que nós. Estão misturando suas músicas originais com covers de Fall Out Boy, Machine Gun Kelly e, a pedido de Elly, Avril Lavigne. É impossível não ficar pulando e dançando igual uma boba. Mas está todo mundo no mesmo barco, e é divertido e incrível, e eu estou tão feliz de estar com essa garota.

Eles desaceleram na última música, e abro a boca para sugerir para Elly irmos pegar bebidas, mas a vocalista bonitinha não se afasta do microfone. Em vez disso, ela o puxa mais para perto e declara:

— Pessoal, temos uma aniversariante aqui hoje à noite!

Todos gritam e aplaudem, incluindo eu, e Elly se esconde no meu ombro enquanto os amigos dela riem.

— E eu ouvi dizer que ela tem um dom com o baixo!

Olho para Elly, chocada.

— Você vai tocar? — pergunto. — Isso foi planejado? *Por favor*, me diz que você vai tocar.

Ela me dá uma piscadela e sobe no palco, e eu observo enquanto alguém entrega o baixo em suas mãos. De alguma forma, ela fica ainda mais gostosa, uma coisa que não achei que pudesse existir. Elly parece tão confortável com o instrumento nas mãos, e naquele momento faço uma prece silenciosa para que não seja a última vez em que eu a vejo no palco.

Reconheço a linha do baixo como sendo a de "Debaser", do Pixies, assim que Elly começa. Ela já me disse mais de uma vez que é sua música favorita de tocar. Enquanto dedilha o baixo ao lado da vocalista, Elly se inclina na direção do microfone, olhando fixo para mim, e declara:

— Essa é pra minha garota.

A multidão ruge, e a guitarra entra na música, seguida da bateria, e fico congelada ali, sentindo o coração martelando no mesmo ritmo do baixo enquanto observo Elly no palco, minha aniversariante estrela do rock. Consigo sentir dezenas de olhares em mim, vendo que eu sou a garota, a garota *dela*, e nunca senti tanto orgulho na minha vida.

E não é só orgulho. É orgulho e deslumbramento e carinho e atração e um milhão de outras coisas que não consigo nomear que me fazem querer fazer tudo com ela, desde dançar em uma balada enquanto estamos vestidas para matar a rolar na cama dela sem roupa nenhuma e tudo nesse meio. Eu amo falar com ela, andar com ela, comer com ela, beber com ela, assistir a filmes com ela, desenhar ela, escutar músicas com ela...

Eu amo... ela, talvez.

É um pensamento aterrorizante, e um que preciso deixar de lado por um tempo, porque é demais, e eu não tenho espaço para pensar isso aqui, ou fazer outra coisa que não seja olhar e escutar a garota por quem estou me apaixonando.

Então é isso que eu faço.

Enquanto Elly permanece no palco para uma segunda música, vou até o bar e pego uma água. Estou dando golinhos e observando tudo quando ouço uma voz no meu ouvido.

— Isso foi incrível.

Ergo o olhar e vejo Jasmine Killary parada do meu lado usando um shorts de couro e uma camisa de botões brancas, aberta o bastante para revelar uma infinidade de colares dourados com penduricalhos em um decote generoso igual ao meu. Em outra vida, na qual não somos obcecadas por outras pessoas, eu aproveitaria para dar em cima dela descaradamente. Em vez disso, tomo outro gole d'água.

— Ela é.

— Você também. — Jasmine cruza os braços em cima da mesinha redonda e me encara, focada. — O desenho que você fez das personagens da Lara ficou *inacreditável*. E sei que já falei isso pra você, mas precisava falar de novo pessoalmente. Tipo, é um dos melhores trabalhos que vejo em tempos, e eu leio *graphic novels* o mesmo tanto que as pessoas leem caixas de cereal. Você tem muito talento.

Eu não sou *ótima* em receber elogios, então, sentindo o calor nas bochechas, mudo o assunto para eu não ser o foco.

— A Lara gostou?

— Muito *mesmo* — diz Jasmine, com um sorriso lento que sugere que ela foi devidamente agradecida. — Ela colocou como plano de fundo do celular.

— Ah, amei.

— Ela também amou. E, por falar nisso, eu estava pensando e não sei se é algo que te interessa ou se você tem tempo, mas comecei um negócio alguns anos atrás, meio por acidente, e, bom, deu certo e eu preciso muito de um parceiro comigo. É um site de arquivos de fotos, modelos prontos e coisas do tipo, e eu estava morrendo de vontade de expandir para ilustração, só que eu não tenho nenhum talento nessa área. Tem alguma chance de você querer ser minha sócia? Eu já tenho o site estabelecido, redes sociais e tudo o mais, então só seria a arte. Mas eu não diria não se você quisesse redesenhar o projeto do site.

A pergunta, especialmente sendo feita enquanto estamos na balada, é tão inesperada que nem sei bem como responder. E, então, eu sei.

— *Sim*. Sim, eu definitivamente estou interessada em falar mais sobre esse assunto. Só que talvez não aqui, considerando que vou acabar estourando um pulmão de tanto gritar essa conversa por cima da música. Vamos almoçar ou algo assim antes de você voltar pra Outer Banks.

— Ótimo. Acho que seria bem legal. E Elly disse que você está planejando estudar por aqui, então isso é conveniente.

— Bom, espero que sim. — Pressiono a lateral da minha garrafa de água com o dedão para ouvir aquele estalo satisfatório. — Preciso me inscrever primeiro. Deve ser bom já ter toda essa parte resolvida, e com a sua namorada também.

— A gente faz dar certo. Nem sempre é fácil — diz ela, revirando um dos colares. — Quer dizer, é ótimo para mim, Lara vem ficar comigo quase todos os finais de semana, mas aí ela precisa pegar o trem pra fazer isso.

— Ela não faz faculdade aqui na cidade? — Por algum motivo, presumi que as duas ficavam o tempo todo juntas.

— Não. Ela ainda mora na casa da mãe e frequenta a faculdade local enquanto trabalha em uma livraria. Ela quer pedir transferência depois que juntar dinheiro e melhorar a nota dela. E mesmo quando conseguir, não vai ser uma faculdade que custa dinheiro pra caralho, tipo a NYU, então...

— Mas dá certo entre vocês?

Ela inclina o queixo de leve para onde Lara está dançando com Nicki e Jaya do outro lado da balada, alegre enquanto as ondas loiras balançam na linha do queixo. O vestido curto verde-escuro brilha sob as luzes, e quando ela vê Jasmine olhando para ela, sopra um beijo sem hesitar.

— Ah, sim — diz Jasmine. — Eu diria que dá certo.

Deixo meu próprio olhar encontrar Elly, que ainda está tocando pra valer, as mangas boca de sino voando. Essa cena pode ser nós duas ano que vem. *Vai* ser. Ela vai ficar no East Village, eu vou estar no Upper West Side; ela pode subir a cidade para os jantares de sexta-feira e eu posso ir a shows com ela e nós podemos nos encontrar para tudo no meio do caminho. E, mais importante de tudo, ela vai estar em um lugar sem os pais...

Uma namorada, uma parceria em um negócio, uma lista de faculdades e uma graduação planejada — até mesmo as coisas com minha mãe melhoraram muito. Eu não sei como minha vida nesse verão se transformou nisso, mas de uma coisa eu sei: estou tão, tão feliz de ter escolhido ficar em Nova York.

Capítulo vinte,
em que Nat vê seu futuro (e gosta dele)

Adam e eu conseguimos passar mais uma semana inteira sem termos uma Conversa de Verdade sobre Nova York, mas isso não é um feito tão grande quanto parece considerando que o foco dele está todo no Jantar. Ele decidiu seguir em frente com o ensopado de amendoim senegalês, e depois de agonizar procurando doze milhões de receitas diferentes, escolheu um *bunny chow* sul-africano como segundo prato. O que significa fazer o próprio pão para as tigelas. O que significa experimentar obsessivamente receitas de pão branco e os temperos de curry, e isso significa que não tivemos muito tempo para conversar.

Quando o dia do Jantar finalmente chega, Adam está tomado de energia nervosa, andando pela cozinha da minha mãe como uma tempestade (já que Evan está cozinhando no apartamento, Adam precisava de outro lugar) e então transportando a comida de volta para o apartamento como se estivesse lidando com um bebê recém-nascido. Ele normalmente é tão tranquilo que é estranho vê-lo focado e intenso quando se trata de comida. Não importa o resultado do prato, sei que ele vai ficar estressado se perguntando se triturou corretamente o cardamomo, ou se as folhas secas de curry seriam uma escolha melhor do que as frescas.

O maior indicativo de que gosto de Adam é que eu acho tudo isso meio fofo, em vez de achar uma maluquice do caralho.

— O que você trouxe? — pergunta Evan, encarando a bandeja enorme de pão que estou carregando para dentro enquanto ele está ainda mexendo em uma wok no fogão. — Ele *assou* um pão?

— Veja você mesmo. — Levanto um dos panos de prato que cobrem os pães que vamos usar como tigelas. — Sente só o cheiro.

— Caramba! Impressionante, Botão. Abre um espaço aí no balcão. Todo mundo vai chegar em uns vinte minutos.

Começo a trabalhar espalhando as tigelas de pão enquanto Adam esquenta o ensopado e o curry no fogão. Uma mistura forte de temperos rapidamente preenche o apartamento, e combinado ao aroma da comida de Evan — ele ficou com a Ásia, considerando o cheiro de alho e gengibre —, aquilo me sobrecarrega rapidamente. Abro uma janela, e bem a tempo, porque Petey e Grace chegam juntos, e logo Lexi, Isaiah, Liani e Mateo chegam também, começando o preparo da própria comida.

Não foi permitido a ninguém ficar com o próprio continente de origem, então Isaiah, que é etíope, começa a organizar suas arepas, enquanto Liani, de origem peruana, começa a cortar salsinha para um prato de molho vermelho que acho que pode ser...

Escolhas de um verão

— É polvo? — pergunta Mateo, olhando por cima do ombro.

— Pode apostar. Ao estilo grego. — Ela joga a salsa em cima do molho, e então rapidamente corta um tomate. — Pensei em trazer *lutefisk*, mas aí vocês nunca mais iam me convidar.

Não sei o que é *lutefisk*, mas a julgar pela forma como todo mundo ri, tenho a sensação de que nem quero saber. Enfim, polvo está fora de questão por razões cashrut, então tenho uma desculpa para não me aventurar *demais* essa noite.

Circulando pelo ambiente, espio por cima de mais ombros, sentindo o cheiro e ouvindo enquanto todos ficam hiperfocados em suas tarefas. A única conversa é sobre utensílios e ferramentas, e enquanto eu coloco a mesa, os chefs de cozinha se revezam nas diversas bocas de fogão — incluindo no fogão elétrico que Evan tira do armário — e negociam tempos de cozimento. Apenas Mateo, que disse que ficaria com a Antártica, está relativamente calmo. Eu meio que torcia e temia que ele fosse tentar cozinhar um pinguim ou algo do tipo, mas no fim ele só fez uma coisa básica com gelo. (Caso eu não estivesse certa antes que ele só é convidado para o Jantar por causa de Evan...)

O caos reina por completo em um espaço pequeno que mal cabe todo mundo, mas fazem isso porque tanto a despensa quanto a coleção de utensílios de Evan é inigualável. Já vi ele providenciar tudo, desde um maçarico a uma panela a vapor de bambu a um batedor de chantilly, e sinceramente eu nem sei onde ele guarda tudo.

— Hora de discutir a ordem do cardápio! — diz Lexi, a certa altura, e eles imediatamente começam a relatar se fizeram aperitivos, entradas ou sobremesas enquanto ela organiza tudo.

É um caos lindo, regado a manteiga.

Fica determinado que o *tom kha gai* de Evan é mais uma sopa do que o mafê de Adam, então é ele quem começa primeiro, servindo tigelas e mais tigelas do prato cremoso agridoce.

— Não tem porco ou frutos do mar — ele me diz, me entregando uma tigela depois que ajudei a passar o resto. — Só frango. Pode comer.

— Hummm, muito obrigada.

Começo a comer com todo mundo, e enquanto devoro o prato, me ocorre que independentemente de Adam se mudar para Nova York ou não, Evan vai para lá. Em algum ponto desse verão, comecei a me sentir como se ele também fosse meu irmão mais velho, e fico feliz que vou poder vê-lo mesmo que eu não tenha por perto o Rose que eu mais queria que se mudasse para a minha cidade.

— Cara, *por que* esse é um dos melhores *tom kha gai* que eu já tomei na vida? — exige Petey, pegando mais da sopa de limão com leite de coco enquanto fala de boca cheia. — Isso é ridículo. Eu não consigo acreditar que você finalmente aprendeu a cozinhar bem justo quando tá indo embora.

Evan mostra o dedo do meio para ele enquanto lista alegremente todos os ingredientes que conseguiu pegar em seu mercadinho asiático favorito, e todo mundo reage de forma entusiasmada, dizendo que dá mesmo para sentir a pasta de curry e o frescor do suco de limão. Bem, todos menos Adam. Ele está comendo em silêncio, com os olhos fixos na mesa, e não sei se ele está nervoso por causa da própria comida ou sei lá, mas tanto os nós dos dedos quanto a mandíbula estão tão tensas que podem explodir a qualquer momento.

Descanso uma das mãos na coxa dele, que está subindo e descendo no mesmo ritmo do pé.

— Ei, está tudo bem?

Ele congela, e então, como se não conseguisse controlar as palavras que saem da própria boca, ele declara:

— Eu vou. Vou pra Nova York, no caso. Vou me mudar.

A sala inteira fica em silêncio, e fico rezando para ter mesmo ouvido o que acabei de ouvir.

Ele se vira para mim, a voz mais baixa, apesar de ser impossível perceber a diferença considerando que parece ecoar pela sala.

— Eu... eu queria falar pra você em particular, depois, ou eu não sabia quando, e eu só... — Ele respira rápido. — Tudo bem por você?

— Se está tudo *bem*? — Em certa altura derrubei minha colher, mas a última coisa que estou pensando é na comida. Aparentemente o mesmo acontece com os outros, porque estão nos encarando, o *tom kha gai* esquecido. Bom, exceto Petey. Ele ainda está curtindo muito a tigela dele. — Claro que tudo bem por mim.

Estou morrendo de vontade de beijá-lo, atirar meu corpo em cima dele, e isso fica evidente quando Evan suspira e diz:

— Terminem essa conversa no meu quarto e de porta fechada.

Ele não precisa dizer duas vezes.

No segundo em que a porta se fecha atrás de nós, praticamente jogo Adam na cama e colo os meus lábios nos dele. Os braços dele envolvem minha cintura, e nós nos beijamos como se o mundo estivesse acabando, exceto que não está. Está apenas começando, e eu não consigo acreditar na minha felicidade nesse momento.

Quando finalmente nos separamos, Adam me olha nos olhos.

— Então está tudo bem por você mesmo. Eu só não queria, tipo, acabar com seus planos de dar um fora no seu casinho de verão.

— Essa foi literalmente a coisa mais ridícula que já ouvi em toda minha vida, Adam, e eu assisti a sete versões diferentes de *Real Housewives*. — Eu me sento na cama e cruzo as pernas, colocando o cabelo bagunçado atrás da orelha. — E só pra você ter ideia do quanto está tudo bem por mim, posso finalmente confessar que aproveitei a deixa da minha mãe e eu mesma dei uma olhada nas coisas, só pra adiantar.

A sobrancelha esquerda dele ergue tanto que chega no céu.

— Ah, é?

— Falei com uns amigos e encontrei algumas opções em potencial de lugar pra você ficar, caso não pudesse ficar com Evan. O irmão do Isaac vai fazer faculdade no Winsconsin, então eles estão com um quarto sobrando. Leona disse que se você estiver a fim de passear cachorro, ela definitivamente tem um trabalho pra você, e eu garanto que os Voegler pagam *muito* bem. E também verifiquei com Adira e se você estiver disposto, ela disse que o pessoal da colônia de férias dela definitivamente adoraria fazer uma aula de culinária semanal ou mensal depois da escola. — Eu mordo o lábio enquanto ele arregala os olhos. — Sei que são coisas demais, e você não precisa fazer nada disso. Eu só queria que você sentisse que tem mais opções.

— Não, eu... — Ele tosse, balançando a cabeça. — Obrigado. Isso é incrível. Obrigado — repete ele, mais baixo, um prelúdio de um beijo que segue outro. — Não dá pra acreditar que vou poder fazer isso. Eu devo tanto a você e a sua mãe, e...

— Você não deve nada a ninguém. Eu não quero que você sinta como se estivesse me devendo alguma coisa — respondo, apertando a mão dele. — Óbvio que eu quero que você venha pra Nova York pra gente ficar juntos, mas, mais do que qualquer outra coisa, quero que você possa viver o seu sonho. E acho que trabalhar com marketing não é nada disso.

— É tão óbvio assim, é?

— Mais, impossível.

Ele sorri e estica a mão para ajeitar o meu cabelo.

— É cedo demais para dizer qualquer coisa, então não vou falar. Mas saiba que estou pensando algo, e muito.

Antes que eu possa formular uma resposta, ouço uma batida na porta.

— Botão! — chama Mateo. — Bora! Sua vez! Hora de impressionar todo mundo!

Nós nos arrumamos, envergonhados, e voltamos para a cozinha, ignorando os assobios e sussurros irritantes de todo mundo. Eles só calam a boca quando de fato experimentam o mafê, e praticamente dá para ouvir a baba caindo no chão quando as colheres raspam no fundo tentando pegar mais.

O restante do jantar é igualmente delicioso. Petey (que ficou com a América do Norte, já que é britânico) fez um trabalho incrível em um assado de milho, feijão e abóbora e salmão cozido na madeira; Evan conseguiu encontrar carneiro para fazer um *buuz* mongol; Lexi cumpriu a promessa de se certificar que eu experimentaria linguiça kosher fazendo a própria *merguez* para um prato com cuscuz; e o *bunny chow* de Adam saiu perfeito. Tem muitas comidas que eu não posso comer — incluindo a feijoada cheia de porco de Isaiah e o polvo de Liani —, mas compenso com um prato a mais de sobremesa. Não tem escassez de açúcar, dos bolinhos australianos enrolados em coco de Grace até o *ástarpungar* doce e cheio de uva passas de Liani (que ela insiste em chamar de "saquinhos do amor"). Até mesmo Adam tem uma surpresa para acrescentar à refeição.

— Botão, você realmente se superou nessa aqui. Você ganhou de todo mundo aparecendo com um lanche delicioso além dos pratos? — Lexi ergue um quadradinho perfeitamente dourado do *chin* recém-frito de Adam. — Isso é incrível.

Adam fica com o rosto corado de orgulho, os dedos alisando os bolsos o único gesto que indica que ele estava ridiculamente nervoso com os pratos do jantar.

— São bons, né? É receita do Kwame Onwuachi. Eu não sabia se eu ia gostar tanto de noz-moscada, mas acabei curtindo.

— Não dá pra acreditar que acabamos de descobrir seus talentos culinários e agora você vai levar isso embora — diz Grace, triste. — Evan e Mateo podem ir pra puta que pariu, mas você definitivamente devia considerar ficar por aqui.

— Ei! — Evan reclama.

— Olha, ela descobriu qual Rose é o superior — diz Adam, tranquilo. — É só um fato. Mas... — ele passa um braço pelo meu ombro — vou continuar com o plano da mudança. E vou presumir que todo mundo vai vir nos visitar.

Enquanto todos relaxam, abrindo cervejas e fazendo planos, eu me derreto nos braços de Adam, a cabeça descansando no ombro dele pelo resto da noite.

Um namorado, o começo de um negócio, uma lista de faculdades e uma graduação planejada — até mesmo as coisas com minha mãe melhoraram muito. Eu não sei como minha vida nesse verão se transformou nisso, mas de uma coisa eu sei: estou tão, tão feliz de ter escolhido vir para Los Angeles.

Capítulo vinte e um,

em que Tal diz adeus... por enquanto

— **Então concordamos** — diz Melissa enquanto oficialmente destrinchamos a nossa última escolha do clube do livro até não poder mais. — Não somos o público leitor de grandes sagas familiares.
— Nós concordamos nisso, sim. — Não consigo evitar rir depois de ouvir Melissa destruir cada personagem do livro, exceto pela protagonista contemporânea. Agora que eu soube sobre Daniel e nós discutimos o trauma de infância dela com o Shabbos, várias outras verdades continuam aparecendo. Se existe um tema recorrente na experiência da minha mãe com a própria vida, é que buscar as próprias raízes nem sempre é a escolha mais saudável para todos. — Da próxima vez, acho que é melhor a gente só escolher um livro de assassinatos em série bem sangrento.
— Isso parece ótimo. — Há um sorriso genuíno na voz dela, e é realmente incrível o quanto nós progredimos nesse verão que sequer passamos juntas.

A julgar pela declaração seguinte, ela deve estar pensando a mesma coisa.

— Sabe, se você tivesse vindo passar o verão aqui, agora seria a época em que estaria indo embora. Eu estava me perguntando se você ficaria feliz ou triste de isso acontecer, se estivesse por aqui.

— Eu também — digo, sincera. — Mas acho que minha decisão foi boa pra nós duas. Estar juntas pessoalmente não é a norma pra nós, sabe? E não vai ser enquanto você ficar aí. E você deveria ficar! — acrescento rapidamente. — Eu entendo que é a coisa certa pra você e que nunca se sentiu em casa em Nova York. Mas é bom que aprendemos a sustentar algo a longa distância, porque é isso que nosso relacionamento é.

— Você tem tanta certeza assim de que não vai vir fazer faculdade em Los Angeles, é?

Estou tentando formular uma resposta educada quando ela me poupa disso.

— Eu só estou brincando — diz. — Eu já entendi, Nat.

— Eu ainda gostaria de te ver mais vezes — digo, falando sério. — Estava pensando que nas férias de inverno talvez eu pudesse passar um tempo aí?

— Eu adoraria isso — responde ela, e também parece estar sendo sincera. — Você sempre vai ser bem-vinda por aqui, Nat, espero que saiba disso. Se quiser vir na semana de férias entre os bimestres da faculdade também. Se ainda estiver com Elly até lá, eu adoraria conhecê-la.

Algo quente e borbulhante faz tudo dentro de mim formigar, e por mais que eu não consiga me imaginar entrando em um avião para ir para Los Angeles com Elly e ficando na casa da minha mãe, também digo que adoraria, porque espero que em breve isso também mude.

— É claro que eu vou aí para a sua formatura. Mal posso esperar para ver você naquele palco. Eu realmente tenho muito orgulho de você.

Na verdade, eu não esperava que ela fosse vir, então ouvir que isso já é uma decisão clara na mente dela me faz sentir uma coisa inexplicável. E desde que eu não me preocupe demais sobre como será ter ela e meu pai dividindo o mesmo espaço de novo, os sentimentos são bom.

— Obrigada, mãe. Estou empolgada pra te ver também.

Para a alegria dos genes que compartilhamos, nós somos muito ruins com sentimentos, então ela muda de assunto imediatamente:

— O que você está planejando pelo resto do dia?

Agora *isso* é uma coisa que fico feliz em discutir.

— Uma festa de fim de verão gigantesca no barco do pai das gêmeas. Vai ser ridículo, e eu mal posso esperar. Isaac e eu fomos ontem fazer compras, e comprei um vestido lindo. Além disso, Camila acabou de voltar da visita aos avós em Porto Rico, e eu nem a vi ainda. Vai ser a primeira vez que ela vai conhecer a Elly. A maioria dos meus amigos, na verdade. Parece uma coisa grande.

— Tenho certeza de que vai dar tudo certo, querida. Ela parece uma garota ótima.

— Ela é, sim, e Camila já está planejando sair em encontros duplos, então estou cautelosamente otimista. É difícil imaginar duas pessoas que tem menos coisas em comum do que Camila e Elly, mas acho que é só começarem a falar sobre a Olivia Rodriguez que vão se dar super bem.

— Uau, parece que você já acertou tudo na sua vida.

É surreal ouvir alguém dizer isso depois de todo o tempo que passei achando que eu era a única pessoa que não tinha resolvido merda nenhuma. Porém, nessa hora, minha mãe está mesmo certa — eu já acertei tudo. E parece ótimo.

Todas as vezes que acho que Lydia e Leona não podem mais se superar, elas provam que estou errada.

O tema da festa é Lei Seca (Leona originalmente tentou fazer o tema de *Gatsby* e recebeu um monólogo de vinte minutos de Lydia sobre como é absurdo fazer uma festa de *Gatsby* considerando o contexto da história e como todos que fazem essa festa estão interpretando errado), e tudo está luxuoso, folheado a ouro e esbanjando o máximo de decoração Art Déco possível. Serpentinas cheias de penas estão penduradas no teto, e os garçons estão vestidos de acordo com a moda de 1920, carregando bandejas de canapés e coquetéis sem álcool; uma loira linda com voz rouca está no canto com uma banda de piano, contrabaixo e percussão cantando *covers* de jazz de músicas modernas.

— Não consigo *acreditar* que suas amigas contrataram eles pra essa festa — diz Elly admirada, os olhos cheios de delineador arregalando ao ver a banda que claramente é mais famosa do que eu imaginava. — Apesar de que agora que vi o barco, imagino que não tenha nada que elas não possam comprar.

— Não mesmo — afirmo. — Mas eu me aproveito muito dos benefícios que a riqueza delas traz.

Aperto o braço de Elly, coberto por luvas de renda preta combinando com o vestido de melindrosa preto e saltos que está usando, e tudo nela parece deslumbrante. Não é o estilo que usa sempre, mas ela está muito sexy e glamorosa, e o fato de que ela claramente está tentando causar uma boa impressão nos meus amigos só ajuda.

— Bom, essa noite acho que eu também. — Ela aponta para uma bandeja de talas que contém uma bebida verde hipnotizante, a única coisa com referência à *Gatsby* que Lydia permitiu. — Acho que vou aproveitar os benefícios dessa coisa aí.

Obedecendo ao tema da Lei Seca, as bebidas servidas não contêm álcool, mas os frascos estão "escondidos" por toda a parte.

— Isso é ridículo — digo para Lydia com carinho quando Elly e eu caminhamos para as cumprimentar com as bebidas de Luz Verde em mãos. — Fico chocada que você não aproveitou para fazer os garçons colocarem o álcool em cada bebida individualmente.

— A Leona tentou — responde Lydia, seca. — Eles não fazem isso em festas onde a lista de convidados na maior parte é menor de idade. Mas acredite em mim quando digo que minha irmã tentou mesmo.

Elly bufa.

— Eu só a encontrei duas vezes, mas eu ainda assim acredito.

Isaac aparece nesse instante, tirando o chapéu na nossa direção.

— Senhoras. Essa festa está bacanuda, Lyds — ele enuncia, e, virando-se para Elly, acrescenta: — E você está maravilhosa.

— Encantada, claro — responde, erguendo a mão para ser beijada. Então ela franze o cenho. — Acho que não estou acertando a década. Ou a frase.

— Acho que você está só sendo britânica — diz Isaac, pensativo, mas ele beija a mão dela mesmo assim. — E Tal, você está de matar nesse vestido. Eu sabia que tinha um olho bom, mas eis aqui a prova. Ela não está incrível? — ele pergunta a Elly.

— Que eu não a esteja encarando neste instante é uma prova da minha incrível força de vontade. — Ela aperta meu braço enquanto Isaac ri, e então é claro que ele começa a falar de Sailor Moon para os dois serem nerds juntos, enquanto Lydia e eu reviramos os olhos na margem da conversa.

De repente, Lydia abre um sorriso enorme.

— Alerta Morales!

Eu me viro tão rapidamente que quase arranco o braço de Elly, e rapidamente me desvencilho para que eu e Lydia possamos correr para abraçar Camila como boas-vindas.

— Você chegou! Você chegou! — comemoro, praticamente empurrando Emilio, que ri, para longe dela. Então dou um passo para trás para encará-la. — Meu Deus, esse bronzeado ficou ótimo. Não dá pra acreditar que seu vestido branco caiu tão bem!

— Né? — Cam dá uma voltinha, abanando as mãos, permitindo que apreciemos ao máximo. — Agora me leve até a garota!

Puxo Camila na direção de Elly, que ainda está falando com Isaac. Leona e Dylan também se juntaram ao círculo.

— Meu Deus, eu tô tão empolgada de *finalmente* te conhecer! — Camila exclama, e isso me faz querer morrer, só que em vez de estremecer, o rosto de Elly fica corado com o que parece ser... alegria? — Dá pra imaginar o que aconteceria se Tal tivesse ido pra Los Angeles? Vocês provavelmente ainda se esbarrariam amanhã na Sephora ou na terceira vez que Tally for ao cinema ver *Bem comportadas*, e aí vocês iriam continuar sem se falar de novo.

— Quer dizer se eu tivesse escutado o *seu* conselho e seguido para terras distantes? — Bufo, entrelaçando meus dedos com os de Elly. — Se eu tivesse ido pra Los Angeles, seria culpa sua. E perder isso aqui seria culpa sua também.

— Dá pra ver que você não ficou menos dramática no mês que passei fora.

— Nem um pouquinho — confirma Elly, e eu não aprecio o olhar conspiratório que elas trocam. — Como foi sua viagem?

— Ah, foi de tudo um pouco! — Senti saudades da forma como Camila fala mexendo as mãos, as unhas afiadas cortando o ar enquanto ela conta sobre jogar baralho ou dominó com a avó, alternado com todas as coisas esportivas completamente estranhas para mim, como caminhar por El Yungue e andar de caiaque nas baías bioluminescentes. — Enfim, foi bem legal, mas senti saudades dessas otárias — diz ela, passando um braço pelo meu pescoço e outro pelo de Lydia.

— Bom, eu *achei* que estava com saudades também, mas...

Mostro a língua, mas não consigo conter um sorriso. É tão bom estarmos juntos de novo, especialmente agora que esse "juntos" inclui Elly também. Trocamos mais abraços, elogios a roupas e tiramos um milhão de fotos, porque hoje tudo está certo no mundo.

Ao menos até Isaac sugerir irmos dançar.

— Na verdade, Tal. — Elly aperta minha mão. — Podemos conversar um minutinho?

— Nossa, isso não parece bom — digo, mas deixo ela me puxar para um canto mais silencioso enquanto todo mundo me encara em simpatia, ou tentando manter uma expressão neutra enquanto claramente me encara com empatia. — O que rolou? Tá tudo bem?

Escolhas de um verão

— Tudo está ótimo, na verdade — diz ela, traçando o dedão na palma da minha mão —, mas também nem tudo. — Ela respira fundo, encontrando meu olhar com aqueles olhos castanhos cor de mel. — Meus pais vão sair em uma turnê juntos pela primeira vez em cinco anos. Minha mãe vai fazer as fotos do show para o Clerical Errors na perna europeia da turnê e meu pai vai tocar guitarra para a banda de abertura. Eles querem que eu vá junto. São dez cidades em duas semanas, e eu sei que são nossas duas últimas semanas juntas antes de eu começar as aulas da faculdade, mas...

— Mas você não pode perder de jeito nenhum uma oportunidade dessas — termino, meu coração apertando mesmo quando sei o quanto estou sendo sincera em minhas palavras. — Isso parece incrível, El. É claro que você deveria ir. Escrever sobre essa experiência deve garantir alguma coisa, e eu sei que é importante pra você que seus pais te incluam no trabalho e no tempo deles.

— Queria que você pudesse vir comigo. — Ela me dá a mão, balançando de leve. — Eu tinha planos pra nós duas. *Ainda* tenho — ela acrescenta —, mas acho que precisam esperar um pouco. Tudo bem por você? Você acha que pode esperar por mim?

— Eleanor. — Levo a mão dela aos meus lábios e beijo os nós de seus dedos. — Esperei por você por mais de um ano. Sim, posso esperar só por duas semanas. Desde que você mande mensagens ou me ligue ou fale comigo por chamada de vídeo todos os dias.

— Óbvio. E eu *vou* trazer presentes.

— Me conte mais.

— Copos de shot cafonas — diz ela, e eu a beijo. — Ímãs de geladeira ridículos. — Eu a beijo de novo. — Cartões postais românticos com uma palavra só e sem o endereço do remetente, para que você se pergunte se sou eu ou algum admirador secreto.

Inclino a cabeça para o lado, considerando, mas ela me beija mesmo assim.

— São duas semanas — afirma.

— Isso não é nada — digo, apesar de parecer muita coisa, porque, depois dessas duas semanas, tudo vai começar a mudar e eu não sei como será o futuro.

Durante o último ano, comecei a me acostumar com a ideia de possivelmente ver a Ruiva em qualquer canto do Upper West Side, e agora ela não vai mais estar no Upper West Side. Minhas livrarias não vão mais ser as livrarias dela, minha farmácia não vai ser mais a dela e a lista dos meus três mercadinhos favoritos não vai mais coincidir com a dela. Elly vai ter todas as versões disso no Village, onde ela vai encontrar outras garotas — garotas da faculdade — e eu vou ser a menina da escola que ela namorou uma vez, antes de Paris e Amsterdã e Praga e sei lá mais onde esse tour vai passar.

— Não parece que você acha que é nada, mas eu prometo, é *nada*, Foxy. Olha, vamos marcar um encontro. — Ela tira o celular da bolsa preta de renda e indica para que eu faça o mesmo com a minha bolsa redonda. — No dia que eu voltar, passo para buscar você e nós vamos sair. Marca aí no seu calendário.

Então é isso que fazemos. Nós marcamos nossa data de reencontro, nos beijamos e voltamos para dançar com meus amigos e passar uma noite vivendo no passado antes de dar um pontapé na direção do futuro.

Capítulo vinte e dois,

em que Nat diz adeus... por enquanto

— À Nat!

Fico corada enquanto a turma dos *food trucks*, incluindo Jaime e Cass, erguem os tacos no ar. É uma homenagem incrível, e Evan se superou com um novo taco "inspirado em Nova York" que contém pastrami, salada de repolho, salsa de picles kosher e um molho de abacate e mostarda que não deveria ficar bom, mas fica, tudo encaixado em uma tortilla crocante de sementes de cominho. (Mateo inicialmente declarou que aquilo era um sacrilégio, mas se eu estou contando corretamente, ele já está comendo o terceiro.)

— Por favor, não sou *eu* que vou mudar de vida e começar uma nova aventura a cinco mil quilômetros daqui — rebato, remexendo a tampa da garrafa de água. — Mateo, Evan e Adam são as pessoas que merecem a comemoração.

— E vamos receber — Mateo me reassegura, limpando o molho do lábio. — Eles vão passar as próximas duas semanas só comemorando nossa existência, né?

O restante da turma grunhe até Evan dizer:

— E experimentando algumas novas receitas.

Aí todo mundo comemora.

— Mas você é a responsável por esse novo logo incrível que vamos usar na loja nova do Bros Over Tacos e pelo nosso rebranding nas redes sociais, então hoje os tacos são em sua homenagem. Além disso — acrescenta ele, pendurando um braço no pescoço de Adam —, você deixa esse otário aqui bem feliz.

Todo mundo faz um "awn" e eu franzo o rosto, envergonhada, mas quando vejo o sorriso tímido de Adam, eu me derreto. É como se ele fosse o irmão mais novo do grupo inteiro, e eles o amam tanto, e *ele* me ama (ou pelo menos gosta muito de mim). Por um lado, deve ser assim que as crianças de cinco anos se sentem quando os adultos fazem suas exclamações nos casamentos de mentirinha. Por outro lado, já que nunca tive irmãos — mais velhos ou mais novos —, é surpreendentemente bom ser o alvo das provocações.

Meu Deus, esses dois meses me transformaram numa manteiga derretida total.

A verdade é que foi a última noite perfeita em Los Angeles. Eu e minha mãe fomos comer sushi, depois encontramos Adam para andar na beira da praia e fazer uma lista infinita de coisas para fazer quando ele chegar em Nova York. (No topo da minha lista: encontrar meus amigos. Topo da lista dele: comer no Le Bernardin. Um de nós claramente precisa rever suas prioridades.) Depois, quando o horário mais cheio do jantar já passou, encontramos a turma e nos empanturramos com os tacos de Evan, com o *dinich wot* deliciosamente apimentado de Isaiah e também, como homenagem à Nova York, com a recriação da clássica torta da Four & Twenty

Blackbirds de caramelo salgado, tudo isso enquanto admirávamos o pôr do sol no oceano pacífico.

Eu estou incrivelmente cheia, meu cabelo e pele estão grudentos com a areia e a água do mar e não sei se algum dia já estive tão feliz.

Não consigo acreditar que é meu último dia aqui.

Adam vem até mim e aperta minha mão, e sei que ele está pensando o mesmo. Que essa vida acabaria independentemente das nossas escolhas, independentemente de se eu ou ele ficasse. Parece que as ondas continuam a quebrar, e precisamos acompanhar o movimento delas e esperar que, aonde quer que nos levem, vamos encontrar terra firme. É assustador e empolgante e me faz querer ficar aqui para sempre, mas também me faz querer pular para daqui a duas semanas para ver se tudo vai ficar bem.

— Eu não quero que essa noite acabe — murmuro contra o ombro dele. — Queria que o tempo parasse agorinha.

— Eu sei. — Ele dá um beijo leve na minha testa e coloca os braços ao meu redor enquanto observamos os últimos raios de sol desaparecerem no horizonte. — Mas tem tanta coisa boa pela frente, Nat. E tantos tacos de pastrami no futuro.

— Hum, você está dizendo as palavrinhas mágicas.

— Para ser sincero, eu não consigo nem acreditar que você volta pra casa amanhã. Não acredito que já tivemos nosso último dia dividindo uma mesa. E que, a partir de amanhã, não vamos nos ver todos os dias.

— Por duas semanas — eu o lembro, apesar de não conseguir evitar sentir aquela mesma sensação de fim.

Duas semanas não é nada. Eu *sei* que duas semanas não são nada, mas quando penso em todos os minutos que duas semanas tem, quantas chances de as coisas darem errado existem, que Adam pode mudar de ideia e mais um milhão de imprevistos... duas semanas parecem o infinito.

— Por duas semanas — ecoa ele, sorrindo contra meu cabelo. — Eu não consigo acreditar no quanto minha vida vai mudar em duas semanas. Vai ser bom se essa coisa ótima entre nós permanecer igual.

— Ei, você ainda vai continuar morando com o seu irmão. Morando em uma cidade grande. Vai dormir em um sofá-cama. Não é tanta coisa assim que vai mudar, só que você vai estar vivendo seu sonho.

— Com a garota dos meus sonhos do meu lado — acrescenta ele, e estremece. — Nossa, essa foi horrível. Queria que fosse romântico.

— Cozinhar pra mim é bem romântico — falo, colocando a mão no peito dele, como se pudesse memorizar o seu batimento cardíaco. — Pode continuar nessa linha.

— Combinado. E por falar nisso... — Ele me solta e pega a mochila dele. — Fiz algumas coisas pro seu voo amanhã. — Ele tira diversas sacolas da mochila. — Achei que você ia querer uma coisa melhor do que comida de avião. Tem uma receita experimental, uma receita extremamente segura do melhor brownie de chocolate com menta que você vai comer na vida e um cookie sabor toffee da Life is Buttercream, caso eu esteja errado sobre os brownies. Mas eu não estou errado.

— Eu acredito em você. Mas estou questionando toda essa coisa de você ser um "gentio", sabe. Você faz comida igual um judeu, especialmente no quesito quantidade.

Ele dá de ombros.

— Nunca diga nunca. Que horas é seu voo?

Parece que vamos só passar por essas três palavrinhas que são quase tão importantes — se não maiores — do que as famosas três palavrinhas. Não que eu esteja pensando em algo desse tipo nessa idade, mas... não é a pior coisa do mundo que ele tenha pensado em um futuro para nós dois que se estenda além dessas próximas duas semanas.

Acho que ter uma infância turbulenta *realmente* faz uma pessoa querer se acomodar rápido.

Eu não odeio isso.

— Às quatro. Planejando chegar em casa a tempo de dormir e torcer para isso me fazer voltar pro fuso horário da costa leste mais rápido.

— Não quer mesmo que eu te leve?

— Não. Na verdade, eu *sei* que eu quero que você me leve, mas minha mãe quer muito que a gente passe esse tempo juntas e, para ser sincera, acho que eu gostaria de aproveitar também. Além disso, eu vou ver *você* daqui a duas semanas, mas não sei quando vou ver ela de novo.

É estranho pensar nisso depois de passar dois meses inteiros com ela. Meu quarto vai voltar a ser o quarto de visitas e minha mãe vai voltar a ser uma progenitora que mora longe. Parece uma diferença muito grande para o que na verdade é só minha vida voltando ao normal.

Exceto que não é. Não de verdade.

— Então eu posso te ver de manhã? Ou na hora do almoço?

— As duas coisas, se você quiser.

— Eu quero — diz ele, a boca encontrando a minha enquanto a noite cai, um beijo se multiplicando em milhares conforme nos deitamos sobre o cobertor na areia. — Eu sempre quero.

— Acho que não estamos mais falando só de comida.

Os lábios dele abrem um sorriso contra os meus, e então paramos de falar.

328 *Dahlia Adler*

* * *

— Seu pai sabe que horas precisa te buscar?
Ajeito a mala no ombro.
— A gente ainda não tem um carro, então não, ele não vai me buscar. Mas sim, ele tem as informações do voo e eu mando a placa do carro assim que entrar no táxi.
— Está com seu passaporte?
— É um voo doméstico, mãe. Não precisa de passaporte.
— Um livro para ler?
Pego o celular do meu bolso e o aceno.
— Tem uns dez baixados aqui.
— Eu não estou sendo muito boa com o inquérito antes da viagem, né?
Quero rir, mas, pela forma como os ombros dela tensionam quando faz a pergunta, sei que não devo fazer isso. Em vez disso, eu a abraço.
— Passei um verão incrível com você, mãe. Obrigada.
— Vamos tentar repetir uma hora — murmura ela no meu ombro, e ao menos uma de nós está ficando com o rosto mais molhado. Então, ela me segura um pouco afastada para me olhar. — Eu sei que as coisas vão ser diferentes quando você voltar, mas talvez elas possam ser... menos diferentes. Eu quero muito saber como vão as candidaturas da faculdade, as coisas com Adam e só... saber mais da sua *vida*. Eu até quero saber se você acabar falando com a tal da ruiva uma hora.
Com essa menção, *preciso* rir. Tinha me esquecido da Ruiva, apesar de que devo ter mencionado ela para minha mãe em uma conversa ou outra. É estranho pensar no quanto me ocupei com uma fantasia boba quando a realidade que encontrei aqui é mil vezes melhor.

— Combinado — prometo. — E já que não vamos mais fazer os jantares de Sabá, talvez a gente possa combinar ligações antes do Sabá ou algo assim?

— Amo essa ideia. Eu...

Uma buzina abafa o restante da frase dela, e então mais gritos ressoam com mais buzinas. Claro que sim, porque estamos no aeroporto de Los Angeles e já ficamos tempo demais paradas. Em vez de tentar falar acima do barulho, nos damos mais um abraço.

— Te mando mensagem quando chegar — digo. — E a gente se fala na sexta.

— Sexta — diz ela, como se estivesse tentando encaixar na agenda já lotada. Então, ela entra no carro e, com um último aceno, vai embora.

Eu sei que minha mãe vai perder diversas dessas ligações. É o que penso enquanto levo a mala para a área de embarque. Talvez eu também perca algumas. E não vai ser a mesma coisa que dividir uma casa, uma mesa, uma vida. Só que um verão não mudou o fato de que moramos cada uma de um lado do país; só nos ajudou a entender que podemos nos conectar independentemente disso. E isso não é pouca coisa.

Capítulo vinte e três,
em que Natalya recebe uma visita

Se alguém fosse contar quantas vezes verifiquei o horário no celular nas últimas três horas, finalmente teríamos uma resposta para qual é o limite de infinito.

— Olha só como você está bonita. Esperando alguém especial? — pergunta meu pai, erguendo o olhar de onde está trabalhando no notebook na mesa da cozinha.

— Há, há. Você sabe que sim.

Mesmo assim, é bom ouvir um elogio. Não é bem um primeiro encontro, mas depois de duas semanas de espera, quase parece um. Sinto as borboletas no estômago, o coração acelerado, e estou usando meu vestido florido favorito, que guardo só para as ocasiões especiais.

O celular vibra na minha mão, e eu imediatamente o verifico de novo, sorrindo quando vejo que é uma mensagem da minha mãe.

Você está pronta?

Muito, muito pronta.

Enquanto digito a resposta, me maravilho com o fato de que compartilhei o suficiente da minha vida social com minha mãe durante o verão inteiro para ela fazer essa pergunta. As coisas definitivamente mudaram.

Ela manda de volta uma série de emojis que me fazem revirar os olhos até eles saltarem das órbitas, mas também me fazem sorrir.

— Vai voltar antes da meia-noite?

— Pai, sério. Vamos só comprar coisas tipo toalhas e roupa de cama, não vamos para uma balada. — Ainda assim, parece que vai ser o melhor "encontro" a que já fui, talvez só porque toda essa ansiedade está me matando. — A gente provavelmente vai jantar depois, mas sim, eu volto antes da meia-noite.

— Talvez não devesse, considerando o tempo que você passou aqui se lamentando e esperando — responde ele, seco.

— Eu não estava me *lamentando*. — Enfim, não posso ser culpada de ficar enfurnada no apartamento. Lydia e Leona estão na Itália, Camelio está inseparável desde que Cam voltou de Porto Rico e eu não queria perder nenhuma chamada de vídeo ou ligação considerando a diferença nos fusos horários. — E, enfim, não vou mais me lamentar, porque chegou a hora!

Como se esperasse uma deixa, o interfone toca, e eu danço até lá para responder ao porteiro.

— Pode mandar subir, por favor! — declaro, sem precisar de explicações para minha visita.

Toda a energia nervosa me faz dançar pela sala, mas preciso parar quando vejo meu pai rindo da minha cara. Ou só sorrindo, o que parece ainda mais inquietante. Eu estou acostumada com a zoação.

— Que foi? Você está me olhando com a cara de pai orgulhoso. É estranho.

— Mas eu *estou* orgulhoso, querida. Nós dissemos no começo do verão que você deveria experimentar coisas novas, conhecer gente nova e se aventurar, e você agora está fazendo isso. É bom te ver assim tão feliz.

Bom, isso é umas mil vezes mais sentimental do que qualquer outra conversa que já tive com o meu pai, então só murmuro uma resposta. Ele sorri e volta ao trabalho.

Nesse instante, a campainha toca, e parece que uma nova fase da minha vida vai começar já, já como se fosse *eu* quem precisasse de toalhas e roupa de cama para uma casa nova. É claro que só estou aproveitando muito a experiência de alguém que *vai de fato* começar uma nova aventura. Mas, de um jeito ou de outro, essa também é minha aventura.

Espero mesmo poder passar várias noites na roupa de cama nova, de qualquer forma.

Respiro fundo, abro a porta e sinto meu coração bater mais rápido, no melhor dos sentidos.

— Oi!

Fim

(Será mesmo?)

Se você quiser que Adam esteja do outro lado
da porta, abra o livro na página 334.

Se você quiser que Elly esteja do outro lado
da porta, abra o livro na página 341.

Capítulo vinte e quatro,
em que Adam chega

— **Oi pra você também** — diz Adam com um sorriso lento, e é tudo que eu aguento antes de me atirar nos braços dele.

— Você veio — murmuro contra o ombro dele, o cheiro familiar da pele e do desodorante trazendo lágrimas aos meus olhos.

Adam ri baixinho contra meu cabelo, mas me segura forte o bastante para eu saber que parte dele também acha que isso é tão surreal quanto eu estou achando. Afinal, essa é uma cidade em que nunca estivemos juntos. Essa é uma casa, que é minha, onde ele nunca viu um filme ou fez um jantar de Sabá ou deitou no sofá para olhar blogs de comida no celular enquanto eu fico desenhando. Ele nunca nem viu meu quarto aqui…

Uma tosse alta interrompe meus devaneios, e Adam dá um pulo para se afastar de mim como se alguém tivesse atirado nele com uma espingarda.

— Você deve ser o Adam.

Ele nunca conheceu meu pai.

Adam limpa as mãos no shorts, e eu juro que consigo ver uma camada fina de suor na testa bronzeada de sol dele. Era de se pensar que depois de todo o tempo que ele passou com minha mãe em Los Angeles, um encontro com meu pai seria moleza, mas olha...

— E você deve ser o professor Fox — diz Adam, estendendo uma das mãos, magicamente se transformando em um homem de meia-idade bem na minha frente.

Reviro os olhos quando meu pai não o corrige, mas pelo menos ele dá um aceno de cabeça em aprovação antes de dizer:

— E quais são suas intenções com a minha filha?

— Epa! — Resgato a mão de Adam do aperto do meu pai e coloco pelo menos um metro de distância entre os dois. — Já chega disso. Adam Rose, esse é o professor Ezra Fox. Pai, esse aqui é o Adam. Ele gosta de cozinhar, assistir a filmes de terror e andar na praia, o que não vai acontecer muito agora que ele se mudou para Nova York. Meu pai adora falar dos dias do doutorado dele, fazer cruzadinhas, beber uísque, escutar Bob Dylan e umas nerdices de matemática. Tudo bem agora?

— Qual é o teorema de Pitágoras?

— A soma dos quadrados dos catetos é igual ao quadrado da hipotenusa.

Papai coça o queixo como se a barba dele fosse muito mais comprida do que é.

— Ouvi dizer que você vai fazer um jantar de Sabá para nós uma hora dessas.

— Seria um prazer.

Escolhas de um verão

— Estou animado para isso. Tá, vocês crianças podem ir se divertir.

Não precisa falar duas vezes para darmos o fora.

— Então, seu pai é meio intenso — diz Adam quando saímos do prédio, de mãos dadas balançando suavemente no ar, enquanto caminhamos na direção do metrô, minha boca ainda formigando depois de nos atacarmos de verdade no elevador.

— É só uma fachada, exceto pela pergunta de matemática. Depois de acertar essa, você foi aprovado. — Aperto a mão dele enquanto ele observa a vista, parecendo um turista e andando em um ritmo que vai fazer com que receba alguns olhares carrancudos. — Como foi o voo?

— Assustador e empolgante, da mesma forma que tudo isso é assustador e empolgante. Mas eles tinham TV no voo, então literalmente fiquei vendo cinco horas do canal de culinária. O Guy Fieri é surpreendentemente tranquilizante. E claro... — acrescenta ele, levando minha mão aos lábios. — Eu ficava me lembrando de que você estava me esperando do outro lado. Isso ajudou mais que qualquer outra coisa.

— Boa. — Eu o levei para as escadas do metrô e mostrei como comprar o bilhete, contente por ser a especialista na cidade dessa vez. Vamos só andar algumas estações, então por instinto me seguro em uma das barras de metal e ignoro os assentos vazios, o que o deixa perplexo. — Uma hora você vai se tornar um nova-iorquino — eu o asseguro quando cedo e me sento ao lado dele. — Você vai ver.

— Bom, eu tenho uma entrevista amanhã para o emprego que dá a bolsa de estudos, e com sorte hoje você vai me ajudar a me acomodar no apartamento de Evan, então é um começo.

— E você pagou o metrô com sucesso!

— E eu paguei o metrô com sucesso. — Ele olha em volta. — Nossa, um transporte público de qualidade. Que conceito.

— Está vendo? É por isso que eu dirijo mal.

Ele me conta tudo que aconteceu nas últimas duas semanas em Los Angeles — sair do trabalho, comer uma última refeição de cada um dos *food trucks*, dizer adeus para a praia e, mais horripilante, um almoço de despedida com a minha mãe — durante o restante do trajeto rápido do metrô e a caminhada até a loja de artigos de casa, e então foco nos negócios. Quero que Adam se sinta devidamente em casa, e ele não vai fazer isso com toalhas ásperas ou um cobertor zoado.

O pessoal do Jantar se juntou para dar um cartão presente para ele poder usar para comprar as coisas de casa, e Adam me mandou uma mensagem de imediato perguntando se poderíamos nos encontrar para fazer essas compras. Parece uma coisa muito adulta, caminhar pelos corredores de torradeiras e cafeteiras, de mãos dadas, falando sobre as diferenças entre um travesseiro tamanho king e um normal. Porém, antes de eu poder argumentar, Adam nos para em um canto ao lado dos suportes de escovas de dentes e diz:

— Tá, eu preciso te contar uma coisa, e queria fazer isso pessoalmente.

— Você conheceu outra garota — digo de imediato.

— Jesus Cristo, claro que não. — Ele revira os olhos. — Estou *comprando toalhas* com você, Nat. Eu quase fui direto do aeroporto pro seu apartamento porque eu não conseguia mais esperar pra ver você. Não tem nada a ver. Não é nem uma notícia *minha*, na verdade.

— Ah?

— Eu vou te contar, mas você não pode falar "eu te disse" mais do que três vezes, e aí você dá um tempo, tá?

Inclino a cabeça, tentando decifrar o que Adam está querendo me contar, e então chego na conclusão sozinha.

— Meu Deus. Ah. Evan e Mateo.

— Evan e Mateo. — Adam confirma com um aceno de cabeça, rindo envergonhado. — No fim você sabe reconhecer os seus, mesmo quando eles não. Evan me disse que eu podia contar pra você quando te visse, e também pra dizer que ele não estava mentindo, que só não sabia o *que* estava sentindo até você falar pra ele. Então acho que Evan não conseguia parar de pensar nisso, e aí tudo fez sentido e ele finalmente confessou os sentimentos dele na noite antes do voo de Teo, no início dessa semana.

— Eu sabia! — dou um gritinho, batendo no braço de Adam. — Eu te disse, eu te disse, eu... — Eu me interrompo, me lembrando do limite. — Vou guardar o último pra quando eu ver Evan pessoalmente.

— Evite também usar violência física — sugere ele, massageando o ombro.

— Você sabe que ser pacífico nunca resolve nada.

Confesso que mereço aquele suspiro impaciente.

— Podemos escolher toalhas agora?

— Acho que sim.

Seguimos na direção das toalhas, fileiras de tecidos atoalhados em azul-esverdeado e amarelo-manteiga providenciando uma série de opções atordoante. Estou tentando decidir qual das duas é mais macia quando vejo de repente um vislumbre de cabelo vermelho a menos de dois metros de distância.

Meu Deus. De todos os lugares para encontrar a Ruiva. De todos os *dias*.

Não consigo evitar — solto uma risada, e preciso esconder a boca no ombro de Adam para abafar. Ele me encara, as sobrancelhas arqueadas.

— O que foi que eu perdi?

— Só uma visão do passado — digo, ficando na ponta dos pés para beijá-lo. — Confie em mim, você não perdeu nada. Agora vai rápido e escolhe uma cor, porque precisamos pegar umas mil coisas depois disso.

— Eu definitivamente vou precisar tirar um cochilo naqueles colchões uma hora — diz Adam, pegando um conjunto de toalhas verdes. — Mas acho que você tem planos pra hoje à noite.

— Não muitos — eu o asseguro, apertando a escolha das toalhas para garantir que são macias. — Um jantar de reunião bem casual no apartamento de Lydia e Leona.

— Seria aquele duplex gigantesco e chique sobre o qual você sempre fala?

— Ele mesmo.

— E quando você diz reunião, quantas pessoas são?

— Eu e as meninas. E os meninos. Então... nove pessoas, incluindo a gente? A não ser que Leona e Dylan tenham voltado essa semana, aí são dez.

— Hum. — Ele franze as sobrancelhas grossas, colocando as toalhas embaixo do braço e seguindo para a seção de roupa de cama. — E quantas delas precisam gostar de mim?

— Desde que você consiga a aprovação de Camila ou de uma das gêmeas, qualquer uma delas, sério, vai ficar tudo bem.

Ninguém liga pro que os meninos acham de nada. Apesar de que se você usar um dos itens de moda que Isaac odeia, se prepare pra ter a pior noite da sua vida.

— Então nada de crocs com meia?

Estreito os olhos.

— Adam. Você *acabou* de chegar. Não me faça terminar com você imediatamente.

Os lábios dele se curvam em um sorriso, e ele deixa as toalhas de lado, me puxando para um abraço.

— Estou empolgado pra conhecer seus amigos — diz contra meu cabelo antes de dar um beijo no topo da minha cabeça.

Ergo o olhar para ele, silenciosamente convidando-o para beijar aquele mesmo lugar, enquanto passamos pelos corredores de saboneteiras e varões de cortina, e ele faz isso, ao menos por alguns segundos, antes de descansar a testa contra a minha.

— E eu fico feliz pra cacete de estar aqui com você.

— Mesmo se meus amigos forem uns chatos?

— Mesmo assim.

— Mesmo se meu pai fizer você responder problemas de matemática cada vez que você for lá em casa?

— Mesmo assim.

— Mesmo se...

— Mesmo assim, Nat.

E ele me cala com outro beijo, e mais outro, e então pagamos pelas toalhas e saímos da loja com pressa, porque há apenas uma viagem rápida de metrô nos separando de um apartamento vazio com um sofá-cama que está esperando por nós.

Todo o resto pode esperar outro dia.

Capítulo vinte e quatro, de novo,

em que Elly retorna

— **Bonjour, mi amor.** — O canto da boca de Elly se curva para cima quando nos vemos pela primeira vez em duas semanas, a pele pálida parecendo brilhar e o cabelo aceso como uma chama.

— Acho que você misturou umas duas línguas aí. — Não sei para onde olhar ou o que tocar primeiro. Tudo que eu quero é devorá-la por inteiro.

Elly revira aqueles olhos cor de mel.

— Cala a boca e me beija logo.

Não precisa dizer duas vezes. Minhas mãos se esticam antes de eu conseguir formular um pensamento, agarrando o pedaço da camiseta branca que aparece por baixo do corpete de couro. Ela definitivamente está deixando uma marca imensa de batom vermelho na minha boca e eu não estou nem aí, porque não existe uma possibilidade de me importar com qualquer coisa que não seja que Elly voltou, que ela está aqui e que é minha.

Ouvimos o baque de um livro caindo no chão, e a lembrança de que meu pai está no apartamento faz a gente se separar. Conhecendo-o bem, sei que ele não derrubou nada por acidente. Temos tempo o suficiente apenas para alisar as roupas e limpar o excesso do batom até ele aparecer no hall de entrada.

— Elly! Bem-vinda de volta!

— Ora, muito obrigada, professor Fox. — Ela oferece uma sacola grande que eu sequer tinha notado na mão dela. — Trouxe presentes.

Meu pai ergue as sobrancelhas. Elly acabou de ganhar o prêmio Namorada do Ano. Não que ele vá admitir isso em um milhão de anos, mas não tem nada que meu pai ame mais do que um presente aleatório trazido de alguma parte do mundo. A não ser que ela tenha trazido álcool; nesse caso, eu vou só me esconder em um armário até o constrangimento acabar. (Não que meu pai não ame tomar uísque, mas ele não vai amar uma adolescente que por acaso está namorando a filha dele tendo fácil acesso a isso.)

— Tinha uma conferência de artes e matemática acontecendo em Viena, com uma feira que vendia arte baseada nas obras expostas na galeria, e achei que essa era bem legal. — Ela tira da sacola um entalhe projetado para parecer uma janela detalhada. — Era de uma exibição sobre os padrões geométricos do Islã.

— Isso *é* bem legal — digo.

— É mesmo — meu pai responde, um pouco deslumbrado. — Obrigado, Elly. Vai ficar ótimo na minha sala.

Elly não é de sorrir genuinamente, mas o sorriso dela é tão grande que consigo ver que ela adorou que ele gostou do presente.

— E pra você — diz ela, se virando para mim — trouxe um copo de shot cafona e um ímã de geladeira ridículo, como prometi, e ainda complementei com um globo de neve espalhafatoso.
— É tudo *perfeito*.

O globo de neve é espalhafatoso mesmo, uma reprodução de uma escultura de dois homens fazendo xixi em um laguinho sobre a qual Elly me contou quando fizemos uma chamada de vídeo quando ela estava em Praga. O ímã é a fachada fofa de um bar gay em Amsterdã e o copo de shot é de Paris, com vidro escuro e um desenho branco do Louvre de um lado e a torre Eiffel do outro.

— E recebi o cartão postal de Bruxelas também, obrigada. Eu amei.

Ela ri.

— Fico feliz. Então, pronta pra ir fazer umas compras? Jaya está esperando no carro com o resto das minhas coisas.

— Estou, e muito!

Falamos tchau para o meu pai e lá vamos nós, prontas para dar o próximo passo.

Depois de duas horas comprando lençóis, toalhas, cabides, cesto de roupa suja e só Deus sabe o que mais, finalmente chegamos no quarto que Elly vai chamar de casa durante o próximo ano, um espaço completamente ordinário com duas camas de solteiro compridas e um banheiro igualmente desinteressante. É difícil imaginar minha namorada morando em um lugar tão sem cor, mas assim que jogamos as almofadas vermelhas no edredom com estampa de folha de jornal, penduramos alguns pôsteres vintages e luzes pisca-pisca e imprimimos algumas fotos na impressorinha de Jaya para deixar acima da escrivaninha, o quarto fica inteiramente transformado.

Ou ao menos uma metade está transformada; a outra metade está esperando por uma tal de Virany Chow, de Atherton, na Flórida.

— Eu não sei como você vai lidar morando com uma completa estranha — digo, me jogando no colchão vazio de Virany para admirar nosso trabalho do outro lado do quarto. — E se ela for uma esquisitona?

— Primeiro que *eu* sou uma esquisitona — Elly me lembra, se sentando do meu lado enquanto Jaya se senta na cadeira da mesinha. — Segundo que ela não é uma *completa* estranha. Já conversamos por chamada de vídeo algumas vezes. Ela está estudando medicina, então provavelmente vai passar cinco mil horas por semana na biblioteca, e já confirmei que ela não é uma homofóbica nada a ver. Aparentemente a capitã das líderes de torcida da escola dela está namorando a quarterback do time de futebol americano. Então vai dar tudo certo.

— Tá, eu quero ouvir o resto dessa fofoca — diz Jaya, arregalando os olhos, e assinto em concordância.

Antes que eu possa dizer alguma coisa, uma batida na porta ressoa.

— Deve ser o resto do pessoal. A Virany só chega amanhã. Pode entrar! — Elly grita alto.

E, bem na hora, Nicki, Jasmine e Lara entram no quarto, e imediatamente começamos a conversar sobre o apartamento novo de Nicki e Jasmine, todos os eventos que vão acontecer nesse final de semana, todas as pessoas gatas que encontramos na rua e nos corredores e mais um milhão de outras coisas que me faz desejar poder me juntar ao resto dessa experiência da vida universitária imediatamente (menos Jaya, que vai tirar um ano para viajar). Isso deve ficar evidente no meu rosto, porque Elly passa o braço pela minha cintura e me puxa para mais perto, as correntes de prata e o bracelete de couro no pulso fincando na minha pele só o suficiente para me dar uma sensação reconfortante.

— Eu vou subir a cidade e você pode descer — murmura ela no meu ouvido. — E logo você vai mandar sua candidatura também.

Vou mesmo, e graças a Elly, minha mãe e *também* a mãe de Elly, eu não vou só jogar as coisas pro alto e ver o que cai aos meus pés. E, é claro, tem a Jasmine, cujo negócio — bem, *nosso* negócio agora — me deixou bem ocupada nas últimas semanas, especialmente depois que Kiki, uma amiga de Lara, me pediu para desenhar alguns materiais de marketing para o podcast famoso dela.

No geral, tenho fé de que as coisas vão me levar a algum lugar e de que *eu* estou indo a algum lugar.

E por falar em ir... A forma como os dedos de Elly acariciam minha pele acima do elástico do meu short me faz começar a perder o foco em qualquer coisa que as outras pessoas estão falando. Então a coxa dela pressiona a minha, e as coisas começam a ficar mais nebulosas.

Sabe. Já faz duas semanas. Duas semanas de apenas atividades individuais e umas trocas de mensagens que definitivamente nunca podem vir a público. E agora estamos no dormitório novo dela, sabendo que a colega de quarto só vai chegar no dia seguinte.

— Eu deveria falar pra todo mundo vazar logo? — murmura Elly no meu ouvido.

Escolhas de um verão 345

— Achei que você nunca perguntaria.

No fim, ela nem precisa fazer isso, porque Lara olha na nossa direção bem naquele instante, morde o lábio inferior para reprimir um sorriso e diz:

— Tá, essa cara eu conheço. Todo mundo, pra fora.

— Quê? — Nicki, que deveria estar no meio de uma frase, olha de Jasmine para Lara. — O que foi que eu disse? — Então ela segue o olhar de Lara e ri.

— Eca — diz Jaya.

Então, por fim, resolvem mesmo vazar.

— Ainda vamos jantar, e *algumas* de nós querem dar uma olhada nos caras gatos que estão montando aquela taqueria nova na Union Square, então nem pensem em dar um bolo! — avisa Nicki, logo antes de fechar a porta com força.

— Como se eu estivesse pensando em qualquer coisa agora. — Elly esconde a risada no meu ombro, e as mechas do cabelo vermelho que escaparam do coque dela fazem parecer que fogos de artifício explodem na minha pele. — Bom, exceto...

— Ouvi dizer que você comprou lençóis novos — provoco, dando um pulo e esticando a mão.

— Nunca foram usados — confirma ela enquanto saímos da cama de Virany e vamos para dela, tirando as nossas blusas suadas e empoeiradas. — Sinceramente, essa cama parece arrumada demais pra mim. — Elly sobe no colchão, ficando de joelhos e colocando a mão na minha nuca. — Acho que vou precisar de ajuda para dar uma bagunçada.

— E eu achei que tínhamos acabado a troca de presentes por hoje — murmuro, me inclinando para um beijo tão profundo que sinto que estou me afogando nele. — Mas talvez eu devesse te deixar com mais uma coisinha para se lembrar de mim.

Elly ri, sem fôlego, e deixo uma trilha de beijos com marcas de dente na clavícula e no pescoço dela.

— Acho que eu deveria te avisar pra não deixar nenhum chupão, mas quem é que vai ligar agora?

— Exatamente o que eu estava pensando. — Agora *esse* vai mesmo deixar marca. — Eu sei que ainda não estou aqui, mas acho que já amo a faculdade.

— Você vai conseguir — diz Elly, me puxando para cima dela e entrelaçando nossas pernas. — Não precisa apressar nada. A gente demorou um século para se falar, e agora olha só pra gente.

— Ah, sim, indo tão devagar que seus melhores amigos acabaram de fugir porque literalmente estávamos irradiando tesão.

— Cala a boca.

Ela me beija e eu me calo. Vamos ter muito tempo para conversar e outras coisas para resolver com calma depois.

Todo o resto pode esperar outro dia.

Agradecimentos

Esse foi um livro extremamente divertido de escrever, e não só porque me inspirei em muitas coisas diferentes e em pessoas que amo para contar a história de Natalya — histórias, na verdade. Assim como todo mundo, minha adolescência teve seus altos e baixos, mas esse livro nasceu em parte graças a um milhão dos meus momentos favoritos daquela época, e é dedicado a todos os meus amigos de shows, pessoas que me receberam em casa e todos com quem fiz algo vagamente legal na escola — Tani, Dani (e todo o clã Leeds), Talia, Rachel, Ricki, Barrie, Hannah, Lea, Sasha, Graber, Liz, Ilana, Jon, Harry, Avi, Savage, Ami, Noah, Jason, Faber, Aliza, Jess, Erin, Zevi, Sara, Goldie e tantos outros. (Uso o "vagamente legal" de uma forma bem ampla, caso não esteja claro.)

Para as outras inspirações, agradeço em ordem aleatória a *Degrassi* (especialmente Stacey Farber/Ellie Nash), o falecido Chris Cornell, Foo Fighters, Vitamin String Quartet, Me First and the Gimme Gimmes, o falecido Edgar Allen Poe, livrarias independentes, o *food truck* Taïm e todo o grupo de "Failure is an Option" por inspirar o Jantar o bastante para deixar Jessica orgulhosa, mas não o bastante para fazer Michelle querer me matar por compartilhar nossos segredos.

É claro que devo um agradecimento gigantesco ao time que já arrasa há *três* livros, incluindo minha agente, Patricia Nelson; editora, Vicki Lame; assistente editorial, Vanessa Aguirre; agente publicitária, Meghan Harrington; profissionais do marketing Alexis Neuville e Brant Janeway; designer Devan Norman; e a designer de capa extraordinária Kerri Resnick por fazer cada livro parecer que saiu direto de um sonho. Fico tão grata a todos vocês e a todo o resto da equipe da Wednesday Books e agregados por todo o trabalho que fazem em produção, editorial, vendas e serviços criativos, incluindo Carla Benton, Diane Dilluvio, Marinda Valenti, Eric Smith, Rebecca Schmidt, Sofrina Hinton, Jennifer Edwards, Jennifer Golding, Jaime Bode, Jennifer Medina, Julia Metzger, D'Kela Duncan, Isaac Loewen, Alexa Rosenberg, Britta Saghi, Kim Ludlam, Tom Thompson e Dylan Helstien. E a Petra Braun, obrigada por entregar uma arte de capa que me faz perder o fôlego cada vez que eu a vejo.

Também preciso mandar um pouco de amor e agradecimentos à minha editora de audiolivros, OrangeSky, especialmente Kate Dilyard e Bethany Strout, por mais uma colaboração incrível. Eu me sinto tão sortuda de ter vocês como parte da minha vida no mercado editorial.

Também fico extremamente grata pelas opiniões de especialista de Elle Grenier, David Nino e Brianna Shrum. A Naz Kutub, por me ajudar com a parte de Los Angeles quando eu precisava. A Becca Podos e Katherine Locke, não consigo lembrar qual de vocês me apresentou a expressão "pedestres do Mar Vermelho", mas por sorte gosto de vocês na mesma proporção.

Por falar em autores de quem gosto, fico tão agradecida por todo o companheirismo, incentivo, conselhos, mensagens e as conversas no Slack e no Discord enquanto eu trabalhava no livro. Vou poupar de repetir os mesmos nomes de pessoas maravilhosas em todos os livros, mas considerando somente o volume das comunicações, de fato preciso mencionar em especial Katie (de novo), Marieke Nijkamp, Jennifer Dugan, Tess Sharpe, Lev Rosen e Jennifer Iacopelli. E, é claro, todo o time de matemática da Springer, do passado e do presente (sim, incluindo você, Leach): espero que vocês sintam meu amor por todo o tempo que passamos juntos nessas páginas.

Por penúltimo, mas não menos importante, obrigada a minha família. Entre o design gráfico (obrigada pela ajuda na pesquisa, pai!), levar jeito com crianças, ser incrível na cozinha e temporariamente abraçar Los Angeles, espero que vocês vejam a si mesmos em todas as coisas boas do livro. (E em nenhuma das ruins! Que fique registrado que fora o cabelo loiro e a Technion, os pais de Natalya são baseados em precisamente zero membros da minha família.) Sei que eu poderia ter tomado muitos caminhos na vida, mas sou profundamente grata que o nosso acabou nos unindo. (Tipo, em uma hora de viagem consigo visitá-los.)

Por fim, enquanto eu quero expressar um amor e gratidão infinitos por todos as pessoas que postam no Bookstagram, em blogs, no BookTok e todos os que espalham meus livros por aí, esse agradecimento em particular é para todos os leitores que abraçaram e se entusiasmaram com a representatividade sáfica judia de *Cool for the summer: um verão inesquecível*. Vocês tiveram um impacto maior nesse livro do que imaginam, e espero que essa história deixe vocês orgulhosos.

Este livro, composto na fonte Fairfield,
foi impresso em papel Lux Cream 60g/m² na gráfica BMF.
São Paulo, Brasil, dezembro de 2023.